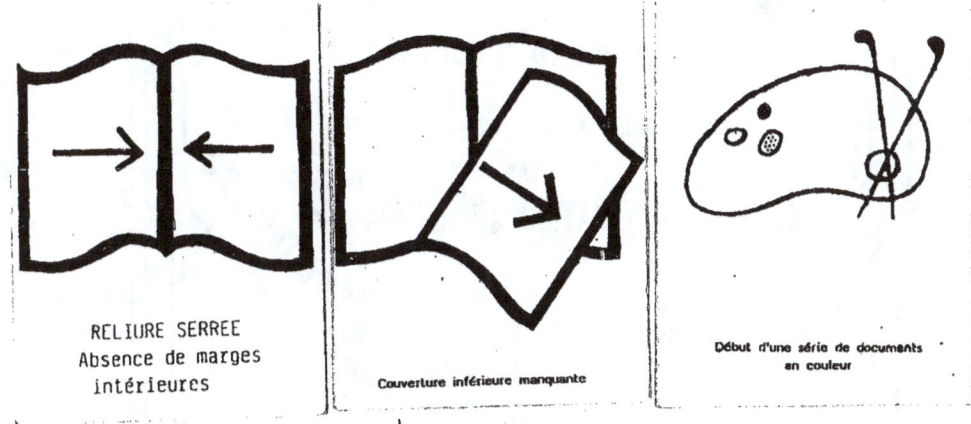

RELIURE SERREE
Absence de marges
intérieures

Couverture inférieure manquante

Début d'une série de documents
en couleur

VALABLE POUR TOUT OU PARTIE DU
DOCUMENT REPRODUIT

LA SOEUR

DE

MISS LUDINGTON

PAR

EDWARD BELLAMY

TRADUCTION DE R. ISSANT

PRÉCÉDÉE D'UNE

ÉTUDE sur la LITTÉRATURE AMÉRICAINE

PAR

Th. BENTZON

Bibliothèque Franco-Étrangère

PARIS
J. HETZEL ET Cᵉ, ÉDITEURS
18, RUE JACOB, 18

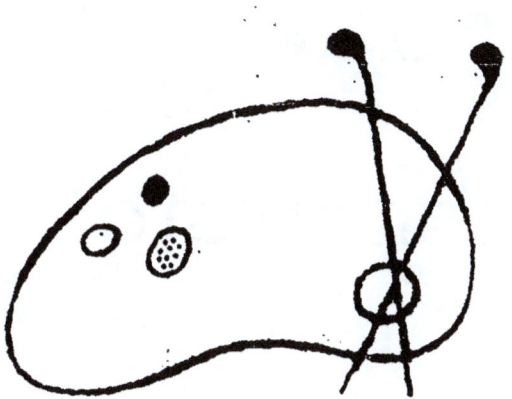

Fin d'une série de documents
en couleur

LA SOEUR

DE

MISS LUDINGTON

TYPOGRAPHIE FIRMIN-DIDOT. — MESNIL (EURE).

BIBLIOTHÈQUE FRANCO-ÉTRANGÈRE.

LA SOEUR

DE

MISS LUDINGTON

PAR

EDWARD BELLAMY

TRADUCTION DE R. ISSANT

PRÉCÉDÉE

D'UNE ÉTUDE SUR LA LITTÉRATURE AMÉRICAINE

PAR TH. BENTZON

PARIS

J. HETZEL ET Cie, ÉDITEURS

18, RUE JACOB, 18

Tous droits de traduction et de reproduction réservés

LITTÉRATURE AMÉRICAINE.

I.

Il n'y a pas de pays où l'opinion, une fois faite, ait plus de peine à se modifier qu'en France. On avait établi au commencement du siècle que le peuple américain, essentiellement utilitaire, exclusivement préoccupé de progrès industriels, était incapable d'exceller dans le domaine des arts et des lettres. Ce préjugé s'est perpétué outre mesure; pendant une quarantaine d'années les démentis les plus éclatants n'ont pas suffi pour le dissiper.

Sans doute il fallait bien admettre quelques exceptions à la règle; les plus récalcitrants avouaient que, tout jeunes, ils s'étaient plongés avec plaisir dans les forêts de Cooper; ceux qui avaient étudié l'anglais se rappelaient même qu'on leur donnait jadis comme modèle de style des pages choisies de Washington Irving; le nom d'Emerson s'imposait, bon gré, mal gré ; *l'Evangéline* de Longfellow était vaguement connué et, grâce à la belle traduction de Baudelaire, Edgar Poë comptait d'assez nombreux admirateurs ; mais les moins ignorants en restèrent là jusqu'au jour où il devint évident que, depuis la mort de George Eliot, les meilleurs d'entre les romans, dits anglais, venaient de Boston ou de New-York, soit directement, soit en s'arrêtant à Edimbourg où ils prenaient des lettres de naturalisation.

Après être restée longtemps vis-à-vis de l'Amérique dans la situation d'une mère trop lente à reconnaître que sa fille qui grandit est tout près de l'égaler en beauté, outre qu'elle la surpasse en fraîcheur, l'Angleterre se décida enfin à partager avec l'astre naissant les hommages qu'elle accaparait jusque-là. Elle proclama d'abord, par la voix de la presse, l'incontestable originalité de certains humoristes ; les fruits à demi sauvages de l'Ouest, auxquels le dialecte des défrichements et des mines prêtait une saveur bizarre, obtinrent chez nos voisins le genre d'applaudissements qu'un prince, dans une heure de loisir, accorde aux grimaces, aux gambades d'un clown ou d'un bouffon. Bientôt cependant William Howells et Henry James s'assurèrent une sérieuse renommée de psychologues et d'écrivains; leurs noms furent signalés en France dans la *Revue des Deux-Mondes* qui avait déjà ouvert ses portes aux *Récits Californiens* de Bret Harte. La même Revue se montra également hospitalière pour les Aldrich, les Cable, les Eggleston, etc. On reconnut alors que l'Amérique fabriquait autre chose que des machines, qu'elle avait une littérature; on cria au progrès, oubliant qu'un romancier incomparable, Hawthorne, appartenait à la première période de cette littérature longtemps ignorée ou dédaignée.

Tout ce qui afflua sur le marché transatlantique, bon et mauvais, fut dévoré avec entrain; les traducteurs aux aguets ne laissèrent rien échapper des nouveautés qui auraient pu parfois sans inconvénient passer inaperçues, et aujourd'hui ce même engouement persiste, en s'accentuant toujours, quand depuis deux ou trois ans il devrait au contraire baisser. En effet, certains symptômes indiquent un affaiblissement dans les qualités originales et spontanées des romans américains. Ils continuent à germer comme les mille variétés d'une végétation luxuriante, tantôt robuste, tantôt capricieuse et folle, sur un terrain vierge qui donne trop jusqu'à l'heure de l'épuisement; mais cette heure fatale

se laisse déjà pressentir. De moins en moins,
croyons-nous, ils différeront du roman anglais
pur et simple; les préoccupations psychologiques,
l'analyse des passions qui sont communes à l'humanité tout entière, prendront la place de cette
peinture assez rude parfois, expressive toujours,
des mœurs locales, que le génie d'un Bret Harte
savait rendre saisissante, — qui devenait gaie
d'une gaieté tout exotique d'enfant à demi barbare,
et spirituel pourtant, sous la plume facile d'un
Mark Twain, — qui, avec Cable enfin, revêtait
une si étrange couleur de mélancolie passionnée.
Ceux-là, les premiers peintres des terrains auri-
fères de l'Ouest ou des marais pestilentiels de
la Louisiane, ont exploité la veine qui a fait
leur célébrité, aujourd'hui décroissante, jusqu'à
ne plus rien laisser pour quiconque voudrait
les suivre. La jeune femme qui, sous le nom
d'Egbert Craddock, s'ouvre virilement un chemin dans les *Montagnes du Tennessee* [1], semble avoir clos la liste de cette sorte de pion-
niers. Nous sommes un peu blasés, d'ailleurs, sur
les descriptions de paysages abrupts alternant
avec des échantillons non moins raboteux de

---

1. *In the Tennessee Mountains.* — *The Prophet of the Smoky Moun-*
tains, C. E. Craddock, Boston.

dialecte. Cette forme de littérature a fait son temps, comme les mœurs et les caractères du *Camp rugissant*, comme la vie de frontière telle qu'elle est décrite dans *Roughing it*, comme les préjugés créoles contemporains de *Madame Delphine*. Tout cela est relégué dans le passé de l'Amérique. D'autre part le *provincialisme* de la Nouvelle-Angleterre, bien curieux à sa façon, a été exploité par Aldrich, par miss Jewett, par Howells. Que reste-t-il aux romanciers de fraîche date qui s'appellent légion?

Quelques-uns d'entre eux tournent leurs regards vers l'Europe et y cherchent des inspirations, sans grand succès, car ce n'est pas trop d'appartenir à un pays par la race, l'éducation, les dons héréditaires, pour pénétrer et rendre fidèlement certains dessous indispensables. Ainsi M. Arthur S. Hardy se pique de connaître Paris; pourtant il a beau donner à plusieurs de ses personnages des noms familiers à notre oreille, des noms trop connus même, comme Scherer, de Vigny, de Sacy, etc., énumérer tous les quartiers de notre capitale avec leurs édifices et leurs restaurants, faire entrer le lecteur dans le secret des intrigues politiques qui ont pu naître depuis la guerre de 1870, tramer une conspiration légitimiste d'abord, mettre en scène des membres

du clergé catholique, des sœurs de charité, des
rédacteurs de l'*Univers*, il est toujours à côté
de son sujet. Ce livre au titre baroque : *Une
femme cependant*, avec sa bizarre héroïne, la
femme en question, qui commence en émissaire
de Froshdorf et finit au couvent, ce livre pré-
tentieux, où l'histoire coudoie maladroitement
la fantaisie, où Henri V prend la parole, *But
yet a woman*, ne sera, malgré le nombre imposant de ses éditions, un roman parisien que
pour ceux des compatriotes de M. Hardy qui
n'ont jamais voyagé.

Nous le répétons, un peintre de mœurs s'ex-
pose à mainte difficulté en sortant de son pays;
seul, M. Henry James s'est toujours tiré vic-
torieusement de l'épreuve. Son observation est
plus ou moins intéressante, plus ou moins sympathique, mais elle est toujours juste. La
première des trois nouvelles qu'il a intitulées
collectivement *Tales of three cities* doit prendre place parmi ses ouvrages les plus achevés.
Lady Barberina nous fait finement sentir en
effet le genre de fascination qui peut conduire
un jeune docteur américain, héritier d'une colossale fortune gagnée dans le commerce, à tomber amoureux d'une beauté anglaise du grand
monde, et les raisons qui rendent impossible;

pour cette patricienne, devenue par miracle
Mrs Jackson Lemon, d'habiter jamais New-
York.

L'entrée en matière au milieu du brillant
tumulte de Hyde-Park, l'exposé des moyens
qu'emploie une famille noble et pauvre pour
prendre majestueusement au piège un homme
d'esprit et de cœur qui croit de bonne foi s'a-
vancer de lui-même avec audace, les débats entre les parents de Barberine et leur gendre agréé
sur de prétendus détails qui sont en somme de
grosses questions, d'où dépendent le bonheur et
la dignité de l'existence, — autant de merveilles
d'observation. Si vous redoutez les malentendus,
n'épousez jamais une étrangère. Jackson Lemon
et les Courtenay parlent pourtant la même langue, mais avec d'imperceptibles différences qui,
montrées au microscope par M. James, prennent
les proportions de barrières insurmontables.
Malheureusement, l'amoureux de la belle et
froide Barberine ne le possédait pas, ce microscope
d'une effrayante sincérité. Il se jette tête baissée
dans l'abîme avec l'ivresse aveugle qui préside à
ce genre de suicide; il emmène sa femme à New-
York où on lui sait gré d'être médecin malgré
ses millions, où cette qualité de docteur, qui suf-
foque l'orgueil des Courtenay, est considérée

comme le plus beau des titres, celui que l'on n'acquiert que par la force de l'intelligence et du travail.

Pauvre lady Barberine! quel dédain est le sien pour le pays de son mari, un pays absolument dépourvu de nuances, un pays où tous les gens sont *pareils*, ayant les mêmes noms et les mêmes manières! La ville est odieuse, et la campagne, grand Dieu! qu'y faire? On ne chasse pas le renard, on ne peut inviter chez soi que des boutiquiers en vacances. — Jackson Lemon sera bien forcé de s'apercevoir que sa femme est sotte et pétrie de préjugés. Comment, avec cette conviction, consent-il à renoncer aux plus nobles projets pour aller traîner en Angleterre une vie d'opulente oisiveté?... Ceux qui savent ce que c'est que l'obstination féminine qui revient sans cesse à la charge et se fait une arme de tout, le comprendront peut-être. Il ne faudrait pas d'ailleurs juger les Anglaises en masse sur cette dédaigneuse, et languissante, et tenace lady Barberine, retranchée derrière sa morgue; elle a des compatriotes singulièrement passionnées, beaucoup moins capables de calcul que les Américaines, plus *impulsives* cent fois, et toutes prêtes à faire hardiment certaines choses exorbitantes. Lady Agathe, la sœur ca-

dette de Barberine, nous le prouve bien. Sa mère,
fort ambitieuse, sous des dehors souverainement
indifférents, l'a envoyée en Amérique avec le
jeune couple, dans l'espoir qu'elle y fera, elle
aussi, la conquête d'un millionnaire, mais
Agathe mord outre mesure au flirt, à l'indépendance et s'amourache d'un Californien sans le
sou, dont les façons incultes ont pour elle l'at-
trait de l'inconnu. Ce jeune sauvage de l'Ouest
est bien tourné, il est ardent et ne voit, dans
cette *lady*, qu'une jolie fille avec laquelle il
brusque les préliminaires au point de l'enlever
quand on la lui refuse. C'est une amusante petite
pièce, à côté de la grande, assez triste dans son
ironie profonde et spirituelle.

Plus triste encore, tragique même est cette
autre nouvelle exquise, *The Author of Beltraffio*,
mais là nous sommes purement et simplement
en Angleterre où Henry James a élu domicile
depuis des années, y devenant Anglais, comme
il était devenu Parisien à Paris, Italien à Flo-
rence, en vertu d'un don d'assimilation unique.

L'auteur de Beltraffio, un malheureux
homme de génie, a épousé la plus intolé-
rante des puritaines que, sur la foi de son can-
dide et charmant visage, il avait prise pour un
ange et qui en est un peut-être, l'ange du con-

1.

venu, l'ange du décorum. L'opinion presque
générale est pour elle, car quelques-uns des
ouvrages de Mark Ambient ont fait scandale
en Angleterre, où l'on exige que l'art ait un
but moral. Une lutte sourde de toutes les minutes s'engage donc entre ces époux mal as-
sortis, sur le corps même de leur enfant, un adorable petit garçon sensitif et précoce. Ils se le
disputent, ils se l'arrachent jusqu'à ce que mort
s'ensuive. La jeune mère a peur pour son fils du
seul contact de ce père dont l'exemple et les
préceptes doivent tôt ou tard l'influencer et le
perdre; elle voudrait à tout prix empêcher
entre eux l'échange d'un mot, d'une caresse.
Dans sa terreur de voir la contagion gagner cette
petite âme, elle l'aide à sortir de sa fragile prison
de chair pour s'envoler vers Dieu. Ne frémissez
pas, l'irréprochable Mⁿ Ambient n'a rien de commun avec Médée; elle n'use contre son enfant ni
du fer ni du poison; mais elle laisse une maladie,
que les remèdes pourraient enrayer, faire son
œuvre. Ce drame épouvantable a lieu sans éclat,
dans le cadre *esthétique* le mieux imaginé pour
en rehausser l'horreur, dans un *cottage* délicieux qui loge toutes les élégances quintessenciées
du pré-raphaélitisme à la mode. Jamais peut-être
M. James n'a si complètement réalisé son rêve

d'emprisonner la plus pure, la plus subtile essence de l'*actuel* au fond d'un vase d'or dont, sans qu'une goutte s'en échappe, il martèle et façonne la surface *dure et brillante;* ce n'est pas parce que le bijou est petit qu'il est moins difficile à ouvrer. La recherche du *mot juste* le jette dans ces angoisses qu'a connues Flaubert.

On conçoit qu'un pareil travail ne puisse être que très lent. Pendant que Henry James compose une nouvelle de cinquante pages, un autre romancier international de son pays, Marion Crawford, publie deux ou trois volumes qui font tous regretter *Mr Isaacs*, un premier récit plein de promesses que son auteur n'a pas tenues jusqu'ici.

Une fécondité presque extravagante est aussi le défaut de M. Edgar Fawcett qui semble avoir pris pour spécialité de dénoncer les sphères mondaines, encore toutes neuves à New-York, avec leur esprit d'imitation, leurs puérilités d'emprunt, leurs brutalités d'origine. La sympathie même que nous inspire son talent nous fait ouvrir avec crainte chacun des volumes qu'il a signés et qui menacent d'être aussi nombreux bientôt que les épis d'un champ de blé.

Ils sont amusants, modernes par excellence,

ces romans de M. Fawcett. Quelques-uns d'entre
eux valent beaucoup par le mouvement, la conduite alerte de l'intrigue; mais comment les détails seraient-ils mûris, les caractères suffisamment développés? Comment ne relèverait-on pas,
au milieu de scènes charmantes, les traces d'un
travail précipité? Par exemple, il manque à l'un
des plus intéressants, *les Aventures d'une
veuve* [1], cette pondération indispensable dans
toute œuvre d'art, le juste équilibre des masses et des figures, des accessoires et du fond.

Il y a des trous, des lacunes dans l'exposé des
transformations du personnage principal, cette
Pauline, qui commence par se montrer vaine et
ambitieuse, pour devenir esprit fort ensuite et
s'éprendre follement à la fin de l'homme qui
devrait être le moins sympathique à une raison-
neuse de son espèce. Les prétendues inconsé-
quences féminines ont souvent des causes secrè-
tes, plus sérieuses qu'on ne croit et nous ne
demanderions pas mieux que d'en avoir la clé,
mais cette clé M. Fawcett ne nous la donne guère
et il nous laisse, en somme, sous l'impression que
son héroïne a plus de bonheur qu'elle n'en mérite. N'a-t-elle pas fait d'abord un fort vilain ma-

---

1. *The Adventures of a Widow*, Osgood, Boston.

riage? Ce roman nous apprendrait, si nous ne le
savions déjà, qu'en Amérique, du côté des femmes, le mariage est assez rarement décidé par des
questions sentimentales, qu'il est plutôt, comme
en Europe, un simple marché où l'on tient compte
de l'argent d'abord, puis du nom, de la famille.
Et le marché est infiniment plus choquant aux
yeux des moralistes qu'il ne saurait l'être dans
les vieux pays historiques, l'Américaine n'ayant
rien de commun avec certaines brebis passives,
obéissantes, qui se laissent donner sans amour.
Cette soumission de la faiblesse et de l'innocence
peuvent être ailleurs la suite d'habitudes féodales
et cloîtrées, la conséquence des souvenirs de verrous et de grilles, l'héritage de l'oppression sous
toutes ses formes, mais dans un pays où les préjugés et les superstitions sont inconnus, où les
filles savent si bien calculer, se défendre et même
attaquer au besoin, le mariage ne devrait être,
logiquement, que le résultat d'un libre choix du
cœur. Ces demoiselles, cependant, jurent fidélité
à un somptueux hôtel et à de fringants équi-
pages, beaucoup plus qu'au pauvre diable qui,
lui, s'est laissé prendre tout bonnement à leur
beauté.

Du moins est-il impossible de s'intéresser au
mari de Pauline. S'il y a une victime, c'est ici

l'imprudente jeune fille qu'une mère sans fortune
a bercée de l'idée qu'elle devait employer ses
charmes à trouver un beau parti. Pauline sait par
expérience quel ennui il peut y avoir à compter
sur la libéralité de quelque parente riche, qui
croit être magnifique en vous offrant une mé-
chante robe ou une douzaine de paires de gants ;
son orgueil se révolterait volontiers contre les
dons de cette nature, mais il s'agit d'être aussi
bien mise que telle ou telle héritière. Sa mère,
maladive et pressée de l'établir avant de quitter
ce monde, excite, au lieu de les calmer, des ambi-
tions toujours trop promptes à naître dans de jeunes
cervelles ; bref, Pauline en vient à envisager
le mariage au point de vue purement commercial.
Elle passe, sans condescendre à s'en apercevoir,
auprès de l'amour de son cousin Courtlandt Beekman, un honnête homme qui n'a rien de très
brillant, mais qui, sous une apparence d'ironique
froideur, tient en réserve les plus nobles qualités.
Mais Courtlandt est pauvre, pauvre comme elle,
le bon sens lui commande de rechercher une héritière ; c'est du moins l'opinion de Pauline ;
quant à elle, sans hésiter, elle met sa main dans
celle d'un fat qui a passé la cinquantaine, quoiqu'on le trouve bien conservé. M. Varick a pris
en France, où s'est écoulée la plus grande partie

de sa vie, un ton de galanterie badine mal apprécié à New-York ; généralement on juge ses b ns mots un peu lestes et ses façons auprès des femmes en flagrant désaccord avec une moustache blanche, élégamment retroussée d'ailleurs.

— Bah! dit Pauline à son cousin Courtlandt, il ne me déplaît pas à moi. C'est un changement, enfin ! Vous autres, ici, vous êtes tous taillés sur le même patron.

En vain, Courtlandt essaye-t-il de l'avertir à temps que son fiancé est Français, Français des pieds à la tête, c'est-à-dire, naturellement, corrompu jusqu'aux moelles. Pauline veut que sa mère soit contente, elle veut du luxe. M. Varick se débarrasse donc d'une maîtresse qui l'attend à Paris, après quoi il épouse la plus jolie personne de New-York, en se promettant de ne pas quitter dorénavant sa ville natale, devenue supportable en pareille compagnie. Mais il a compté sans la goutte qui fond sur lui peu après son mariage. Les médecins conseillent un séjour prolongé en Europe; il emmène sa femme et, quatre années plus tard, celle-ci revient veuve, désabusée du mariage et pour cause, jurant bien qu'on ne l'y reprendra plus. Après l'épreuve, sa beauté sérieuse et touchante frappe autant que jamais et retient davantage. Courtlandt est resté garçon.

Comme autrefois, il se consacre à elle fraternellement; comme autrefois, elle le consulte, lui
soumet tous ses projets, mais à la condition qu'il
sera toujours de son avis. Par exemple, spirituelle et riche, et mûrie par une triste expérience,
elle tient, dit-elle, à faire un noble usage de sa
liberté; elle prétend vivre par l'intelligence, avoir
un salon, un salon choisi, exceptionnel, où personne n'entrera qui soit vulgaire ou seulement
médiocre : l'argent, l'élégance, la situation sociale n'y donneront pas accès; elle ne veut que du
mérite et du talent; un peu d'excentricité même
ne lui déplaira pas.

Courtlandt la défie de satisfaire ce caprice à
New-York, mais, sur le bateau même qui la ramenait en Amérique, Pauline s'est assurée l'appui
du plus entreprenant des coopérateurs, qui lui a
promis de l'aider dans l'œuvre qu'elle médite.
C'est un Irlandais du nom de Kindelon ou plutôt
l'Irlandais par excellence, car M. Fawcett a tracé
le portrait d'une race tout entière en même temps
que celui d'un individu. Le caractère de Kindelon
suffirait au succès du roman. Il vit, il nous amuse,
il nous enjôle comme il enjôle Pauline, ce superbe
garçon qui est tout expansion, toute faconde,
toute franchise apparente. La grâce naturelle de
ses mouvements n'a d'égale que la solidité de ses

épaules; on dirait que chez lui le sang coule plus libre et plus chaud que chez tout autre; un sourire éblouissant illumine sa physionomie, ses cheveux, d'un noir bleu, frisent trop; de sa bouche fraîche et sensuelle sort un anglais très pur en dépit de l'accent irlandais. Ses yeux sont irlandais aussi, expressifs jusqu'à l'indiscrétion; sa voix basse et sonore fait croire à une profondeur de sentiment qui lui est étrangère. Quoiqu'il parle beaucoup, personne ne s'en plaint, tant sa conversation est entraînante; mais il plaide avec une égale conviction le pour et le contre d'une thèse quelconque; toutefois il ne ment pas avec la volonté de mentir, non, il se trompe lui-même lorsqu'il trompe les autres. Ralph Kindelon, le quatrième fils d'une famille de onze enfants, est venu chercher fortune en Amérique; il s'est découvert un certain talent pour écrire; le voilà journaliste avec des dons prodigieux sans être supérieurs, une mémoire incomparable, une facilité funeste, un semblant de génie, enfin. Du reste, ni patience, ni suite dans les idées, le suprême dédain de toute économie, bien qu'il soit pauvre, une incapacité enfantine pour apprécier la valeur de l'argent. Posséder, à son gré, c'est dépenser. Il rit de toutes les conventions et les brave naïvement; il n'a jamais su s'imposer de contrainte : bref, le plus

effronté, le plus aimable des bohêmes. Et c'est à
un pareil homme que l'altière et délicate Pauline,
revenue de toutes les choses qui ne sont pas purement éthérées, accordera sa confiance à première vue, lui permettant de la guider pour la
création de ce fameux salon dont elle n'a pas les
premiers éléments ; car la société proprement
dite l'assomme. Les femmes, ses anciennes amies,
ne causent pas, elles babillent comme des perru-
ches au brillant plumage ; les hommes semblent
tous disposés à lui faire la cour, — Courtlandt excepté, qui persiste dans le rôle d'Alceste, lui disant à tout risque de dures vérités, et d'abord
que son Kindelon n'est qu'un aventurier. L'intimité de Pauline avec ce personnage scandalise
« le meilleur monde » ; on jase, elle n'en tient
pas compte et s'éprend et s'affiche de plus en
plus.

D'après les conseils de son nouvel ami, elle
s'est liée avec une M⁷ˢ Dares, divorcée, fort respectable d'ailleurs, qui a fait toute sa vie de la
littérature de modes, de la littérature industrielle,
pour élever ses deux filles, dont l'une est peintre
et l'autre professeur. M⁷ˢ Dares donne des soirées
modestes où affluent tous ceux qui tiennent une
plume. Chez elle, il sera facile de lever des re-
crues pour le fameux salon, à la condition de

choisir un peu. Mais c'est justement ce choix que l'on ne pardonnera pas à M⁽ʳ⁾ Varick ; son discernement est taxé d'insolence, elle aura contre elle tous ceux qu'elle croit devoir exclure et une bonne partie de ceux qu'elle invite. Les premiers crient à l'outrage ; les seconds, par esprit de corps, soutiennent leurs confrères. Le tableau satirique de la première soirée est, comme on dirait en argot moderne, le *clou* auquel s'accroche l'intérêt du livre, la partie la plus vive et la plus piquante, bien qu'elle nous semble tourner à la caricature. M. Fawcett a le rare talent de mettre en scène, auprès des acteurs principaux, un grand nombre de comparses qui se meuvent avec aisance et dont on n'oublie plus la physionomie bien marquée. Nous ne savons si les silhouettes de personnages littéraires qu'il pose malicieusement en deux traits sont ressemblantes ou chargées ; nous inclinerions à croire qu'il a exagéré les couleurs, notre expérience personnelle ne nous ayant fait connaître rien de semblable à ces conférencières ridicules, à ces bas-bleus affamés, à ces poètes qui, abrutis par le tabac, ou exaspérés par les stimulants, cherchent à imiter Victor Hugo, Théophile Gautier, Baudelaire, quand ils ne s'attachent pas aux traces de Keats, à moins qu'ils ne rêvent de fonder une poésie purement américaine. Tous,

qu'ils aient du talent ou qu'ils n'aient que des
prétentions, sont aussi mal élevés les uns que
les autres et feraient mille bassesses pour entrer
dans la seule société qui existe en somme à New-
York, celle qui représente l'aristocratie. Mrs Varick s'en aperçoit avec dégoût; ses hôtes lui font
l'effet de vanités monstrueuses greffées sur les
plus mauvaises manières; ils ne savent même
pas causer, car l'effort continuel d'atteindre en
écrivant à l'originalité de l'expression, d'éviter le
lieu commun, a tué chez eux toute spontanéité,
tout naturel. Le salon qui devait être l'orgueil
et l'intérêt de sa vie n'aura vécu qu'un soir, un
soir de supplice, mais cette tentative avortée en-
traînera pour elle de longs ennuis.

Une espèce de virago, un reporter femelle, du
nom de miss Cragge, furieuse de n'avoir pas été
invitée, publie dans quelque journal de bas étage
une de ces diffamations qui sont en Amérique l'un
des fruits de la liberté absolue de la presse. Sous
une rubrique transparente, les amours de Pauline
et de Kindelon sont raillés de la façon la plus ve-
nimeuse, avec de perfides allusions au passé de
la jeune veuve. Cette bombe éclate à l'heure où
Pauline est décidée à rompre avec le *clan* intrai-
table des Poughkeepsie, auquel sa naissance la
rattache, à s'encanailler une fois pour toutes en

épousant son journaliste, dont elle a encouragé, provoqué même la demande comme une reine ferait pour le sujet qu'elle autorise à monter jusqu'à elle. L'infâme et calomnieux article la révolte naturellement, mais il a pour premier effet de précipiter le mariage : Kindelon saura défendre sa femme!

Cependant l'une des insinuations de miss Cragge a laissé dans le cœur de Pauline la flèche aiguë d'une insupportable jalousie; cette vipère n'a-t-elle pas dénoncé l'engagement du journaliste avec Cora Dares, la jeune fille peintre, une admirable élève de Henner et de Daubigny, qui réussit avec un égal talent le portrait et le paysage? Cora est belle, infiniment attrayante, et bien des signes ont trahi déjà sa tendre préférence pour Kindelon; mais celui-ci affirme à Pauline qu'il n'aime qu'elle au monde, et Pauline veut le croire. Il est vrai que ce parangon de sincérité jure non moins éloquemment à Cora qu'il l'adore toujours, et que l'enivrement d'une fortune qui semble lui tomber des étoiles a pu seul le séparer d'elle. Or, un hasard heureux fait que, la veille même de la bénédiction nuptiale, l'épouse du lendemain entend les adieux passionnés qu'adresse son fiancé à l'amante abandonnée. Il n'a rien prémédité... Kindelon est incapable de réfléchir, toujours il cède à la tentation du moment avec l'élan irrésistible, l'absence absolue de logique et les intentions généreuses qui, en dirigeant d'une certaine façon, violente autant que vague, les Irlandais présents et passés, ont fait de la malheureuse Irlande ce qu'elle est devenue, hélas! Son grand cœur hibernien, expansif, aisément attendri, dévoré de flammes légères, changeantes, mais inextinguibles, est assez large pour loger deux amours à la fois, et même plus; en revanche, sa conscience éminemment flottante se refuse à lui montrer le droit chemin, mais Pauline sait mieux que lui ce qu'elle veut et ce qui s'appelle le devoir. Elle repousse pour toujours une fantaisie indigne d'elle et retourne à la solitude de son veuvage qu'aucune illusion ne peut plus embellir.

— Ah! dit-elle au brave cousin Courtlandt, devant qui elle répand sans contrainte toutes ses larmes de honte et de douleur, ma vie est brisée, elle me fait l'effet maintenant d'un escalier qui ne conduit à rien. Combien peu elle m'a donné de satisfaction! Quelle destinée que la mienne!

— Toutes les existences se valent si nous les considérons à ce point de vue, répond Courtlandt; la différence ne subsiste que dans la manière de les envisager... Vous êtes jeune encore...

— Oh! j'ai soixante ans! s'écrie-t-elle en gémissant de lassitude.

— Dans un an d'ici vous aurez recouvré votre âge normal.

— Non, je ne puis le croire.

— Attendez et vous verrez. J'attendrai aussi.

La veuve rejette sa tête en arrière avec un éclat de rire bref.

— Vous attendrez longtemps.

— J'y compte bien, répond Courtlandt de son air morose et résolu, mais j'aurai le dernier mot. Vous savez que je suis toujours bon prophète; vous-même, vous me l'avez dit.

Vraiment, Pauline, en présence de cet attachement obstiné, n'a plus le droit de se faire l'écho des théories de Schopenhauer sur l'amour. Sa thèse favorite, auparavant, était celle-ci : « Toute femme qu'un don intellectuel spécial ne sépare pas de la masse de ses pareilles, toute femme qui ne proteste pas, par une œuvre, contre l'infériorité de son sexe, est vouée au mépris de l'homme; mépris recouvert d'adulations, d'idolâtrie peut-être, mais trop réel cependant, cette prétendue idolâtrie n'étant qu'un instinct aveugle qui seul empêche les hommes de détruire la femme, comme ils font de tout animal plus faible qu'eux. » Courtlandt, en lui rendant sa propre

estime, en se posant devant le monde comme le
champion de son honneur, lui prouvera que l'a-
mour peut être, du côté de la barbe, autre chose
qu'une fascination toute physique et toute invo-
lontaire. Il a été patient, désintéressé, il a veillé
sur elle tandis qu'elle le méconnaissait; à l'heure
des déceptions, enfin, il lui pardonne! Pauvre
excellent Courtlandt! Amènera-t-il cette insatia-
ble, dévorée de l'envie d'être riche, puis de besoins intellectuels plus ou moins factices, à se
contenter tout simplement du lot de la femme
heureuse?

Dans un roman plus faible, mais encore curieux de M. Fawcett : *Cymbales retentissantes* [1], l'admirable abnégation d'un autre redres-
seur de torts, Lawrence Rainsford, fait ressortir
la sécheresse et la frivolité si fréquentes chez la
jeune fille américaine. Repoussé par une étourdie
qui se laisse prendre aux avantages tout exté-
rieurs d'un homme à la mode, Tracy Tremaine,
dont les vices, sous cette surface élégante, sont
ceux d'un portefaix, puisque nous le voyons,
après un prétendu mariage d'amour, s'enivrer
habituellement et finir par frapper sa femme,
Rainsford renouvelle son offre à la veuve de ce

---

1. *Tinkling Cymbals,* 1 vol. Osgood, Boston.

drôle. Il épouse l'ingrate Leah, toujours chérie, malgré sa beauté pâlissante, malgré les cheveux blancs qui sont venus atténuer l'éclat de son auréole d'or. Ayant grandi en talent et en renom, tandis qu'elle s'usait dans une horrible lutte contre des humiliations et des douleurs trop méritées, il considère comme une récompense le droit tardif qu'elle lui accorde de consoler sa vie brisée.

Après avoir lu ces divers récits, d'un tour très réel, comment ne pas conclure que sur leur trame, triste ou gaie, l'Américain se détache bien supérieur moralement à l'Américaine? Non pas l'Américain déguisé, gâté par l'imitation étrangère, contrefaçon de l'Anglais débauché, comme Tracy Tremaine, ou du mauvais sujet parisien, comme le vieux beau Hamilton Varick, mais ce type de force virile, de dévouement sans phrases, d'affection protectrice et de bon sens imperturbable, un Courtlandt Beekman, un Laurence Rainsford. La créature humaine, quel que soit son sexe, n'est bonne apparemment qu'à la condition d'être victime. Peut-être les jeunes filles américaines ont-elles trop de privilèges. Il en résulte que parfois elles ressemblent à cette dure et capricieuse Leah, qui n'aime que les hommages, son indépendance et sa beauté, qui

défie l'opinion, se moque de tout le monde, a des
idées arrêtées sur toutes choses, donne de rudes
leçons aux ecclésiastiques, se fait présenter un
beau garçon désagréable à sa mère, accepte ses
bouquets malgré les conseils, court partout avec
lui en tête-à-tête et répond à une timide admo-
nestation : « Chère maman, n'essayez pas de me
mettre le mors ; jetez-moi plutôt les rênes sur le
cou une bonne fois, laissez-moi prendre mon petit temps de galop. Je vous jure que je ne m'em-
porterai pas ! »

Miss Leah s'emporte cependant jusqu'à épouser
le vaurien contre lequel on avait voulu la pré-
munir, jusqu'à entrer de force, pour ainsi dire,
dans une famille qui ne veut pas d'elle, car
Tracy Tremaine appartient au prétendu grand
monde, que nous voyons avec un mélange de
surprise et d'amusement s'imposer à chaque pas :
cette république, au point de vue social, tient
plus d'une mystification en réserve !

La mère de Tremaine ne peut faire grâce à la
mère de Leah, l'éminente M⁻ᵉ Romilly, sur laquelle se concentre toute l'estime de l'auteur, —
M⁻ᵉ Romilly, une fort honnête femme et une
belle personne, qui, si elle eût possédé le don
d'écrire, aurait, assure-t-il, doté la littérature
d'ouvrages d'une haute valeur sur les questions

humanitaires et philosophiques. Elle n'a rien fait imprimer, mais elle a parlé d'une façon entraînante; elle a bravé pour cela le ridicule et la calomnie; ses idées généreuses se sont épanchées dans des conférences qui lui ont valu d'être caricaturée en costume d'amazone, désignée par les gens timorés comme l'apôtre de réformes dangereuses, attaquée sans merci dans les feuilles dévotes. A la fin, elle s'est sagement aperçue que le progrès marche de lui-même, sans que ses partisans s'offrent en holocauste avec un tapage qui sert plutôt à le retarder; et elle se borne désormais à méditer dans la retraite les auteurs grecs et Herbert Spencer. Peut-être aurait-elle mieux fait d'élever sévèrement son indomptable fille, qui nous paraît beaucoup plus pénétrée des droits de la femme que de ses devoirs. Quoi qu'il en soit, l'alliance avec une émancipée convaincue d'avoir péroré en public, sur une plate-forme, contre le mariage et la religion, déplaît singulièrement à M⁣ʳˢ Tracy Tremaine douairière. Cette patricienne exaspérée jette à la tête de la femme forte les hauts faits d'une race illustre en Angleterre bien avant l'émigration qui l'a conduite sur d'autres rivages, race féconde en généraux, en hommes d'État, en diplomates, en dignitaires de l'Église, lesquels, n'ont cessé d'honorer leur nouvelle patrie jusqu'à la naissance de l'ivrogne de bonne mine, dernier représentant du nom. Ce sont là des préjugés, sans doute, mais dont le poids retombera lourdement sur Leah pour l'écraser. Elle paiera cher son *intrusion*, l'erreur qui lui a fait prendre pour une délicieuse musique la vaine pompe et le vain bruit de ce que la Bible qualifiait d'airain sonnant, de cymbales retentissantes; alors que la vie *fashionable*, avec ses raffinements, n'était pas inventée, il y avait déjà de fausses amours, de faux honneurs, de faux plaisirs. Mais les enthousiasmes intempestifs des réformatrices trop pressées, les utopies des cervelles surexcitées par une culture vague, les grands projets téméraires que l'on n'accomplit qu'en foulant aux pieds son bonheur et celui de ses plus proches, n'est-ce pas aussi un vain bruit, une vaine fumée, la sonnerie creuse de l'airain, le retentissement non moins orgueilleux qu'inutile des cymbales d'or dont le cliquetis meurt dans l'air?...

Nous serions tenté de le croire en lisant *Rutherford* [1], notre préféré parmi les innombrables ouvrages de M. Fawcett, celui où il a donné la pleine mesure d'un talent qui trop sou-

---

1. 1 vol. Funk and Wagnalls, New-York.

vent s'est égaré depuis. L'héroïne, Constance Calverley, est pourtant ici une noble fille, un type
de beauté vigoureuse et féminine à la fois, de
virginité sérieuse et imposante. Avec ses intentions philanthropiques un peu confuses, mais
généreuses, elle rappelle la Dorothée Brooke de
Middlemarch; elle aussi est persuadée que tous
les dons de l'intelligence et toutes les ressources
d'une grande fortune ne nous sont accordés
qu'en dépôt pour servir au bien général, elle
aussi aurait honte d'accaparer le bonheur qui,
en ce monde, n'est qu'une fugitive exception.
La plus tendre compassion pour les misères de
l'humanité décide du sort de ces deux femmes,
mais l'héroïne de George Eliot, en poursuivant
ses grands rêves, ne sacrifie qu'elle-même, tandis que celle de M. Fawcett est funeste d'abord
aux deux êtres qu'elle chérit le plus. Par ses
refus, qui la torturent d'ailleurs, Constance décide à un mariage déplorable Duane Rutherford,
le dilettante aimable épris de la perfection jusqu'au découragement, un Américain formé,
affiné par des voyages et revenu d'Europe aussi
séduisant que possible. Celui-là ne fait cas que
du beau dans un sens esthétique, et pour Constance il n'y a rien de beau que le bien. De là
le gouffre qui les sépare; et puis, cette ardente

2.

patriote est persuadée qu'un long exil volontaire
a rendu Rutherford étranger aux véritables intérêts de son pays. Elle ne peut épouser que
celui qui paraît être capable de la seconder dans
ses vastes projets, et celui-là est John Penrhyn,
l'une des figures les plus sympathiques que nous
ayons rencontrées dans la littérature romanesque
d'aucun pays. Le vulgaire qualifierait de communes sa stature massive, ses manières toutes
simples; on peut le trouver gauche, mais Constance est capable d'apprécier la valeur morale de
cet homme. Il rougit comme une jeune fille, il
a la naïveté d'un enfant; quel mélange, avec cela,
d'énergie et de dignité modeste, de volonté in-
trépide et de magnanime patience! Quoiqu'il
soit de l'Ouest et qu'il n'ait jamais passé les
mers, Penrhyn ne manque pas de culture; nous
connaissons mal une partie des États-Unis, qui
de jour en jour se civilise; on n'y trouve pas
seulement des buffles, elle renferme aussi d'excellents collèges. Dans l'Illinois, Penryhn est
devenu un fort bon légiste; avant tout, il a un
but arrêté dans la vie, un but conforme à celui
de miss Calverley, qui se servira de ce beau
zèle. Il sera entre ses mains un instrument précieux, son esprit et le sien formeront une admirable union de forces administratives mises

en jeu pour la réforme des misères sociales.

Il ne manque à leur entente parfaite qu'un sentiment passionné qui, porté chez Penryhn à sa suprême puissance, ne lui sera jamais accordé par sa fiancée. Le pauvre homme s'en aperçoit bien tard! Trop amoureux pour pouvoir se passer de réciprocité, trop loyal pour admettre le compromis qu'elle lui propose, il rend sa parole à l'imprudente et s'éloigne, emportant au plus profond du cœur une blessure qui ne se fermera jamais, capable encore cependant de faire un usage excellent de sa vie, car de pareils êtres, l'honneur de l'humanité, ne tombent pas, quoi qu'il arrive, dans le désespoir égoïste et stérile.

Rutherford, d'autre part, est devenu l'époux fort tourmenté d'une jolie créature, aussi malheureuse qu'insupportable, qui s'est jetée à sa tête avec une sorte de véhémence, de brutalité. La nature d'Adélaïde est l'antithèse même de celle de Constance et très curieusement américaine. On plaint cette frêle enfant, tout en s'irritant contre elle. Souple comme une branche de saule, le visage amaigri et coloré d'une rougeur hectique, les yeux étincelants d'une sorte de fièvre entre deux paupières palpitantes comme ses lèvres, qui frémissent toujours, sujette à s'évanouir le matin et à danser le soir, elle frappe à

première vue par une mobilité quasi maladive.
Nombre de ses compatriotes sont ainsi, à un
degré plus ou moins excessif, dominées par leurs
nerfs, vivant trop vite sans que leurs forces aient
le temps de se réparer, semblables à une flamme
brillante que le vent fouette jusqu'à ce qu'il l'é-
teigne. Pauvre et mondaine, elle a toute sa vie
accepté sans rien donner en échange; son engouement pour Rutherford est excité par la jalousie que lui inspire Constance et qui devient
peu à peu chez cette *détraquée* une monomanie
odieuse : elle environne son mari de pièges, elle
l'accable de reproches, lui sachant mauvais gré
des tendres égards qui servent, dit-elle, de mas-
que à son indifférence. Au fond, elle a raison, il
n'a jamais adoré que Constance. Constance, de
son côté, a compris finalement qu'elle se brisait contre l'impossible : après avoir tenté d'é-
craser l'amour, elle sent que l'amour se relève
pour l'écraser à son tour. Au moment où cette
cruelle situation paraît le plus inextricable, l'auteur la dénoue par une catastrophe qui laisse
Rutherford seul au monde en face de Penryhn
son ancien rival.

L'émotion n'est pas moindre, bien que plus
contenue, dans le meilleur livre d'un émule de

M. Fawcett, George Parsons Lathrop, le gendre
de Nathaniel Hawthorne. Nous pouvons rappeler
cette illustre parenté sans risque de suggérer
aucune idée de comparaison fâcheuse entre le
plus grand des romanciers du nouveau monde et
l'auteur de *Afterglow, an Echo of passion,
Newport* [1], la qualité principale de M. Lathrop
étant, chacun le reconnaîtra, d'être avant tout
lui-même. *Newport* se rattache à l'ordre de romans dont nous parlions en commençant, qui ne
relèvent pas d'une inspiration purement américaine. Ce n'est ni la description, vive et colorée
du reste, de cette succursale de Brighton, *Newport*, ni les portraits croqués sur cette avenue
de Bellevue, spirituellement comparée à la pa-
rodie de la *Voie Appienne* par Boulanger, qui
fixent particulièrement notre attention, c'est une
crise psychologique susceptible d'être transportée, sans y rien changer, dans tous les cadres. Le
casino de *Newport* pourrait être aussi bien celui
de Trouville; les parties de *polo* donnent lieu à
une flirtation qui, en Angleterre, accompagne
également le *crocket;* et, s'il est amusant de
penser que les grands seigneurs plus ou moins
ruinés de l'ancien monde passent la mer d'aven-

---

1. *Newport.* 1 vol. Ch. Scribners, New-York.

ture pour aller courtiser chez elles les héritières
yankees, nous voyons sur nos plages françaises
assez d'héritières yankees faire les yeux doux à
un titre pour que le jeu ne semble pas très nouveau. Non, c'est le fond du sujet qui attache, et
il n'est d'aucun climat en particulier, il est humain. Le voici, résumé dans une rapide esquisse
qui lui fait grand tort, car elle ne permet pas
de rendre le parfum d'idéal, subtil et concentré,
qui pénètre toutes les situations pour les enno-
blir.

Le héros du livre, Oliphant, trouve dans les
papiers de sa jeune femme morte la trace d'une
correspondance amoureuse qui a précédé son
mariage; il acquiert la preuve que celle qu'il
pleure s'est conduite comme une coquette à l'é-
gard d'un homme vraiment épris. Presque aussitôt, sur la plage même de Newport, le hasard
le jette en présence de la veuve infiniment gra-
cieuse et désirable de cet homme, M⁰ Octavia
Gifford. Celle-ci, trop instruite du passé, a la
tentation diaboliquement féminine de satisfaire
une sorte de jalousie posthume et de venger
l'époux dont elle n'a pas été l'unique amour,
sur le mari de la cruelle dont autrefois Helvetius
Gifford fut victime. Et elle se venge, en effet, et
elle souffre, car elle s'est prise dans ses propres

filets, car la comédie qu'elle joue est devenue peu
à peu réalité. C'est une nouvelle illustration du
proverbe : *On ne badine pas avec l'amour.* Mais
est-ce de l'amour vraiment qu'elle éprouve?...
L'analyste habile qui conduit cette brûlante expérience se demande si l'amour et la haine ne
sont pas une même passion, différente seulement
dans les effets, comme certaines substances
dangereuses peuvent être tantôt un poison mortel,
tantôt un moyen, au contraire, de ramener le
malade à la santé. Quoi qu'il en soit, Octavia
est perplexe; elle avait cru dans sa fierté ne pouvoir s'attacher qu'une fois et voilà que l'amour
sincère, qui l'effleure en passant, lui donne soudain une plus haute conception de ce qu'elle
n'avait jamais véritablement ressenti. Imaginez
une saine et vigoureuse bouffée de brise marine
traversant l'atmosphère attiédie d'un salon. Est-
elle donc infidèle aux premières tendresses? Ne
serait-elle pas fidèle plutôt, en dépit de ses changements, à l'idéal unique qui une fois ne lui
a pas tenu parole tout à fait? Ce sphinx se trouve
aux prises à son tour avec une énigme trou-
blante. Oliphant lui est cher, voilà tout ce qu'elle
sait, et elle s'en assure alors qu'il n'est plus
temps, quand la mort implacable a résolu le di-
lemme.

Signalons la dernière scène, celle où l'on voit
Oliphant périr sur le bateau qui, après une
épouvantable épreuve, le ramenait vers le bonheur recouvré. Il le sacrifie, ce bonheur, à une
créature humaine, la première venue rencontrée
par hasard au milieu d'un naufrage. L'inconnue
dont il sauve l'existence au prix de la sienne
n'a rien qui la recommande, rien, sauf qu'elle
est femme et qu'elle est mère, qu'elle présente
à ce double titre une image de la vie en sa forme
la plus sacrée. Ce ne sera pas sans raison qu'Octavia portera un deuil éternel, sous lequel sans
doute se déchaîneront des remords plus cruels
encore que ses regrets.

II.

Voulez-vous trouver parmi les produits de la littérature américaine quelque chose que le vent de l'imitation européenne n'ait pas encore effleuré? Cherchez parmi ceux que nous appellerons par excellence les *naturalistes*, en avertissant toutefois nos lecteurs qu'il ne faut pas prendre le mot de *naturalisme* dans le sens qu'on lui donne en France depuis peu et qui est devenu synonyme d'un certain genre de réalisme, ni même dans son acception philosophique ordinaire. Il nous a semblé que ce mot pouvait exprimer aussi le culte de la nature et s'appliquer, par conséquent, à cette école littéraire qui a produit dans le nouveau monde, les nombreux ouvrages classés sous un titre difficilement traduisible, *Out-Door library*, la bibliothèque du dehors, du plein air, bibliothèque saine et fortifiante qui fait les délices de l'Amérique en sa jeunesse virile. Les volumes qui la

3

composent, sont là devant nous [1], au-dessous
de ce chef-d'œuvre dont ils dérivent, la *Nature*
d'Emerson, et il semble que les aromes des
champs, la fraîcheur des forêts, s'en exhalent. Thoreau vous appelle à jouir d'un *Printemps dans
le Massachusetts*; l'auteur des *Biglow Papers*,
l'érudit, le lyrique, le spirituel Lowell apporte
dans le tableau des événements quotidiens dont
son jardin est le théâtre ces qualités de l'humo-
riste, du critique et du poète que l'on trouve si
rarement réunies et qui chez lui, par exception,
se confondent. C'est aussi l'*Été dans un jardin*
qui tente la plume facile et le talent d'observation de Dudley Warner; John Burroughs nous
réchauffe au *Soleil d'hiver* et célèbre tout ensemble *les Oiseaux et les Poètes*. A peindre les
oiseaux encore, leurs mœurs et leurs caractères,
à retracer toute une série de romans et de dra-
mes ailés s'est consacrée la plume d'Olive Thorne
Muller et celle de Bradford Torrey. Edith Tho-

---

1. I. Writings of H. D. Thoreau : *A Week on the Concord and Mer-
rimack Rivers; Walden; Yankee in Canada; Cape Cod; Excursions;
The Maine Woods; Early Spring in Massachusetts; Summer; Letters*,
new and revised edition; Hougton, Mifflin and Cº Boston, 1881-1884.
— II. J. Burrough's Books; *Fresh fields; Birds and Poets; Locusts
and Wild honey; Pepacton; Winter Sunshine; Signs and Seasons;
Wake Robin*, id., 1886-1887. — III. *My Garden Acquaintance*, etc;
by J.-R. Lowell; id., 1886-1887.

mas nous fait faire *le Tour de l'année*, de ses saisons, de ses plaisirs, des impressions qui se dégagent d'elle, note la chanson du vent et celle de l'eau courante, s'inspire pour philosopher ou pour discourir de la pluie, du beau temps, de la neige, d'un brin d'herbe. Sarah Jewett nous invite avec beaucoup plus d'autorité à la suivre dans ses *Chemins de traverse* ou sur la plage paisible de *Deephaven*. Les *Poèmes* de Célia Thaxter retentissent mélodieusement des bruits de la mer et reflètent avec autant de vérité que de tendresse l'aspect des côtes de la Nouvelle-Angleterre.

On voit que les noms féminins sont nombreux sur cette liste, réfutant le préjugé trop répandu qui veut que les femmes aient à un degré médiocre l'intelligence de la nature. Nous serions plutôt disposé à croire que les moyens de développer cette intelligence leur manquent surtout. Ce n'est pas en vain qu'aux États-Unis un professeur illustre dans les deux mondes qui le revendiquèrent à l'envi, Louis Agassiz [1], a vulgarisé avec le charme qui lui était propre la science tant enrichie par ses découvertes; ce n'est pas en vain qu'il associa la plus attentive et la

1. Louis Agassiz, *Life and Letters*, edited by his wife.

plus dévouée des compagnes à ses travaux [1]. Les conférences qui excitèrent un enthousiasme si général, les ingénieuses écoles d'été qu'il imagina pour permettre la continuation des études d'histoire naturelle pendant les vacances, son enseignement si clair et mis à la portée de tous, son grand dessein d'élever, sous forme de musée, un temple qui, en attestant « les révélations écrites dans l'univers, » parlât à l'esprit des masses, comme autrefois les anciennes basiliques, rien de tout cela n'a été perdu. A ces nobles esprits que les circonstances rapprochèrent dans le cénacle de New-Cambridge, Emerson et Agassiz, il faut attribuer l'élan nouveau que nous constatons chez les deux sexes vers le culte de la nature. L'impulsion esthétique vint du premier et l'impulsion scientifique du second. Une littérature toute spéciale devait sortir de ce mouvement; son but est à la fois d'instruire et de fournir un aliment à la verve exubérante qui a nom *animal spirits*. La plupart de ceux qui s'y livrent ne poussent pas bien loin leurs investigations; ils se bornent à ce qui est familier et proche, mais cet étroit domaine est grandi par le sentiment profond de l'intime parenté qui

---

1. *A Journey in Brazil*, by Louis Agassiz and Elizabeth Agassiz.

existe entre l'homme et les choses dites inani-
mées où vibre une âme pourtant, la nôtre, l'âme
universelle.

Certes, nous ne prétendons pas que tous les
livres de la bibliothèque en plein air aient beaucoup de valeur : il y en a de puérils, il y en
a de pédantesques ; au plus grand nombre, on
pourrait reprocher une monotonie presque inévitable dans la forme, notes ou journal, l'abus
fatigant du *je*. Peut-être cependant trouvera-
t-on quelque intérêt à relever les contrastes qui
existent entre cette littérature naturaliste et
celle qui, chez nous, prend moins justement le
même nom. D'un côté, c'est la préoccupation
d'une sorte d'hygiène morale, une manière de
sport qui exerce dans le meilleur sens les rouages
intérieurs, tonifie les nerfs, retrempe l'esprit aux
sources de la jeunesse, et d'abord force les plus
égoïstes à sortir d'eux-mêmes. De l'autre, c'est
le goût, au contraire, de descendre en soi, de
s'absorber dans une analyse morbide de sensations et d'entraînements contre lesquels il semble que la volonté ne puisse rien. Entre les fatalités de l'hérédité et les suggestions de l'hypnotisme, l'homme ne sera bientôt plus qu'un
jouet torturé, inconscient. La nature lui appa-
raît armée de lois impitoyables auxquelles il

s'efforcerait en vain d'échapper ; elle est son en-
nemie plutôt que sa mère et sa consolatrice. Tout
devient aliment au pessimisme, au *tædium vitæ*
affecté ou réel. Peut-être, nous le répétons, n'est-
il pas inutile de montrer à notre vieille France,
si difficile à amuser, si curieuse de raffinements
poussés parfois jusqu'à la chinoiserie, les passe-
temps dont se contente un pays moins blasé,
jaloux avant toutes choses de rester *manly* (mâle, viril) et qui transporte dans l'art même ce
genre d'aspirations.

La popularité de Thoreau, par exemple, est
bien caractéristique. En la constatant, nous se-
rons amené à étudier une vie plus énergique
encore et plus pure que l'œuvre qui en fut le résultat ; nous pourrons revenir aussi sur un sujet
trop peu connu : l'éclosion et le développement
de cette Arcadie intellectuelle que créa autour de
lui le grand optimiste Emerson, celui qui a dit :
« Bâtissez-vous votre propre monde, » et qui a
donné l'exemple en faisant descendre l'idéal sur
un petit coin du globe.

Ce petit coin si singulièrement favorisé fut le
village de Concord, auquel un de ses historiens
applique le jugement porté par Tacite sur Mar-
seille dans sa *Vie d'Agricola* : « Un lieu où se

trouvent mêlées la culture grecque et la fruga
lité provinciale. » En effet, l'influence de l'université voisine de Cambridge s'y faisait fortement
sentir à travers les mœurs rustiques; de hautes
pensées s'y alliaient aux habitudes les plus simples; les deux mille habitants, dont le nombre a
doublé depuis, étaient unis par un lien étroit
d'égalité sociale, malgré les différences intellec-
tuelles. Thoreau, l'une des gloires de Concord,
prête en guise d'armes à sa ville natale un champ
verdoyant dont une petite rivière très rapide
ferait neuf fois le tour. La Musketaquid, Rivière des Prairies, glisse à travers de vastes
pâturages où s'éparpillent les chênes, où l'airelle
forme un tapis épais. Une rangée de saules nains
borde son cours, tandis que plus loin des vignes
se suspendent aux érables, aux aulnes, à tous
les arbres amis de la fraîcheur. Les plateaux sont
au contraire sablonneux en maints endroits,
hérissés de rochers dans d'autres, et la moitié
environ du territoire communal est couverte de
bois magnifiques. Jamais région ne se prêta
mieux au recueillement ni aux rêveries errantes.
Son aspect explique assez qu'Emerson, après
avoir renoncé à la prédication unitairienne, ait
choisi cette paroisse laïque. Il en fit dès lors une
sorte d'académie où affluèrent les pèlerins avides

de recueillir la parole du maître, où la *blanche
lumière* de son génie, le plus complet qu'ait
produit l'Amérique, brilla comme un phare sur
lequel restaient fixés les regards attentifs de
nombreux disciples. Ce génie qui, par son élévation et son austérité, semble mériter cependant
l'épithète de solitaire, exerça l'action d'un aimant
irrésistible. Il suffit, pour s'en assurer, de lire le
passage suivant, où se manifeste le tour à demi
railleur et si particulier du romancier Nathaniel
Hawthorne, l'un des hôtes dont s'enorgueillit
Concord :

« Il n'était point nécessaire de m'éloigner
beaucoup du pas de ma porte pour rencontrer
des formes humaines plus étranges au point de
vue moral que l'on n'en eût trouvé ailleurs dans
un cercle de mille lieues. Ces fantômes de chair
et de sang étaient attirés par l'influence croissante d'un grand penseur original, qui avait élu
son gîte terrestre à l'extrémité opposée de notre
village. Le merveilleux magnétisme que cet esprit exerçait sur d'autres esprits d'une certaine
constitution fit entreprendre à plusieurs de longs
pèlerinages dont le but était de lui parler face à
face. De jeunes visionnaires, pourvus de tout
juste assez de profondeur pour transformer la
vie autour d'eux en labyrinthe inextricable, ve-

naient chercher le fil qui devait les aider à se
retrouver ; des théologiens à cheveux gris, em-
prisonnés dans leurs propres systèmes comme
dans une cage de fer, voyageaient péniblement
jusqu'à sa demeure, non pas pour demander la
délivrance, mais pour inviter le libre esprit à
partager leur captivité. Tous ceux qui étaient
tombés sur une pensée nouvelle ou qu'ils
croyaient telle accouraient vers Emerson, comme
celui qui vient de trouver une pierre précieuse
se précipite chez le lapidaire pour s'assurer de
sa qualité et de son prix. »

Hawthorne écrivit ces lignes au moment où
le transcendentalisme sévissait à l'état d'engouement, où la rue ombreuse du village voyait
passer sous ses vieux ormes non seulement une
procession de philosophes, d'esthéticiens, de
poètes, assidus autour du « libérateur » de la
pensée, mais encore les représentants de la dis-
tinction, de l'élégance mondaines, des hommes
haut placés, des femmes charmantes. Emerson,
enveloppé de sereine indifférence pour tout ce
qui n'était pas sa bibliothèque, ses promenades
et une communion intime avec quelques âmes
choisies, prêtait néanmoins à cette foule empres-
sée l'auréole de ses propres attributs. Il l'a dit
à propos des *Amis* de Margaret Fuller, qui étaient

3.

aussi les siens : « Je me rappelle ces personnes comme une troupe d'élite (*fair*, *commanding troop*), chacun étant orné de quelque supériorité de beauté, de talent, de grâce ou de caractère, et dans le nombre plus d'un qui a depuis montré une véritable valeur... »

C'était en 1845. Dix années s'étaient écoulées depuis que le nouveau Platon avait adopté pour retraite cette heureuse vallée d'où partit l'essai universellement répandu aujourd'hui, qui fit dire, lorsqu'il parut anonyme : « Quel est l'auteur de *la Nature?* — Dieu et Ralph Waldo Emerson. » Daniel Webster venait presque chaque année à Concord, qu'il appelait le paradis terrestre; Théodore Parker souhaitait d'y prêcher, et Alcott, Thoreau, le poète phalanstérien Ellery Channing, tant d'autres dont les noms sont devenus célèbres à différents degrés et à différents titres y représentaient ce transcendentalisme dont l'orgueil donna tant de souci jusqu'à sa mort (1841) au bon pasteur Ripley.

M. Sanborn, qui se rattache à l'école en question, nous a, dans un ouvrage biographique [1], donné des détails très intéressants sur ce vénérable docteur Ripley, qu'Emerson appelait

---

1. *American men of letters, Henry D. Thoreau*, by F.-B. Sanborn; Boston, 1884.

si bien *a natural gentleman*, et dont les vertus, l'humeur hospitalière, la simplicité, la belle intelligence restée intacte à un âge avancé, jouissent encore, dans le pays qu'il dirigea, d'une réputation légendaire. Il habitait la maison admirablement décrite par Hawthorne dans la suite de contes intitulée : *les Mousses du vieux presbytère*, et ne voyait pas sans effroi, nous dit M. Sanborn, croître cette branche du mysticisme, ce buisson ardent apparu tout à coup dans son jardin même. Ses belles lettres au docteur Channing, qui s'alarmait moins que lui de la nouveauté, témoignent des sentiments que lui inspirent ces spéculateurs trop modernes qui veulent être appelés *réalistes* et qui, par leurs oracles, troublent l'air tranquille de sa paroisse. Il est forcé d'admirer de tels hommes, dont la science et la vertu sont indiscutables, et qui offrent l'exemple d'une vie sans reproche; mais que ne donnerait-il pas pour leur voir trouver une méthode meilleure de faire le bien, une manière plus intelligible d'instruire et de réformer le prochain!

Du reste, Emerson lui-même admet que le nom de transcendentalisme semble devenu synonyme d'une sorte de mort, quand il parle à son tour de ce besoin (qui est un signe des temps)

qu'éprouvent beaucoup de personnes intelligentes et religieuses de se retirer des compétitions,
des travaux convenus pour adopter un genre de
vie solitaire et critique duquel aucun résultat
bien sérieux n'est encore sorti pour justifier cette
séparation : « Ils se mettent en grève et deman-
dent que quelque chose leur soit donné à faire
qui soit digne d'eux... Ils s'isolent. L'isolement
est l'esprit qui préside à leurs écrits, à leurs con-
victions; ils refusent de supporter les fardeaux
publics, de prendre part aux affaires, aux chari-
tés publiques,...au culte public... Ils ne veulent
pas voter. »

Ces remarques semblent s'appliquer à ses amis
Alcott et Thoreau. Nous n'avons rien à dire, après
M. Emile Montégut, de l'utopiste qui tenta de
fonder la fameuse association de Brook Farm;
l'ermite de Walden est moins connu; c'est lui
qui doit figurer en tête de la série des naturalistes américains.

Henry David Thoreau fut le dernier descendant
mâle d'un ancêtre français qui vint de Guerne-
sey, selon Emerson, de Jersey, selon Sanborn, à
qui nous empruntons cette curieuse biographie,
habiter la Nouvelle-Angleterre, et il n'est pas
impossible de retrouver sous la greffe saxonne et
sous les influences du milieu, qui firent de lui

l'Américain par excellence, quelques-uns des
traits distinctifs de sa patrie d'origine : un bon
sens imperturbable, une extrême franchise, le
don d'écrire des lettres charmantes, et un certain attachement au clocher qui ne lui permit
jamais, tout en tenant par plusieurs côtés à l'é-
cole de Robinson, d'abandonner longtemps sa
famille. Seul entre les transcendentalistes, il naquit à Concord (1817); les autres y vinrent de
différents points de l'Amérique. Ses yeux s'ou-
vrirent à la lumière de l'esprit alors que Carlyle
en Angleterre, Emerson en Amérique, prépa-
raient leurs contemporains à cette renaissance
moderne qui a porté des fruits si variés et si
abondants. Il mourut (1862) quand l'ère purement spirituelle du mouvement passa pour faire
place à une ère de régénération politique qu'il
appelait de tous ses vœux. Son regard clair et
perçant avait scruté l'avenir, et les théories abo-
litionnistes qui dans sa bouche furent traitées de
paradoxes, entre 1840 et 1860, se trouvèrent à
la fin avoir été autant de prophéties.

Le jeune Thoreau prit ses grades universitaires à Harvard College; il essaya d'abord de
l'enseignement, mais alla bientôt partager les
travaux de son père, qui était fabricant de
crayons. Ayant perfectionné cette industrie et

fabriqué un crayon de mine de plomb qui, au
gré des marchands et des artistes, pouvait ri-
valiser avec les meilleurs produits de Londres,
il répondit à quelqu'un qui le félicitait d'avoir
trouvé le chemin de la fortune : « Je ne recom-
mencerais pas ce que j'ai fait une fois. A quoi
bon?... » Et en effet, il ne s'arrêta jamais à aucune profession, dédaignant en toutes choses les
sentiers battus et ne se piquant de pratiquer
que l'art de *bien vivre.*

   « Dès l'âge de dix ans, dit Ellery Channing,
qui a raconté son histoire avec l'enthousiasme de l'amitié, il avait la force d'âme d'un
Indien et tant de sérieux qu'on l'appelait le
juge. »

   Sa vie se passa en promenades sans fin, favorables à cette incessante étude de la nature qu'il
poursuivait en évitant le plus possible, tout instruit qu'il fût, le secours de la science technique,
car il n'était curieux que des faits et n'attachait
de prix qu'à l'observation personnelle. Une sorte
de dédain l'empêcha toujours d'envoyer des rapports à aucune académie, jamais il ne se soucia
d'être membre d'une société savante. Sous ce
détachement absolu se laisse deviner l'orgueil
émersonien, qui, autant que la vertu sans doute,
le conduisit à tous les genres de renoncements :

Il ne se maria jamais et vécut dans un célibat ascétique; il ne mangeait guère de viande, ne buvait pas de vin, se défendait le tabac, n'usait contre les bêtes ni de fusil ni de piège. « Protestant à outrance, » il alla en prison plutôt que de payer une taxe que sa conscience n'approuvait pas. L'esprit d'opposition était puissant chez lui; il le tournait non seulement contre les abus, mais contre la plupart des réformateurs, dont il examinait les mobiles très sévèrement. Il ne prit donc aucune part à la politique, se bornant à entourer d'un invariable respect le parti anti-esclavagiste. Son dévouement à cette cause se retrouve dans son courageux plaidoyer en faveur de John Brown, prononcé au moment de l'arrestation de celui qu'il considérait comme un héros. En toute circonstance, Thoreau faisait marcher de front la foi et la pratique. Sa liberté lui était plus chère que tout au monde, mais il la soumettait à une rigoureuse discipline morale. D'abord il s'imposait de réduire ses besoins. Quand il lui fallait cependant un peu d'argent, il aimait à le gagner par quelque besogne manuelle, construisant un bateau, une palissade, s'occupant de plantations. Le métier d'arpenteur, qu'il pratiqua de préférence à tout autre, lui fournissait l'occasion d'appliquer ses connaissances forestières et

mathématiques. De ses œuvres littéraires, il tirait peu de profit.

Il eût rougi de faire métier du don d'écrire,
qu'il possédait à un haut degré. On ne peut dire
que ce don lui fût inculqué par Emerson, ni l'ac-
cuser d'avoir été un écho du maître, quoique
l'influence de celui qui a été nommé avec raison le *Zeitgeist* personnifié, l'esprit même de
son temps, se soit imposée plus ou moins visi-
blement à tous ses disciples, même à Hawthorne
qui convient de l'impossibilité où il se trouva
un instant d'échapper à cette domination subtile,
irrésistible. Avant même que Thoreau connût
Emerson, dans les premiers essais datés de Cambridge, dans les tâtonnements du jeune homme
de dix-huit ans, se trouvent les qualités bien
personnelles qu'il développa plus tard : le sentiment de la nature, le génie de la description,
le goût des images et des symboles, un parfait
détachement de toute opinion étrangère, sans
parler du style, qui est celui d'un lettré délicat
nourri de l'étude des classiques. Pour Thoreau,
l'art d'écrire consistait à trouver des sentences
qui suggèrent beaucoup plus qu'elles ne disent
et qui sont comme environnées d'une atmosphère
bien à elles, des phrases qui ne ressuscitent pas
les impressions déjà subies, mais qui en créent

de nouvelles, des mots « durables à la façon d'un aqueduc romain ». L'expression définitive et concentrée le tentait surtout. Du reste, il se souciait peu de la gloire et retardait toujours le moment de publier; la quantité de manuscrits qu'il laissa derrière lui en est la preuve.

En 1837, Emerson lui ouvrit son recueil périodique: *The Dial.* Le premier ouvrage qu'il donna fut un petit poème : *Sympathy*, qu'avaient déjà précédé d'autres vers *A la fille de l'Est.* La légende veut que ces deux morceaux aient été dédiés à une jeune personne dont deux frères étroitement unis, Henry et John Thoreau, étaient amoureux; il est bien probable que, si le futur ermite de Walden ressentit l'amour, ce ne fut que sous la forme épurée du sacrifice. Ces vers ne témoignent aucune imitation de l'auteur des *Wood-notes*, mais révéleraient plutôt une étroite familiarité avec la littérature du temps d'Élisabeth et des Stuarts. Jusqu'en 1844, année où le journal cessa de paraître, sa collaboration au *Dial* continua; il reste de Margaret Fuller, qui aidait à la direction, des lettres bien remarquables touchant les articles ou les poésies qu'il présentait. Cette jeune femme, qui, sans avoir été à Cambridge, égalait et dépassait même en connaissances de toute sorte les gradués de l'université, cette conférencière, dont l'éloquence, l'érudition furent plus tard reconnues en Europe d'où elle revint marquise d'Ossoli, pour périr tragiquement dans un naufrage, en vue de New-York, avec son mari et son enfant, mériterait d'être l'objet d'une étude spéciale. Emerson l'avait surnommée l'*Amie;* elle fut celle de Thoreau jusqu'à le critiquer avec une sévérité sous laquelle, d'ailleurs, on devine beaucoup d'estime. Entre autres reproches, elle blâme le poëte novice de dire trop constamment et trop complaisamment de la nature : « Elle est à moi. »

« Elle ne sera pas à vous jusqu'à ce que vous ayez été davantage à elle. Cherchez le lotus, buvez à longs traits le ravissement. Ne dites pas avec cette confiance que tous les lieux, toutes les circonstances se ressemblent et se valent. Ceci ne deviendra vrai que lorsque vous aurez découvert que c'est faux. »

L'apprentissage, sous de tels auspices, fut certainement utile au jeune naturaliste. En même temps il faisait des *lectures* au lycée de Concord, qui entendit s'élever tant de nobles voix.

En 1840, Thoreau semble définitivement entré dans l'intimité du cercle d'élite qui se réunissait chez Emerson. Il avait écrit déjà sa *Semaine sur les rivières de Concord et du Merrimac,* et au-

tour de lui on trouvait ce livre tout parfumé de
la vie des bois et des ruisseaux de la Nouvelle-
Angleterre, d'une solidité, d'une vigueur vraiment aborigènes, donnant enfin l'idée d'un
homme qui est entré dans la nature en sachant
ce que la nature attend de lui. On a souvent raconté la vie des transcendentalistes. Tout en se
livrant aux plus hautes spéculations philosophiques, tout en discourant sur l'inspiration, sur
les bardes et sur les prophètes, ils n'oubliaient
pas un point essentiel de la doctrine, qui était
que chacun prit sa part de quelque travail manuel. Alcott, Ellery Channing, Hawthorne et
les autres, s'occupaient de fendre du bois, de fau-
cher, de faner, de tailler les arbres. Emerson
lui-même soignait son verger, mais il nous paraît certain que bon nombre de ces ouvriers n'é-
taient que des amateurs, apportant peut-être une
bonne dose d'affectation dans l'exécution de leur
programme, tandis que Thoreau s'évertuait
comme un vrai paysan, fidèle à sa fière résolution
d'entreprendre tout ce qu'un homme peut faire.
Quand il se bâtit une cabane au fond des bois,
Emerson songea un instant à l'imiter; ce projet
finit par la construction d'un pavillon dans son
propre jardin. Il en fut souvent ainsi. Thoreau
agissait, laissant rêver les autres. Le bon sens

qu'il nous plaît d'attribuer à ses origines françaises le préserva toujours des utopies et des
chimères, au milieu de la plus parfaite originalité
d'allures. Il laissa ses amis Alcott, Channing,
Horace Greely, etc., lutter contre les difficultés
insurmontables des associations de Brook Farm,
de Fruitlands et autres phalanstères plus ou moins
fouriéristes, et réalisa pour sa part, en ne s'appuyant que sur lui-même, un désir passionné
de solitude, qui s'est exprimé dans le meilleur
de ses ouvrages : *Walden*.

Walden, s'il était traduit, suffirait à établir en
France la réputation de Thoreau comme écrivain
et comme penseur. C'est l'histoire du séjour qu'il
fit sur le bord d'un lac reculé du Massachusetts,
où il avait voulu mener la vie sauvage, subve-
nir seul à tous ses besoins, gîte, vêtement, nourriture, affirmer ainsi sa complète indépendance.
La sérénité d'une âme maîtresse d'elle-même,
allègrement servie par des membres actifs, éclaire
ce livre et en fait une œuvre saine autant qu'intéressante pour tous les âges. Comme il plaint
sincèrement ceux qui ont eu le malheur d'hériter des prétendus biens d'ici-bas, et qui creusent
leur tombe, pour ainsi dire, aussitôt qu'ils ont
commencé à vivre! Certes, son expérience, si
belle qu'elle soit, n'est pas sans mélange de dé-

ceptions; mais ces déceptions il ne les livre pas aux profanes, il a ses secrets que nous pouvons entrevoir comme derrière un voile transparent à travers cette jolie métaphore indienne :

« J'ai perdu, il y a longtemps, un chien de chasse, un cheval bai et une tourterelle, et je suis encore à leur recherche. Nombreux sont les voyageurs à qui j'ai parlé d'eux et donné leur signalement. J'en ai rencontré un ou deux qui avaient entendu le chien et le galop du cheval, et même vu la tourterelle disparaître derrière un nuage, et ils semblaient aussi impatients de les retrouver que s'ils les eussent perdus eux-mêmes. »

On aurait tort de prendre à la lettre les fréquentes professions de misanthropie où se complaît Thoreau. Il nous dit bien que sa plus grande joie est de pouvoir se passer de l'aide des hommes, en compagnie desquels rien de simple ni d'honnête ne saurait être accompli, car, pour y atteindre avec eux, il faudrait d'abord les faire passer par un laminoir qui les débarrassât de toutes les vieilles notions; « et même, ajoute-t-il, le feu eût-il pénétré partout, il se trouverait encore un œuf caché, ici ou là, qui viendrait évoquer le passé, rappeler que le blé d'Égypte nous a été légué par une momie ». Mais ce ne sont là que des

paradoxes; en réalité, aucun pessimisme amer
n'accompagne chez lui le goût de l'isolement; sa
raillerie est bienveillante au fond. S'il témoigne
un certain mépris des théories philantropiques
en vogue, c'est qu'il croit que la meilleure façon
de secourir est encore de prêcher d'exemple. Au
lieu d'aspirer au projet ambitieux de réformer
le monde, que chacun se mette à quelque libre
travail. « Communiquons aux autres notre courage et non notre désespoir, notre santé plutôt
que nos maladies. Le matin nous apporte une
invitation joyeuse à faire de notre vie une vie
d'innocence et de simplicité,... écoutons le matin.
Les Védas assurent que toutes les intelligences
s'éveillent avec lui; la poésie date de cette heure-
là, les héros sont enfants de l'aurore. »

Chaque saison prodigue ses conseils au solitaire, tous les bruits de la forêt ont pour lui
un sens moralisateur. Au réveil, il se baigne et
se renouvelle dans son lac. Les bois l'environ-
nent sans aucune échappée sur le monde; il peut
donc se croire bien plus loin de lui qu'il ne l'est
en effet. Point de journaux; toutes les rumeurs,
y compris celle d'une révolution en France, lui
feraient l'effet de commérages oiseux. Il ne
mesure pas le temps : « Le temps, c'est le ruis-
seau où je vais pêcher. J'y étanche ma soif; mais,

tandis que je bois, je découvre le sable au fond et je sais combien il a peu de profondeur. Le mince courant glisse plus loin, plus loin, et l'éternité demeure. Je ne suis pas capable de compter jusqu'à un ; j'ignore la première lettre de l'alphabet... »

Son esprit, si orgueilleux devant les hommes, s'humilie. Il attend la résurrection de l'insecte qui tout à coup s'échappe, ailé, de la prison où il gisait à l'état de larve informe. La vraie lumière, en nous aveuglant, ne serait pour nous que ténèbres aujourd'hui, mais il y aura d'autres aurores que celles qui ont été contemplées par nos yeux mortels ; notre soleil n'est qu'une étoile du matin.... Tels sont les conseils, les leçons qui se dégagent du lac forestier et des moindres cailloux, des moindres herbes de ses rives. On comprend que Henry Thoreau, bien qu'il ne pratiquât en fait de culte que la prière silencieuse dans les grands bois, soit devenu le chef d'une sorte d'église qui tint sa place à Concord, entre les églises unitairienne et orthodoxe, celle des « promeneurs du dimanche », laquelle conquit depuis lors beaucoup d'adeptes. A cette église, il ne manqua pas même un martyr, Henry Thoreau ayant vraisemblablement payé de sa vie tant de fatigues demesurées, tant de nuits passées

sur le sol nu à contempler les étoiles, le dédain
de son corps, en un mot, et l'abus de ses forces.
Il mourut de consomption à quarante-cinq ans,
auprès d'une sœur digne de lui par l'élévation
de l'âme et la bonté, en répétant qu'il ne regrettait rien et que, jusqu'à sa dernière heure, il
jouissait de la vie autant que jamais.

Thoreau n'avait séjourné à Walden qu'un peu
plus de deux ans; il déclara ensuite avoir eu
d'aussi bonnes raisons pour quitter les bois que
pour y aller. De son ermitage, il reste une pyra-
mide de pierres, annuellement saluée par des
centaines de fidèles qui contribuent à la grandir
en y ajoutant chacun son caillou. Alors qu'il l'habitait, il y recevait bien quelques visites; lui-même
nous dit plaisamment qu'il avait trois chaises:
l'une pour la solitude, l'autre pour l'amitié, la troisième pour la société.

A la solitude, il dut ses plus grandes jouissan-
ces et ses plus hautes inspirations, mais il n'aurait pu, même pour l'amour d'elle, abjurer certaines affections en échange desquelles il reçut les
témoignages d'un véritable culte, ceux qu'il aimait recourant à lui comme à un confesseur et un
oracle. Il va sans dire que ces affections-là étaient
rares; leur intensité contenue se réflète dans
les pages célèbres qu'il a écrites sur *l'Amitié.*

On ne peut se figurer Thoreau en commerce de
camaraderie avec personne : « Je prendrais aussi
bien le bras d'un orme ou d'un chêne que le sien »,
disait un de ses amis. Il était difficile, en effet,
de se placer sur un pied d'égalité avec cet être
chaste et fort. Sa vraie compagne était la nature
parce qu'il lui semblait difficile de toucher ce
qui est essentiellement l'humanité à travers la
civilisation et le convenu. Néanmoins, il savait
apprécier à ses heures le contact des grands esprits réunis autour d'Emerson, et lui-même,
avec le temps, dut se résigner à voir les pèlerins
affluer chez lui ; mais il préférait à tous les propos de salon une histoire rustique empreinte de
vérité, comme savaient en conter les fermiers
qu'il fréquentait au cours de ses promenades. Il
faut dire que cette race d'émigrants établis dans
le pays dès la fondation de Concord, braves contre les Indiens et contre les Anglais, ardents
patriotes, énergiques défenseurs de leurs droits,
n'avaient rien de vulgaire. L'un d'eux, Hosmer,
a inspiré à Thoreau la belle page où il nous
montre ce vieillard à face pâle, marchant, l'âme
contente, auprès de sa charrue pour la cinq cen-
tième fois :

« La vie humaine peut être transitoire et
pleine de soucis, mais l'esprit éternel qui me-

sure l'étendue d'un printemps à un autre, de Co-
lumelle à Hosmer, est supérieur au changement.
Je m'identifierai à ce qui n'est pas mort avec Co-
lumelle et ne mourra pas avec Hosmer. »

Emerson a déclaré que c'était un privilège et
un plaisir que de se promener avec Thoreau; il
connaissait le pays comme un fauve ou comme
un oiseau; il n'y avait pas de point où il ne
fût passé par des sentiers à lui, où il n'eût
nagé, patiné, conduit son bateau. Ses sens
aiguisés par l'exercice lui permettaient de se retrouver dans l'obscurité, de mesurer à vue d'œil
l'espace, les arbres, les montagnes, de reconnaître la trace de tous les animaux sur le sol ou dans
la neige. Sous un bras, il portait un vieux livre
de musique où il rangeait les plantes; dans ses
poches, son journal, — car il notait toutes ses
pensées à l'endroit même où elles lui étaient ve-
nues, — un microscope, un couteau et de la ficelle.
Du reste, ses yeux perçants pouvaient se passer
de loupe, et il avait l'oreille d'un sauvage. Quant
à sa mémoire, elle était le registre photographi-
que de tout ce qu'il voyait ou entendait; il n'en
tirait pas vanité : ses livres prouvent que, si le
document lui importe, c'est par l'impression qu'il
produit sur l'esprit. Il était prompt à transformer
chaque pensée en symbole; il appréciait la valeur

de l'imagination qui élève et console la vie humaine. D'une patience à toute épreuve, il savait rester immobile comme un morceau du rocher sur lequel il était assis, jusqu'à ce que l'oiseau, le reptile, le poisson vinssent à lui par curiosité. On raconte sur son intimité avec les bêtes les anecdotes les plus étonnantes. Lui-même avec sa physionomie sagace et battue par les intempéries ressemblait, paraît-il, à un animal étrangement fin et singulièrement honnête tout ensemble, à quelque renard franc et généreux jusqu'à la magnanimité, si l'on peut réussir à se figurer ainsi un renard.

Quelqu'un lui a reproché d'avoir parlé de la nature, « comme si elle était née et avait été élevée à Concord ». Cette prédilection pour les environs de sa ville natale ne tenait pas à l'ignorance, mais il était d'avis que la meilleure place pour chacun de nous est celle où il a été planté. Deux ou trois fois seulement, sa plume, vive et colorée comme un pinceau, a tracé d'autres aspects que celui du paysage natal. Bien que l'étang de Walden fût pour lui un diminutif de l'océan, tout aussi curieux à sa manière que l'océan lui-même, il voulut se rapprocher de l'Atlantique, et le résultat d'une excursion de trois semaines du côté du *Cap Cod* lui a fait écrire la jolie relation de voyage, où, nous dit-il modestement, ses lecteurs ne doivent s'attendre à trouver que fort peu de sel, le sel que la brise de terre peut emprunter en soufflant par-dessus un bras de mer ou que l'on goûte sur l'écorce des arbres à vingt milles en terre après les vents de septembre.

L'espèce de fraternité qui l'attachait aux Indiens et le plaisir qu'il éprouvait à causer avec eux le conduisirent aussi dans *les Bois du Maine* où il eut pour guide un vieux sauvage fort intelligent et très apprivoisé, qui faisait beaucoup plus de cas que lui de la civilisation.

Ce fut peut-être une curiosité secrète de son vieux sang français, un effet de *l'atavisme* qui lui suggéra son voyage au Canada (*A Yankee in Canada*). Ce libre esprit, qui n'accepta jamais le joug d'aucune forme religieuse, s'y montre impressionné par le recueillement des églises catholiques, par l'attitude respectueuse des fidèles agenouillés, par cette large hospitalité romaine qui permet de pénétrer à toute heure dans la maison de Dieu; il irait volontiers, non pas le dimanche, car les prêtres, les cérémonies, tout lui paraît inférieur au catholicisme pur et simple sans aucun de ses accessoires ni de ses interprètes, il irait volontiers dans la semaine s'y

pénétrer de cette religieuse atmosphère, y *penser*.
Aucun symbole naïf ne le scandalise, pourvu
qu'il soit consacré par l'imagination des fidèles.
Il trahit cependant à son insu de très étroits
préjugés : les sœurs de charité catholiques lui
font l'effet de momies qui ont juré de ne sourire
jamais ; la volubilité, la politesse des gens, l'é-
tonnent fort, mais ce pays, qui paraît vieux
comme la vieille Normandie elle-même, qui lui
représente l'Europe et le moyen âge, remue chez
le Yankee Thoreau certains sentiments qui ressemblent à des souvenirs attendris : « S'entendre
dire que le village dont je demande le nom s'appelle *Saint-Féréol*, *Sainte-Anne*, celui   de
l'Ange gardien ou de *Saint-Joseph*, et d'une
montagne qu'elle est celle de Bel-Ange ou de
Saint-Hyacinthe!...» Partout des saints. A partir
de Saint-Jean, les noms des ruisseaux, des collines et des localités lui semblent pleins de
poésie : « Chambly, Longueil, la Pointe aux
Trembles, etc. Il ne faudrait qu'un peu d'accent
étranger, quelques voyelles de plus pour évoquer
un idéal. Moi, je commence à rêver de la Pro-
vence et des troubadours, de lieux et de choses
qui n'existent pas sur la terre. Ils me voilent la
tradition indienne, la forêt primitive. Les bois
du côté de la baie d'Hudson deviennent des forêts

de France et de Germanie. Je ne peux m'amener à croire que les habitants qui prononcent tous les jours ces noms délicieux et pour moi significatifs aient une vie prosaïque, comme nous autres de la Nouvelle-Angleterre. Bref, le Canada que j'ai vu n'est pas seulement un pays où aboutissent les chemins de fer et où se réfugient les criminels. »

Il se met à balbutier le français avec de braves gens aussi hospitaliers qu'ils sont pauvres, surpris qu'on ne lui indique pas une auberge quand il demande une « maison publique ». Le perpétuel *oui* des Canadiens amuse ce grand opposant, à qui jamais il ne coûta de dire *non*. Il lui plaît de constater que ces Français, dont on suit de par le monde si volontiers toutes les modes, ont adopté ici, de leur plein gré, beaucoup de coutumes indiennes, qu'ils portent des mocassins, tandis que les descendants des Pèlerins enseignent aux Anglais de nos jours à faire des bottines à vis. Jusqu'à un certain point, les petits-fils des compagnons de Cartier ont respecté les Indiens comme un peuple indépendant; ils les ont traités en alliés, en voisins, ce que les Anglais n'ont jamais su faire. Quand les Anglais prirent possession de Québec, en 1630, les Indiens crurent pouvoir se permettre avec eux la même familiarité qu'avec les Français; des coups leur répondirent, et aussitôt ils reconnurent la différence entre les deux races, ils s'attachèrent davantage aux Français. Les Anglais ont mieux compris l'émigration au point de vue du succès, mais Thoreau éprouve une sympathie secrète pour l'esprit d'aventure de nos coureurs de bois. Certainement le Canadien d'aujourd'hui manque d'énergie, sa pauvreté le prouve, mais peut-être possède-t-il des vertus sociales et autres qui font défaut au Yankee et qui, en réalité, sont une richesse.

C'est avec un plaisir infini que nous avons senti, en lisant *Yankee in Canada*, se réveiller chez Thoreau une vague prédilection pour la patrie de ses ancêtres, car la France doit être fière de reconnaître, à travers les générations écoulées, ce fils dont un juge tel qu'Emerson put comparer le caractère à la plante des Alpes nommée *edelweiss* (noble pureté). Poète, moraliste et philosophe, il fut d'abord un homme dans la plus haute acception du mot. Sa poésie est inégale et souvent rude. « Il lui manque le grand souffle lyrique et l'habileté technique, dit Emerson, mais il possédait la source même de la poésie dans sa perception spirituelle des choses. Son petit poème classique de *Smoke* (Fumée)

rappelle Simonide, tout en le dépassant [1]. Sa biographie est dans ses vers. Il en faisait une
hymne habituelle à la cause des causes, à l'esprit
qui vivifiait et contrôlait le sien. »

C'est nuire à John Burroughs que de parler
de lui après Thoreau, la ressemblance entre
eux étant grande, avec des différences qui
sont tout à l'avantage de l'auteur de *Walden.*
Burroughs a de moins le prestige d'une vie
exceptionnelle, racontée, commentée par des bio-
graphes tels que Sanborn et Channing. Il n'est
pas classé au rang des ermites, des stoïques
et des prophètes; nous ne le connaissons que
par de nombreux petits livres : *Fresh fields,*
Signs and Seasons, Winter Sunshine, etc.,
d'un aspect frais et verdoyant qui d'avance trahit
leur contenu. Il est évident que la joie de vivre
est emprisonnée là-dedans avec les pluies d'été,

1.   Light-winged Smoke! Icarian bird,
          Melting thy pinions in thy upward flight;
          Lark without song and messenger of dawn
          Circling above the hamlets as thy nest;
          Or else, departing dream, and shadowy form
          Of midnight vision, gathering up thy skirts;
          By night star-veiling, and by day
          Darkening the light and blotting out the sun;
          Go thou, my incense, upward from this hearth,
          And ask the gods to pardon this clear flame.

les paysages d'hiver, les rayons de soleil, les brises marines, le parfum des pins, le murmure des sources, le bourdonnement des abeilles, la nature enfin observée par un regard sûr de savant et d'artiste, idéalisée aussi par cette vision du poète qui considère tout subjectivement et, comme on l'a dit avec justesse, porte en lui les merveilles qu'il découvre au dehors. Il y a une part d'allégorie auprès de descriptions si minutieusement vraies qu'elles feraient croire que leur auteur est de ces privilégiés dont il parle, lesquels semblent avoir des yeux capables de percevoir du premier coup, et tout ensemble, les objets qui relèvent des domaines opposés du microscope et du télescope.

Burroughs est, comme Thoreau, élève d'Emerson : si clairement qu'il voie les choses de la nature, avec quelque curiosité qu'il les étudie, il est d'abord occupé de leurs suggestions spirituelles. Le titre d'un de ses plus jolis livres, *Sauterelles et Miel sauvage*, fait naître, par exemple, l'idée de ce qu'offre de délectable un désert même et du genre de trouvailles qui nous attendent sur les points les plus déshérités. Pour comprendre le sens de *Pepacton*, quelques éclaircissements sont nécessaires. Le Pepacton est un bras du Delaware, un cours d'eau pittoresque sur les rives duquel M. Burroughs est né; son nom indien signifie *mariage des eaux*, et ce nom convient bien à un livre où se réunissent maints courants en effet : morale, philosophie, notes familières crayonnées le long du chemin sur les plantes et sur les bêtes, anecdotes, critique même, car ces disciples d'Emerson sont tous, en science et en littérature, des critiques singulièrement sagaces. Il suffit, pour s'en assurer, de lire une certaine étude de Thoreau sur Carlyle. Les jugements de Burroughs sont marqués au coin de la même pénétration; il applique au monde intellectuel cette acuité de coup d'œil qui lui permet de scruter le monde physique. Il croit aussi à l'intuition.

« Un vrai poète, dit-il quelque part, en sait plus long que le naturaliste sur la nature, parce qu'il porte les secrets de la nature dans son cœur. »

Ceci est purement émersonien. Nous avions déjà lu :

« Dans les investigations qui concernent les lois de l'univers, cherchez la plus haute raison, elle sera toujours la vraie. Ce qui semble à peine possible n'est souvent si peu distinct que parce que c'est écrit au plus profond de l'esprit, parmi les vérités éternelles. La science empirique est susceptible d'obscurcir notre vue et, par la connaissance même des fonctions et des procédés, de priver celui qui s'y livre de la contemplation de l'ensemble... Que le naturaliste le plus instruit prête à la vérité une attention dévote et entière, il verra qu'il lui reste beaucoup à apprendre sur ses relations avec le monde et que l'on n'apprend cela par aucune addition ou soustraction ou autre comparaison de quantités connues, mais par les saillies non enseignées de l'esprit, par la possession de soi, par l'humilité absolue. Il s'apercevra qu'il y a des qualités bien plus excellentes chez le savant que la précision et l'infaillibilité, qu'on peut souvent recueillir plus de fruits en devinant qu'en affirmant d'une manière indiscutable, qu'un rêve enfin peut nous faire pénétrer plus profondément dans le secret de la nature que cent expériences concertées [1]... »

Aux théories du maître, à sa large synthèse de la nature, Burroughs ajoute cependant force variantes; il ne veut pas que le poète se repose avec trop de confiance sur la connaissance intuitive et qu'il néglige la vérité des détails. Tel est le fond de l'ingénieuse petite étude sur *la*

---

1. Emerson, *la Nature.*

Nature et les Poètes, un morceau qui pourrait donner à réfléchir au naturalisme de M. Zola, coupable, on le sait, dans un de ses romans, d'avoir fait fleurir ensemble toutes les fleurs de l'été.

Jamais Shakspeare, qui admettait cependant sans aucun pédantisme les conventions favorables à l'art, n'a erré en matière de zoologie ou de botanique, sauf quand il reproduit les superstitions inhérentes à son époque; mais personnellement, — M. Burroughs le prouve, — il se montre observateur aussi attentif des choses des champs et des bois que s'il eût passé sa vie en contact avec elles. Bryant, le père de la poésie américaine, a d'aventure sacrifié la vérité à la rime, quoique ses paysages aient un renom mérité d'exactitude. Longfellow, quand sa fantaisie l'emporte, ne s'arrête guère à demander : « Est-ce vraiment ainsi?... » Il passe outre, et pourtant il a écrit l'un des beaux poèmes naturalistes : *la Pluie en été*. — Le lecteur surprendrait bien rarement une fausse note chez Whittier, qui a rendu mieux qu'aucun autre dans *Snow-Bound* la physionomie de l'hiver au nord de l'Amérique. Emerson est presque impeccable; néanmoins, son élève le reprend respectueusement à propos de la chanson du merle, qu'il

pare des qualités d'un merle européen, tandis
que le merle d'Amérique n'est pas un chanteur.
Lowell a, du reste, fait une fois la même faute,
volontaire sans doute, car il possède merveilleu-
sement la faune et la flore de son pays. Le pan-
théisme de **Walt Whitman** marche de front avec
une connaissance approfondie des sciences na-
turelles. Celui-là est moins *local* que les poètes
de la Nouvelle-Angleterre, il se tourne davantage
du côté de l'Ouest; mais, tout en embrassant
parfois l'univers dans ses chants exaltés, il sait
être précis et même scrupuleux; n'a-t-il pas cherché pendant des années un mot qui pût suggérer l'idée de l'appel du soir modulé par le gosier
du rouge-gorge!

En somme, cette critique de Burroughs, critique d'un genre tout particulier et qui paraîtra
puéril à quelques-uns, est finalement favorable
aux poètes américains; elle l'est aussi à plusieurs
poètes anglais; si on l'appliquait chez nous,
peut-être M. André Theuriet serait-il seul trouvé
sans reproche.

Inutile d'ajouter que la précision scientifique
n'empêche pas chez le vrai poète l'originalité
du sentiment personnel, qui peut, en restant
toujours juste, être varié à l'infini. « Le rossignol de Milton n'est pas celui de Coleridge, la

pâquerette de Burns n'est pas celle de Wordsworth, l'abeille d'Emerson n'est pas celle de
Lowell, la nature est tout à tous », et voilà pourquoi M. Burroughs ne s'est jamais embarrassé
de l'analogie apparente que pouvait offrir son
œuvre avec celle de Thoreau. Il sait que le naturaliste et le poète, Darwin comme Tennyson,
créent à moitié le monde qu'ils décrivent; il sait
qu'un fait, avant de devenir poésie, doit passer
à travers le cœur ou l'imagination du poète,
de même qu'avant de devenir science, il
faut qu'il passe à travers l'entendement du savant; il n'oublie pas non plus que l'homme ne
peut prendre un réel intérêt à la nature que s'il
s'y voit reflété, et ce qui se reflète de la personnalité humaine dans ses livres est digne, après
tout, d'être ajouté aux observations d'Emerson et
de Thoreau. Pour nous autres du vieux monde,
Burroughs est moins inaccessible que Thoreau;
ce n'est pas l'*edelwiss*, c'est une plante plus
facile à rencontrer qui fleurit à mi-côte, entre
a solitude et le monde. Jamais il n'eut la fantaisie de se retirer dans une cabane construite
de ses mains, bien que ses aïeux eussent eux-
mêmes planté leur foyer dans les grands bois;
mais il a exprimé d'une façon charmante le
plaisir que l'on éprouve à bâtir pour soi une

maison. Tout peut manquer à son architecture, pourvu qu'elle suggère l'idée du repos. Il évitera le toit mansardé, qui ne protège pas suffisamment; parlez-lui d'un toit immense, s'élevant bien haut comme le flanc d'une montagne et couvrant les gens de même que l'aile d'une poule couvre les poussins. Point d'orgueil, point de vanité, de la modestie au contraire, de la sincérité surtout. Ruskin ne donnerait pas d'autres conseils, n'indiquerait pas mieux les significations morales de l'art et la vérité d'expression qu'il en exige.

Ceux qui ont l'haleine un peu courte et le pied paresseux trouveront les promenades avec Burroughs moins fatigantes que les rudes excursions de Thoreau; il se met plus volontiers à notre pas, il condescend mieux à comprendre nos faiblesses, reconnaissant, tout le premier, que les paysages américains ne semblent pas suffisamment abordables, qu'ils manquent de sentiers, de chemins de traverse, d'échaliers, de passerelles, de mille commodités qui viennent au secours du piéton d'Europe. Les oiseaux paraissent absents, leur musique, plus plaintive et plus intermittente, se perd dans de trop grands espaces, la population est clair-semée; la marche exige une certaine dose de résolution, elle ne peut tenter que les intrépides. Mais l'auteur de *Signs and Seasons* ne nous propose rien qui excède nos forces ; il aime à s'asseoir dans les bois ou bien au bord d'une rivière, jusqu'à ce que viennent à lui les choses qui méritent d'être observées. Presque toujours à l'improviste, il nous fait faire quelque découverte, et, en attendant, il cause de tout à bâtons rompus, non pas des horizons lointains ou des grands accidents pittoresques, mais de la fleur ou du caillou qu'il a sous la main, des détails de la vie rustique, des mœurs de ses *Voisins d'hiver*, le petit hibou du pommier creux, la timide lapine grise cachée sous le plancher de son cabinet de travail, les moineaux, qui ne sont ni aussi hardis ni aussi spirituels que ceux de nos villes.

Burroughs n'est pas exclusif à la façon de Thoreau ; moins original assurément, il se montre aussi moins abrupt, moins tranchant, moins obstiné contradicteur. Il n'a pas ces habitudes d'antagonisme qui poussent l'ermite de Walden à faire l'éloge de l'*aspect domestique* des forêts pendant l'hiver et à comparer les plus arides solitudes à Paris ou à Rome. Il ne nous abasourdit pas à coups de paradoxe. Quoiqu'il place, lui aussi, l'intelligence et

la sympathie bien au-dessus du savoir, il sait
beaucoup, — peut-être même montre-t-il trop
ce qu'il sait en abusant des citations, en faisant
continuellement appel au témoignage des Grecs
et des Romains. A propos d'un brin d'herbe,
d'une goutte d'eau, il évoque Homère et Pin-
dare, Théocrite et Virgile, Pline, Plutarque,
Sénèque. Du moins n'affiche-t-il pas le dédain
des connaissances classiques dont il se sert,
comme fit Thoreau, ce qui donnerait l'idée d'un
grain d'affectation chez l'homme le plus sincère
peut-être qui ait jamais existé, si l'on ne sentait
bien vite qu'il n'y a là qu'un paradoxe de plus,
mais un paradoxe irritant, à la longue.

Le fait est que les Américains très instruits
le sont rarement avec discrétion, de même que
ceux qui ont de très bonnes manières exagèrent
volontiers le *refinement*. La mesure en tout est
l'un des derniers fruits des vieilles civilisations.

Lowell lui-même, si brillant, si spontané, semble faire quelquefois parade d'érudition : M. Stedman, dont on ne peut trop admirer l'impartiale
critique, et que nous aurions dû nommer en
outre parmi les poètes naturalistes, a beau nous
affirmer [1] qu'il n'y a de sa part aucun pédan-

1. *Poets of America*, by E.-C. Stedman ; Boston, 1885, Houghton.
Mifflin.

tisme, mais qu'ayant étudié tout ce qui touche
aux thèmes qu'il veut traiter, humaniste, po-
lyglotte, familier avec les littératures anciennes
et modernes, *scholar* par excellence, il indique
les sources où il puise avec une abondance qui
ne serait en ce cas qu'un excès de loyauté; rien
ne nous paraît fatigant comme ce don de mémoire excessif, cette fureur de citations. C'est
un défaut de jeunesse. L'Amérique savante s'en
guérira.

Lowell, on le sait, est riche de son propre
fonds. Non content de chanter la nature en
beaux vers, il l'a abordée plus familièrement dans les études en prose (*out-door
studies*). Deux de ces études surtout : *My Garden Acquaintance*, *A Good word for winter*,
méritent d'être citées. Le goût que leur auteur éprouva tout enfant pour [un livre, de
White, l'*Histoire naturelle de Selborn*, lui fit
comprendre l'intérêt qu'il pouvait y avoir à con-
centrer l'observation du naturaliste dans un étroit
espace, qui devient grand comme le monde par
suite des découvertes qu'on y fait, et l'*humour*
qui résulte de l'importance disproportionnée
qu'on attribue à ces découvertes. Il a donc ins-
crit avec soin les événemens survenus dans son

jardin, parmi la gent ailée surtout; et, à propos de gazouillements, il trouve l'occasion de réfuter avec verve les jugements portés à la légère par certains Européens, qui déclarent, en passant, que l'Amérique ne possède pas d'oiseaux chanteurs. Certes, l'Europe en a davantage, parce que les forêts sont moins nombreuses. Les oiseaux chanteurs aiment le voisinage de l'homme, qui les préserve par sa présence des bêtes de proie et qui leur assure une nourriture plus abondante; mais c'est une erreur commune de croire que plus il y a d'arbres, plus il y a d'oiseaux. « Chateaubriand lui-même, qui, le premier, essaya des vertus de la forêt primitive et dont les descriptions de la solitude au point de vue imaginatif sont sans égales, se figure avoir entendu le peuple de l'air lui chanter des hymnes. Le fait est que plus on pénètre dans la profondeur des bois, moins on entend de voix d'oiseaux. Malgré la minutie de détails qui distingue Chateaubriand, malgré la merveilleuse image de l'arbre décrépit tombant de son propre poids, phénomène qu'il a été le premier à remarquer, je ne peux m'empêcher de douter qu'il se soit enfoncé beaucoup dans la solitude. Une lettre à Fontanes, écrite en 1804, parle de ses *chevaux paissant à quelque distance*. Il était enclin à monter en effet sur ses

grands chevaux; n'importe, ce ne doit être là
qu'une réminiscence après coup, une fantaisie
de grand seigneur, car on ne pousserait pas loin
à cheval vers les retranchements des forêts de
pins primitives. »

A défaut de rossignol, Lowell a le bobolink,
dont « la saison d'opéra » ne dure guère malheureusement. Bobolinks mélodieux, oiseaux-
mouches irascibles, rouges-gorges destructeurs
de fruits, geais, linots, grives, chardonnerets, etc.,
le maître du jardin les laisse vivre en paix à
leur guise depuis si longtemps qu'ils le traitent
avec une familiarité presque insolente. On dirait
qu'ils sont les véritables propriétaires du lieu
et qu'il n'est, lui, qu'un simple tenancier. Il ne
s'en plaint pas, persuadé qu'ils font, en somme,
plus de bien que de mal. Quel bipède mériterait
qu'on en dît autant de lui? Et, quant aux vols
effrontés des écureuils, il les excuse aussi, persuadé qu'élevé de même et exposé à des tentations
égales, il en eût fait bien d'autres... La belle saison est si courte! L'aimable philosophe, il est vrai,
a le bon esprit d'aimer tout autant la mauvaise.
Il faut lire son éloge de l'hiver, son apologie de
la neige, qui donne à la terre une physionomie
virginale avec laquelle nulle autre saison ne
saurait lutter, et qui fait paraître vulgaires les

autres beautés moins pures. Et le bruit lointain du lac d'où s'exhale comme un cri étouffé
quand la gelée le prend et fige sa surface! Rien
n'est plus impressionnant, sauf peut-être la chute
d'un arbre dans la forêt, au milieu du silence
d'une après-midi d'été. En outre, quelle heureuse
influence morale possède l'hiver! Certes, on peut
nommer l'automne le poète de l'année, mais c'est
un poète sentimental; il vous reste de ses splen-
deurs, à la fin, quelques feuilles colorées d'un
rouge hectique de mauvais augure; l'automne
touche les cordes les plus sensibles de l'âme,
jusqu'à la mélancolie, jusqu'à l'énervement. C'est
alors que la main virile de l'hiver vient mettre
bon ordre à cet état malsain; son souffle a vite
fait de vous éclaircir l'esprit, de dissiper les
brouillards et de vous montrer les choses comme
elles sont. C'est un poète aussi à ses heures,
mais un poète austère, à la voix mâle qui n'a-
mollit point le cœur.

Quelle que soit la saison qui les inspire, on doit
le reconnaître, aucun des naturalistes américains
n'a jamais ce tort d'amollir l'âme en faisant de
la nature la complice de ses passions, l'écho de
ses douleurs et de ses plaintes. Sur ce point,
ils se dégagent du groupe des grands peintres
de paysage idéal : Bernardin de Saint-Pierre,

5.

Cowper, Chateaubriand, Wordsworth, Byron,
Lamartine, George Sand, sortis de l'école de
Rousseau, qui lui-même, selon Lowell, dérive à
son insu de Thomson, ce poète incomplet, mais
sincère, le premier qui essaya de rendre avec des
mots ce qu'avaient fait, à l'aide des lignes et des
couleurs, Salvator Rosa et Le Poussin. D'autres
nous ont montré plus éloquemment le retour des
désespérés, des désabusés dans les bras de la
grande Cybèle, leur dernier refuge. Thoreau et
ses émules n'ont ni crimes, ni douleurs, ni dé-
senchantements à oublier. Ils vont droit à elle
d'un élan joyeux, innocent, presque enfantin, auquel les plus simples peuvent s'associer et qui
est pour tous d'un bon exemple. Point de rêveries alanguissantes sous les grands arbres, au
bord des eaux. Les femmes, — il y en a plus
d'une, nous l'avons déjà dit, parmi les naturalistes, et elles n'occupent pas le dernier rang, —
s'en gardent tout autant que les hommes. Elles
ne tombent pas non plus dans le mysticisme religieux; elles aiment l'activité, l'exercice au grand
air, elles ont lu Emerson et Agassiz, elles sont
frottées de science et de philosophie, mais d'abord
elles sentent la nature profondément et passionnément, elles savent la décrire dans son ensemble et dans ses détails. C'est avec discrétion

qu'elles ajoutent çà et là quelques figures à leurs paysages; l'élément romanesque se manifeste à peine. *A white Heron*, rencontré parmi les derniers récits de miss Jewett, nous semble un parfait échantillon du genre.

Nous ne croyons pas nécessaire de multiplier les exemples. Ceux qui précèdent feront suffisamment connaître cette bibliothèque, trésor de tous les âges, qui réunit fraternellement côte à côte tant de noms, les uns illustres, les autres modestes, sous ce titre où l'on sent déjà comme une bouffée de grand air : *Out-Door library*. On ne saurait dire qu'elle n'ait pas d'équivalent chez nous, Michelet ayant écrit l'*Insecte* et l'*Oiseau*, André Theuriet nous ayant donné l'*Automne dans les bois* et la *Promenade à la r d'un coléoptère;* mais il serait désirable que les livres de cette sorte devinssent plus nombreux : ce sont de bons et utiles compagnons en voyage et au coin du feu; ils vous emportent loin de tout ce qui dans la vie sociale est artificiel et discordant; ils vous laissent fortifiés; leur influence est moralisatrice et religieuse, quoiqu'ils n'aient rien de co un avec aucun sermon.

Remarquons, par parenthèse, que les romans bibliques, tant répandus autrefois, deviennent rares, et qu'ils ont perdu certainement de leur vogue.

Est-ce uniquement parce que le règne de cette
Bible vivante, la Nature, s'élève de plus en plus
auprès de celui de la Bible écrite, ou parce que
sur ce point l'Amérique imite l'Angleterre qui,
de son côté, se laisse influencer par la France?
De fait, malgré tout ce que nous avons pu dire
à la louange d'un *naturalisme* qui, compris de
cette façon, a inspiré d'ailleurs peu de romans
proprement dits, le *réalisme,* tel que l'entendent
Zola et ceux de son école, est en train de se glisser aux États-Unis où il a des admirateurs qui
dédaignent, cela va sans dire, le *vieux jeu* de
Mrs Wetherell ou de Mrs Stowe. Leur nombre n'est
pas encore très considérable et ils ont de véhéments adversaires, mais enfin la *Terre* et *Pot-
bouille* sont traduits et se vendent. Les disciples
de Zola commencent à surgir; parmi eux il faut
compter en première ligne miss Amélie Rives.

III.

N'est-il pas singulier que ce soit une femme, une jeune fille du meilleur monde, qui ait introduit dans un *magazine* [1] américain, les audaces de cette école moderne qu'à l'étranger on désigne sous le nom de « française? » Hâtons-nous de dire que miss Rives n'a pas d'origines puritaines; elle est du Sud, d'où sortit Edgar Poë, où a surgi Cable, du Sud qui garde encore, on le sait, l'empreinte des anciennes mœurs créoles. Le grand-père de miss Rives fut ministre plénipotentiaire en France; son père, le colonel Landon Rives, naquit à Paris et y fit ses études d'ingénieur à l'École polytechnique; bien des traditions françaises ont dû entourer l'enfance de *l'authoress*, qui s'écoula dans une terre de famille, en Virginie, au milieu des légendes et des

1. Lippincott's Magazine, Philadelphia : *The Quick or the Dead* by miss Amélie Rives.

sites les mieux faits pour développer chez elle
l'inspiration.

Elle écrivit en prose et en vers avec succès,
avant de publier son premier roman, *the Quick
or the Dead*, *le Mort ou le Vif*, qui, lorsqu'il
parut récemment, excita des enthousiasmes et
des protestations également démesurés. Le sujet
en est curieux, il faut le reconnaître, et mené avec
une verve fougueuse qui demanderait parfois à
être tempérée par le bon goût. On en jugera par
le résumé qui suit :

⁎
⁎ ⁎

Cette nuit-là, une pluie battante tombait et,
bien qu'aucun vent ne se levât, elle cessait, recommençait, gémissait ou s'apaisait sans relâ-
che, comme sous l'effet d'une capricieuse rafale.
Le trajet, effectué depuis la station dans l'obscurité, avait été une rude épreuve pour les nerfs
de Barbara, tandis que la voiture descendait à
fond de train cette route en pente, rompue par
d'innombrables ornières, entre la noire étendue
des champs et la profondeur pierreuse des ravins,
que la jeune femme reconnaissait aux lueurs intermittentes de l'orage.

Oui, elle se rappelait tout, les arbres paraissant se poursuivre sur le ciel automnal qui les faisait valoir comme un papier bleu fait valoir des esquisses sombres, et la grande herbe sèche d'un brun blanchâtre qui s'enroulait aux pieds des chevaux, pressés de regagner l'écurie. Ces braves bêtes dévalaient les chemins étroits, en passant par-dessus de grosses pierres, comme elles eussent fait sur des feuilles mortes. Le cocher nègre, qui excitait leur allure en sifflant et en levant les coudes, formait une silhouette si grotesque, sur le fond rouge et brillant des éclairs, que Barbara ne put s'empêcher de sourire, malgré sa peur ; mais elle redevint sérieuse lorsque la voiture faillit accrocher l'angle d'un mur en ruines, et ses craintes ne furent pas calmées par le souvenir qu'à moins de vingt mètres il y avait un pont périlleux formé de planches disjointes, avec une pierre posée çà et là. Ce pont s'abaissait au milieu jusque dans les eaux tourbillonnantes d'un ténébreux torrent connu dans le pays d'alentour sous le nom de Machunk-Creek.

Plusieurs légendes expliquent l'origine de ce nom. L'une d'elles, accréditée parmi les nègres, voulait qu'un homme l'eût jadis traversé une torche de résine à la main ; quand, au milieu de l'unique planche qui servait alors de passerelle, il laissa choir son flambeau, le pauvre diable s'écria désespéré : — *Oh! my chunk !* Oh ! ma torche !

Jamais Barbara n'avait douté de l'authenticité
de cette histoire ; aujourd'hui encore, elle pouvait se représenter la noire figure, épouvantée du
bouillonnement des eaux ; elle croyait presque
entendre ses cris. Un instant elle pensa descendre
de voiture pour suivre son exemple en traversant
à pied ; certain grondement sourd, certain ba-
lancement de mauvais augure l'avaient avertie
que le danger commençait ; elle ferma les yeux,
bien que l'obscurité fût complète. Une secousse,
un effort des chevaux qui s'éclaboussaient, puis,
une fois de plus, ce bruit particulier, unique, qui
sortait des grosses lèvres d'oncle Joshua, le cocher, et ils repartirent plus vite que jamais dans
les ténèbres croissantes, jusqu'à ce que le sable
de l'allée des voitures à Rosemary grinçât sous les
roues, jusqu'à ce que les bras familiers des grands
buis eussent égratigné au passage les flancs de
la voiture. Des taches de lumière orangée appa-
rurent entre les rideaux, une clarté semi-circu-
laire se dessina au-dessus de la porte du vestibule, et la tante Fridis s'élança pour embrasser
sa nièce, laissant sur chacune de ses joues élas-
tiques une molle humidité, avec un peu de l'ef-
filé poivre et sel d'un petit châle gris aux bou-
tons de sa jaquette. Aussitôt qu'elle le put, la

voyageuse s'échappa, en disant qu'elle prendrait
une tasse de thé dans sa chambre, et que sa tante ·
serait la bienvenue ensuite à lui dire bonsoir.

Maintenant Barbara reposait dans un vieux fauteuil recouvert de toile perse, devant un bon feu
de châtaignier. Avec quelle vivacité il lui rappelait les jours d'autrefois, ce vieux fauteuil! Autour d'elle s'agitait la femme de chambre qui
l'avait servie jeune fille, une mulâtresse surnommée Ramsès, à cause de son profil égyptien, et
portant sur sa tête bizarre des douzaines de petites tresses de laine noire liées par autant de petits
cordons blancs. Cette créature allait et venait
d'un pas muet et précautionneux, comme celui
d'un chat dans l'herbe mouillée; derrière sa maîtresse, en pleine lumière, elle examinait les vêtements dont venait de se dépouiller la jeune
femme, caressant les moelleuses fourrures avec
une volupté de connaisseuse, tantôt rapprochant
la zibeline de son menton pour regarder dans
une psyché à l'ancienne mode l'effet que produirait cette harmonie des couleurs, tantôt y enfon-
çant son visage bronzé, le dos en l'air, toute frissonnante de plaisir; et, pendant ce temps, Barbara
songeait, les yeux grands ouverts sur la danse
incertaine des flammes, en battant la paume
ouverte de sa main du bout frisé de ses cheveux

épars. Bientôt, Ramsès se rapprocha d'elle et se mit à chauffer l'intérieur d'une paire de mules à talons rouges, en les présentant au feu, contre lequel en même temps elle se protégeait le visage.

Ce geste alla droit au cœur de Barbara comme un coup de couteau. Valentin, son mari, ne manquait jamais d'en rire quand autrefois la mulâtresse chauffait de même ses pantoufles à lui. Les larmes s'amoncelèrent sous ses grands cils, et sa respiration haletante la secoua des pieds à la tête plus profondément que ne l'eussent fait des sanglots. Ah! elle avait été folle sans doute de revenir ici, où il était à prévoir que de pareilles coïncidences se présenteraient vingt fois par jour!

Et pourtant il y avait dans ce supplice une amère douceur. Elle promena autour de la chambre un long regard de détresse. C'était une grande chambre aérée comme on les aime dans le Sud. Un délicat mélange de gris et de rose, qui faisait penser à l'aurore, distinguait la décoration et l'ameublement. Le large lit d'acajou sculpté avait des rideaux roses et blancs, des peaux de chèvres blanches jonchaient le tapis, des sièges bas et commodes invitaient à la paresse; le nombre des miroirs révélait une certaine vanité de la part de ceux qui occupaient ce nid coquet, où d'ailleurs le goût ne faisait pas défaut ; il y avait aux murs de fort belles aquarelles françaises, et les cuivres massifs d'une table à écrire ancienne scintillaient aux lueurs intermittentes du feu.

Barbara se leva soudain et, rejetant en arrière sa lourde chevelure, se mit à errer de long en large sur ses pieds déchaussés.

— Attendez donc, miss Barbara, mon cœur, supplia Ramsès, en se traînant sur ses genoux, la pantoufle à la main. Vous allez user vos jolis bas.

Barbara continua la même promenade silencieuse.

— Tu peux t'en aller, dit-elle, je t'appellerai tout à l'heure.

Quand Ramsès fut sortie, elle ferma la porte à clef, puis marcha vers une des fenêtres et tira les rideaux. Le ciel était semé de petits nuages flottants à travers lesquels une lune encore humide apparaissait vaporeuse; les tulipiers, presque dépouillés du feuillage d'or dont ils se parent en octobre, tendaient leurs calices vides tout droits ou renversés, comme autant de gobelets fantastiques que devait remplir le brouillard. Le vent soufflait par bouffées, — on eût dit l'haleine d'un être endormi, — et la pluie avait cessé. Dans la pâle clarté, les cheveux de Barbara bril-

laient d'un éclat adouci et, à travers l'ondulation
des ombres, les baies du houx, déjà teintées d'é-
carlate, semblaient la regarder. Elle pouvait voir
la lumière que projetait sa fenêtre effleurer
l'herbe flétrie de la pelouse. Un cheval hennit
impatiemment au-dessous d'elle, et d'une prairie
lointaine d'autres hennissements répondirent à
celui-là. Avec un soupir, elle laissa le rideau reprendre ses plis accoutumés et, les deux mains
posées sur la table, se remit à explorer sa chambre d'un regard absorbant.

Comme ce regard revenait vers l'écritoire qui
lui servait d'appui, elle poussa un cri étrange et
recula jusqu'à la fenêtre. Combien les réalités de
la vie peuvent s'introduire d'une façon poignante
dans le pathétique, même pour le dépasser! La
vipère devant laquelle reculait ainsi cette pauvre
femme n'était qu'un cigare à demi fumé qui gisait sur un élégant cendrier, à l'endroit même
où une main négligente l'avait jeté trois années
auparavant. Et soudain elle tomba sur ses deux
genoux auprès de la table; saisissant ce morceau de tabac, elle le baisa, elle le baisa encore.

Barbara possédait à un degré gênant le sens
du ridicule; bientôt elle se mit à rire, non pas
d'un rire nerveux, mais tranquillement, en personne qui apprécie l'absurdité des choses; elle

se rendait compte de ce que penserait d'un pareil acte quelque témoin indifférent. Et, de nouveau, elle embrassa le bout de cigare, puis cacha son visage entre ses mains, frissonnante, avec de terribles sanglots silencieux et sans larmes. Comment s'en étonner? Dans cette même chambre, parmi ces mêmes objets, Barbara Pomfret avait passé jadis les trois premiers mois de la plus heureuse union. Deux années auparavant, son mari était mort, et elle revenait seule aux lieux qui lui rappelaient un si cher passé. Chaque meuble, chaque livre, chaque bibelot était associé de quelque manière à l'image du bien-aimé disparu; le moindre objet évoquait pour elle quelque réminiscence poignante, et pourtant c'était sa volonté qui la ramenait. Elle ne voulait pas oublier, et où donc se serait-elle souvenue mieux qu'ici? Seulement elle n'avait pas, en prenant une résolution téméraire, calculé toute la force du chagrin qui allait la ressaisir. A mesure que des scènes évanouies se renouvelaient devant son *moi* intérieur, certaines paroles, certains accents, lui revenaient avec un sentiment de réalité presque intolérable; *ses* bras, les bras de Valentin, la retenaient; *son* souffle se mêlait au sien, *sa* voix lui vibrait à l'oreille. Elle bondit sur ses pieds, qui se prirent dans la lourde étoffe

de sa robe; ses yeux fascinés, effarés, interrogè-
rent l'obscurité derrière elle, enfin elle se précipita vers la porte. Cette chambre était vraiment
trop pleine de *sa* voix, de *ses* soupirs, de *son*
rire... Haletante, elle essaya de tourner la clef,
qui, ne servant plus depuis longtemps, refusa de
tourner dans la serrure. Encore, encore, *son* rire
autour d'elle, au-dessus d'elle et des lèvres ca-
ressantes qui l'effleuraient... elle entendait les
mots, des mots tendres, passionnés, qui n'é-
taient pas faits pour la bouche immatérielle d'un
fantôme.

— Barbara,.. ton haleine est un vin qui me
grise... Barbara...

A deux mains, elle saisit la clef, folle de peur;
le fer un peu rouillé ne cédait toujours pas; elle
enroula autour un pan de sa robe... Maintenant
elle sentait tout de bon la chaleur des baisers; ils
lui prenaient sa vie.

— O Dieu, secourez-moi! Que cette porte s'ouvre, qu'elle s'ouvre!

Miss Fridis, courbée sur son tricot à l'étage inférieur, entendit le bruit d'une lourde chute et
se précipita sur l'escalier pour y rencontrer
Ramsès, les yeux hors de la tête. Toutes les deux
se heurtèrent au corps de Barbara, qui gisait à
moitié dans sa chambre, à moitié dans le corri-

dor. Ramsès releva sa maîtresse, la porta sur son lit. On fit toutes les choses désagréables et inutiles que commande l'usage en cas d'évanouissement. Quand le temps fut venu pour Barbara de reprendre connaissance, elle souleva ses paupières et, respirant à grand'peine : — Je sais, dit-elle, je sais...

— Vous savez quoi? demanda miss Fridis, câline.

— Je sais, répéta Barbara, je sais où je suis. Il me faut une serrure neuve... demain, entendez-vous! Ramsès, tu coucheras ici ce soir. Quelle heure est-il?

— Plus de minuit, répondit Ramsès, qui tenait les pieds nus de sa jeune maîtresse dans ses deux mains. Allez vous coucher, miss Fridis. Et dormez, vous aussi, miss Barbara.

— Oui, chère, il le faut,... je vous en prie,... pour l'amour de moi, supplia la tante.

— Pas encore, pas encore...

Elle essaya de se redresser et retomba parmi les oreillers. Un frisson soudain parcourut ses membres; elle fit un nouvel effort et, le bras autour du cou de Ramsès : — Aide-moi, murmura-t-elle, aide-moi à sortir de ce lit, vite... Le canapé, là-bas...

Transportée sur le canapé, elle ferma les

yeux et resta si tranquille qu'on put croire
qu'elle s'était évanouie de nouveau; mais
comme Ramsès voulait se lever pour chercher
quelque drogue, elle appuya une main blanche
sur sa tête laineuse, lui indiquant de ne pas
bouger.

— Allez vous coucher, miss Fridis, répéta
Ramsès, Il ne sert à rien de rester debout toutes
les deux.

Et quoique la vieille demoiselle persistât à hu-
mecter de ses lèvres flasques la main inerte de
Barbara, Ramsès réussit à l'emporter, de gré ou
de force, vers sa chambre virginale.

Quand de nouveau Barbara ouvrit les yeux, elle
vit que la mulâtresse, revenue auprès du feu, le
ranimait d'une façon toute biblique, en soufflant
avec sa bouche. Hélas! combien de fois, blottie sur
ce même sofa, s'était-elle amusée des efforts de Val,
s'évertuant à imiter la méthode nègre de souffler
jusqu'à ce que ses joues gonflées l'eussent fait
ressembler au dieu des vents en personne. Les
moindres choses la blessaient au cœur. Lorsque la flamme bleuâtre commença de s'enrouler
en guirlandes autour des fagots, elle appela
sa fidèle servante : — As-tu trop envie de
dormir? lui demanda-t-elle avec un délicieux sourire que celle-ci connaissait bien, car il était as-

socié à d'innombrables cadeaux et semblait respirer l'été, une saison chère entre toutes à la
sensitive créature.

— Seigneur, vous voilà redevenue vous-même!
s'écria-t-elle sans répondre à la question de Barbara. J'ai cru, quand je vous ai revue d'abord
ce soir, que vous ne souririez plus.

Barbara sourit de nouveau, et Ramsès déclara
qu'elle n'avait nulle envie de dormir auprès
d'elle.

— Les autres domestiques sont-ils couchés?

— Sans doute, dit Ramsès en passant un bras
souple autour de sa maîtresse pour la mettre debout.

Barbara resta un instant immobile, très grande,
pareille à un rayon de lune dans l'obscurité, avec
sa robe de chambre en soie blanche. Bientôt elle
fit deux ou trois pas. Ramsès l'accompagnait,
courbée sous le bras nu qui reposait lourdement
sur ses épaules. Puis, la maîtresse s'arrétant,
elle tourna vers elle un regard d'attente.

— J'allais dire que, si tu peux retrouver le
petit lit où je couchais enfant, je t'aiderai à le
traîner jusqu'ici.

— Non, vous n'aiderez à rien du tout... J'irai
seule...

Mais Barbara s'entêta, et toutes les deux sui-

6

virent un étroit corridor qui décrivait plusieurs
brusques détours, Ramsès marchant devant, une
bougie allumée à la main. La petite flamme bleuis-
sait, baissait, vacillait parmi les nombreux courants d'air. Suivant toujours cette espèce de feu
follet, Barbara se trouva enfin dans la *nursery*
où s'était écoulée son enfance. Elle regarda en
l'air et reconnut jusqu'aux lézardes du plafond,
celle entre autres qui rappelait, au gré de son
imagination, l'effigie de Washington sur les
timbres-poste. Au-dessous était le petit lit à bar-
reaux de cuivre, un peu terni sous les nœuds de
ruban d'un bleu passé qui ornaient son ciel. Combien y avait-il d'années qu'elle n'avait dormi dans
cette étroite couchette! Rien ne cause une impression plus bizarre que la vue de quelque objet
familier à notre enfance surgissant tout à coup
au milieu des tristesses d'un âge plus avancé;
nous doutons de notre propre identité, il nous
semble être une autre personne, si étrangère à
ce passé lointain!

A genoux près de son lit d'enfant, les
mains sur ses yeux, oubliant de prier, Barbara
se perdit dans un effort désespéré pour revenir aux jours d'innocence où elle demandait
à Dieu de faire repousser la queue de son poney
broutée par le veau, son voisin dans l'étable, et

de permettre qu'au ciel sa bonne, Mammy, fût blanche, et de pardonner à Satan, après bien bien du temps, et de la rendre elle-même une petite fille très sage. Mais peu à peu des flots de regret passionné, de rébellion, de désir, se soulevèrent en elle, grondant, écumant, chaque vague nouvelle de cet océan de douleur l'emportant plus loin que la précédente, plus loin de Dieu, qu'elle s'imaginait impitoyablement railleur, tandis que les anges, prenant des formes hideuses et rampantes, tournaient autour de son trône comme les sorcières de Macbeth autour du chaudron magique. Tout lui semblait devenir horrible et mauvais; son amant, son mari n'était plus qu'un amas de corruption sans nom, gisant dans la terre limoneuse; ou bien il lui apparaissait comme un squelette correctement vêtu à la mode. Il s'habillait si bien, Val!.. Et maintenant le nom de son tailleur devait briller en lettres d'or à travers les nœuds de son épine dorsale... Ah! ah! ah! ah!

Elle fut réveillée de ce cauchemar par son propre rire, étouffé d'abord, puis qui retentit à travers la maison silencieuse, glaçant les veines de Ramsès. Celle-ci n'eut pas l'idée d'aller à elle, mais resta au contraire sur le lit de camp qu'elle s'était improvisé pour la nuit, les bras serrés autour de son propre corps et murmurant dans

son jargon nègre, entre ses dents qui claquaient :
« Miss Barb'ra est devenue folle ! folle ! Que faire
d'elle, mon Dieu?.. que faire d'elle?..

Tout à coup il parut à Barbara que quelque
présence resplendissante l'enveloppait, lui soulevant le cœur à deux mains pour ainsi dire. Elle
plongea des regards ardents au plus profond de
l'obscurité, elle tendit les bras à ces ténèbres
qui semblaient l'étreindre.

Les petits bruits de chaque jour vinrent distraire son attention, le crépitement du feu qui
s'écroulait, le soupir d'une brise qui s'était levée
dans les branches des tulipiers, le frôlement de
quelque objet menu qu'une souris traînait sur
le parquet. Elle se redressa, les bras tendus
de nouveau, et sentit, comme une chose ac-
tuelle et certaine, le poids d'une tête bouclée
sur son sein : — Oh ! Val, dit-elle tout bas, ô
mon Val à moi, mon adoré, cher mien, reste ;
sois avec moi dans cette obscurité, ici où tu m'aimais. Je n'aurai pas peur,.. non, pas la moindre
peur... Ah ! Dieu ! il ne m'entend pas, il ne peut
plus m'entendre, il ne m'aime plus.

Et, se jetant à demi hors de son lit d'enfant,
elle embrassa le lit nuptial, le grand lit d'acajou
placé tout près, les lèvres collées au couvre-pied
de soie. »

*
* *

Rosemary, avec ses portraits de famille et l'épinette dont miss Fridis tire des sons fantastiques durant les après-midi du dimanche, est un vieil endroit exquis pour y mourir, mais non pas pour y vivre. Or Barbara Pomfret est vivante et très vivante, en dépit du deuil dont elle se débarrasse d'ailleurs quelquefois. Elle étoufferait à Rosemary dans la société paisible de sa tante Fridis, si elle ne s'échappait de temps à autre pour de longues courses en forêt dont elle revient avec un appétit tel qu'elle dévore à elle seule pour son souper deux perdrix accompagnées de biscuits sans nombre et arrosées de trois tasses de thé.

Les forêts virginiennes, en octobre, sont aussi belles que pouvaient l'être les forêts de l'Éden, plus belles même, car la verdure éternelle du Paradis terrestre ne devait jamais former en tombant ces montagnes de feuilles rousses dans lesquelles le promeneur enfonce jusqu'au genou. C'est peut-être la difficulté de traîner ses robes de crêpe dans ce tapis trop moelleux qui décide Barbara à reprendre un costume de sa première jeunesse. Elle dénoue les tresses sévè-

res de ses cheveux de cuivre et leur permet de
flotter librement autour de la claire pâleur de son
beau visage; elle retrouve dans une vieille armoire une chemise de flanelle gros bleu, une
jupe courte, des bottes lacées, des guêtres de
chasse, une ceinture de cuir, et, ainsi accoutrée,
elle redevient une belle fille de seize ans, ressemblant autant que possible à quelque jeune
frère.

Sous cet aspect séduisant, elle renoue connaissance avec les arbres gigantesques dont elle
se sent comme la dryade protectrice, et elle fait
commerce d'amitié avec un petit nègre vagabond
de la laideur la plus comique, Beauregard Wal-
singham, qui ne sait pas son propre nom, parce
que sa mère ne l'appelle jamais que mon cœur
quand elle est contente, et Satan quand il n'est
pas sage. Ce jeune singe contribue à mettre la
note *humoristique* d'usage dans un récit où nous
ne la trouvons pas indispensable. Il est assez
mal pourvu de culottes, son habit déguenillé
traîne en revanche sur le sol derrière lui; il est
petit avec des pieds étroits d'un bleu noir sur lesquels il se tient mollement, ses grands orteils
doublés de jaune dressés vers le ciel. Ses paupières huileuses découvrent des yeux imperceptibles, le teint est couleur de bitume foncé, la

lèvre inférieure, qui pend aux minutes d'étonnement, a les teintes rose pâle d'un champignon
sur lequel il a plu. De ce gracieux personnage,
rencontré par hasard, Barbara fait son domestique : il porte sa boîte à couleurs quand elle va
dessiner d'après nature, il s'asseoit derrière son
chariot de pêche canadien, il trotte sur ses talons
pendant de longues courses à pied, il couche sur
une peau d'ours devant sa porte.

Les voisins ne se doutent pas de la double vie
que mène Barbara; ils voient le dimanche une
femme en grand deuil, triste et silencieuse; personne ne connaît l'espèce d'androgyne charmant
qui fait toute la semaine l'école buissonnière avec
un compagnon invisible, dont le petit nègre attaché à ses pas ne soupçonne guère la présence :
Valentin Pomfret, le jeune mari disparu, gai,
charmant, comme aux jours de leur lune de
miel. Elle croit sentir, tout en marchant, jusqu'à
la chaleur de son corps. Tant que la neige ne
sera pas venue mettre fin à ce bonheur d'automne, elle le goûtera dans son adorable plénitude; plus d'images effrayantes, plus de souvenirs
horribles, elle a maté ses nerfs en désarroi, elle
est redevenue maîtresse de ses pensées, elle les
domine, elle ne laisse que les plus douces prendre possession d'elle.

« Un soir, elle revenait au crépuscule, en fre-
donnant une chanson que son mari avait particulièrement aimée :

Bravo! bravo! Pulcinella,
Bravo! Pulcinella!

En remontant la longue pelouse ombragée d'a-
cacias, elle vit la lueur d'un feu dans le salon.
Combien de fois avaient-ils salué, elle et Valentin, cette flamme bondissante et ondoyante
quand ils rentraient après des promenades semblables? Elle cessa brusquement de chanter et
tomba à genoux dans l'herbe, tandis que ses
deux lévriers s'élançaient gauchement sur elle,
n'ayant pas l'instinct qui avertit quand les femmes s'agenouillent pour prier ou bien par manière
de jeu. Le sentiment s'était emparé d'elle qu'*il*
était là tout près, avec les autres essences impal-
pables de cette soirée sereine d'un gris doré.

Bientôt la lumière baissa, parut s'éteindre, puis
rejaillit plus haut que jamais. Quelqu'un avait
jeté du bois dans la cheminée. Cette immobilité
à genoux, sur la pelouse battue par le vent, l'a-
vait glacée; elle se leva et rentra dans la maison.
Mais, la main sur la porte du salon, elle fit
halte... Il semblait qu'une force quelconque la
poussait à s'éloigner. Elle se détourna, et, d'un

rapide mouvement d'oiseau, regarda par-dessus
chacune de ses épaules successivement. Personne.
Ouvrant la porte avec impétuosité, elle s'élança
en courant jusqu'au milieu de la chambre. Alors
elle regretta cette impulsion, car un homme se
tenait devant le feu, courbé légèrement et se
chauffant les mains, un geste très ordinaire, mais
qui la blessa. On peut être individuel, même dans
sa manière de se chauffer, et ce geste était celui
de son mari. Durant la minute où elle en eut
conscience, l'homme vint à elle. Alors Barbara
commença de croire qu'elle traversait un rêve :
la tournure, la démarche, la pose étaient si parfaitement identiques à la pose, à la démarche, à
la tournure de son mari ! Mais le plus grand choc
qu'elle reçut fut lorsqu'il parla.

— Vous devez être Barbara, dit-il, et la voix
était celle de Valentin.

Tout tourna autour d'elle. Elle laissa tomber
les feuillages rougis qu'elle rapportait. Celui qui
venait de parler avec la voix de son mari la sou-
tint jusqu'à une chaise ; c'était le même mouvement de bras qui avait été *le sien !* Elle ferma
les yeux et avança les deux mains comme pour
repousser un spectre, tandis qu'il mettait un ta-
bouret sous ses pieds, puis un coussin entre sa
tête et le dossier de la chaise. Durant ces diver-

ses opérations, il prononçait des phrases décou-
sues :

— Désolé... J'aurais dû m'attendre... J'aurais
dû demander de la lumière. C'est la clarté du
feu qui vous aura trompée. Je suis John Dering,
je suis Jock,... le cousin du pauvre Valentin, vous
savez?... Il m'a tant parlé,... c'est-à-dire j'ai tant
entendu parler de vous, qu'il me semble vous
connaître. Cela va mieux?... Regardez-moi; oui,
la ressemblance est grande, tout le monde le
dit.

— Je préfère me reposer un peu, merci, dit
Barbara.

Il avait inconsciemment prononcé le mot qu'elle
redoutait le plus : si la ressemblance des traits
était aussi marquée que toutes les autres analogies, elle sentait qu'il lui serait impossible de la
supporter. Lentement, elle regarda la main qui
reposait sur le bras du fauteuil; cette main aurait pu sortir de la tombe. Avec un cri, elle bondit sur ses pieds, balbutia quelques mots inintelligibles, gagna la porte et disparut.

Les sensations de John Dering n'étaient pas
de celles que l'on peut envier. Fort alarmé d'a-
bord, il haussa les épaules et recommença de se
chauffer.

— Je me flatte de connaître les hommes, dit-il avec humeur, mais, du diable, si je comprends rien aux femmes.

Puis il se blottit dans le fauteuil que venait de quitter Barbara et attendit la suite de son aventure.

Rien n'arriva, sauf que Barbara reparut une demi-heure après. A peine la reconnut-il, dans ses longs crêpes noirs, sous un diadème de nattes luisantes correctement remis en ordre. Tandis qu'il prenait la main qu'elle lui tendait cette fois, avec le décorum d'usage, il se demanda si elle se déciderait jamais à lever ses paupières.

— Elle est belle, pensait-il en lui-même, mais elle est trop blonde et trop forte. La taille est trop développée,... non, ce sont les épaules, non, elle est trop forte en tout,... elle est d'un blond trop roux,... non, elle a trop de cheveux,... non, c'est sa manière de se coiffer.

Barbara ne démêla pas ses pensées en cette circonstance. Elle pensa qu'il remarquait sa pâleur et ses yeux rouges, qu'il se demandait si elle avait été vraiment assez amoureuse de son cousin, pour qu'une pareille quantité de crêpe fut justifiée. Pourquoi les beautés les mieux établies ne peuvent-elles pénétrer les pensées de la plupart des hommes quand ils leur sont présentés? Il n'y aurait pas tant de vanité dans le monde.

Barbara, qui était une beauté reconnue, ne fit vibrer aucune corde particulièrement admirative chez Dering, jusqu'à ce qu'elle se fût tournée vers lui de profil en arrangeant les plis de sa robe.

— Un beau front, pensa-t-il; le nez, la ligne des lèvres tout à fait classiques; un menton superbe, vigoureux sans lourdeur,... signe de volonté...

Barbara, toujours sans le regarder, tenait un écran entre la flamme et son visage, de sorte qu'il ne pouvait pas la voir non plus; tout en causant de choses indifférentes, elle se demandait si elle pourrait souffrir longtemps encore qu'un étranger lui parlât avec la voix de son mari. Soudain, une bûche à demi brûlée s'écroula dans l'âtre. Comme Dering se baissait pour rassembler les tisons, Barbara leva les yeux vers lui involontairement et, presque aussitôt, il sentit avec stupeur contre son corps le contact doux et pesant d'un corps inanimé.

*
* *

La ressemblance entre John Dering et son cousin défunt Valentin Pomfret était aussi frappante que celle qui peut exister entre deux jumeaux.

Autrefois, la différence d'âge empêchait qu'on la
remarquât autant, mais les quelques années qui
s'étaient écoulées depuis la mort de Valentin
avaient amené John au point précis où se trouvait
le mari de Barbara en quittant ce monde. La
jeune veuve retrouvait donc en lui l'exacte reproduction physique de celui qu'elle aimait, les
mêmes manières brusques, franches, originales,
où perçait un grain d'égoïsme. Tantôt ce prodige
lui inspirait une sorte d'horreur; tantôt c'était au
contraire du ravissement; elle était heureuse au
delà de toute expression de revoir la figure de
Val, elle était exaspérée en même temps qu'une
créature humaine osât ainsi ressembler à l'objet
unique de sa tendresse.

Chose inouïe, la miniature qu'elle porte contre
son sein, dans un médaillon d'or, rappelle Valentin beaucoup moins que ne le fait le visage
étranger de John Dering. Ce portrait qu'elle aimait naguère à contempler ne la console plus.
Quand elle est seule dans sa chambre, « elle
pleure, elle gémit, elle se parle à elle-même en
lambeaux de phrases entrecoupées, tandis qu'elle
erre de ci de là, en s'appuyant aux meubles, en
écartant des deux mains ses cheveux de son visage; parfois, couchée à plat, elle tremble, les
yeux fermés, ou bien elle s'élance d'un mur à

7

l'autre avec toute la violence haletante et contenue
d'une panthère prisonnière ».

Ceci nous donnerait peut-être suffisamment
l'idée du caractère principalement physique des
émotions de Barbara, sans le paragraphe suivant
qui achève de nous éclairer :

« Comme elle se jetait épuisée dans un fauteuil
près du feu, la large manche de son peignoir se
releva, laissant voir la chair satinée du bras où
courait le bleu des veines. Elle se courba et, poussant un cri aigu, se mit à caresser ce bras lentement contre sa joue. Elle se rappelait combien il
avait aimé à baiser le dedans de son bras, quand
elle portait cette même robe, et, tandis qu'une
réminiscence chérie la faisait sourire, des révol-
tes se soulevèrent en elle avec la pensée qu'il
était maintenant au-dessus de tels plaisirs char-
nels, qu'il ne se soucierait plus d'aucune des
choses terrestres et délicieuses auxquelles il avait
tenu jadis si passionnément. Elle joignit les mains
au-dessus de sa tête, les tordant avec angoisse.
La certitude qu'il était désormais un esprit, une
essence purifiée, une âme sans corps, lui était
odieuse ; elle éclata en sanglots, tantôt demandant
la mort, tantôt priant Dieu de la rompre à sa volonté souveraine. »

Il est aisé de voir, par ce genre de douleur,

que Dering a des chances presque assurées. D'abord il ne se doute guère de l'effet qu'il produit, il revient prendre des nouvelles de Barbara, qui s'arrange pour ne pas le recevoir; mais un hasard les remet en présence dans les bois où, assise entre les branches fourchues d'un vieux chêne, elle joue avec ses lévriers; et, cette fois, dès les premières paroles échangées, une aimable familiarité s'établit. Dering lui avoue très librement l'admiration qu'il a pour sa beauté opulente et sensuelle, la crainte qui lui est venue devant la froideur de son premier accueil qu'elle ne l'eût pris en grippe; puis, rassuré, il abuse du *slang* dont il a l'habitude, et qu'il emploierait malgré lui, prétend-il, avec le Dieu tout-puissant. Barbara n'en paraît nullement scandalisée; elle a peur seulement qu'il ne remarque l'ivresse qui l'a saisie, lui faisant croire qu'elle est réellement en présence de son mari. Au fond, elle sait que ce n'est qu'une illusion, « le ciel reflété dans une flaque d'eau », mais cela suffit pour qu'elle frémisse et se sente de nouveau près de s'évanouir (l'évanouissement joue un grand rôle dans ce récit), quand Dering l'aide à descendre de son arbre. Ce sont les robustes épaules de Val qui sont sous ses mains, c'est la manière qu'avait Val de la soutenir, de veiller sur elle tendrement, avec

ces précautions minutieuses qui ravissent les
femmes, « qui leur suggèrent la comparaison
d'un marteau à vapeur employé à casser délica-
tement des amandes, en leur montrant sous sa
forme protectrice le pouvoir qui si facilement
les écraserait ».

Miss Amélie Rives se complait à rendre la sé-
duction de la force masculine, et parfois dans des
termes d'une extrême énergie. Cette qualité des
muscles ne lui semble pas à dédaigner non plus
chez la femme, car, dès leur première promenade
en tête-à-tête, Barbara fait tâter son biceps au
sosie de Valentin, pour lui prouver qu'elle est
capable de nager contre le courant. Ils marchent
très près l'un de l'autre à travers un terrible
ouragan, et cet ouragan qui fait tout craquer
autour d'eux, arrachant les branches, menaçant
de déraciner les arbres, Barbara l'aime : —
Cela me secoue, dit-elle, cela m'éveille. On ne
peut penser beaucoup dans ce désordre, en
dehors des impressions électriques, pour ainsi
dire, que lui-même provoque. — Dering, lui aussi,
aime l'ouragan, qui semble lui verser un breu-
vage magique, et, sous son influence, ces deux
êtres faits pour s'entendre échangent des aveux
assez bizarres sur leurs diverses sensations. Celles
de Barbara ne peuvent se révéler tout entières ; il

lui semble causer avec son mari, inopinément sorti
du tombeau et assis auprès d'elle au bord de sa
fosse où elle lui rend visite à la manière des
goules. Ceci excuse un peu sans doute les in-
conscientes libertés qu'elle permet à Dering, qui
comprend vaguement ce qui se passe en elle.

Peut-être cette divination, si confuse qu'elle soit,
empêcherait-elle un être délicat et fier de revenir tous les jours à Rosemary, mais le genre de
délicatesse et de fierté qui gâterait leur plaisir
est assez rare chez les hommes. Dering devient
donc le compagnon assidu de Barbara, et ils jouissent sans contrainte du tête-à-tête, la maîtresse
du logis, tante Fridis, étant toujours invisible,
en vertu d'une loi tacite qui règne en Angleterre
et qui s'accentue en Amérique : jamais les grands-
parents ne gênent la jeunesse; ils sont comme
n'existant pas. Tante Fridis se relègue d'elle-même
dans la bibliothèque, et Barbara reçoit Dering dans
le salon, légèrement vêtue parfois, prodiguant à
ses yeux éblouis des trésors qui n'ont rien d'im-
matériel sous la transparence de négligés pittoresques. Tandis qu'ils lisent au hasard Browning,
leurs deux têtes rapprochées au-dessus du même
livre, les cheveux bruns de Dering semblent s'é-
lancer vers les boucles dorées de Barbara, comme
s'ils possédaient une vie qui leur fût propre. En

vérité, le magnétisme ne saurait aller plus
loin.

Un jour, ils tirent un horoscope, tout en déchif-
frant les lignes de leurs mains, et nous appre-
nons que la main de Barbara est longue, mince
et ferme, avec des ongles parfaitement bien tenus,
mouchetés çà et là de petites taches blanches,
« une main qui vous effleure plus doucement
que les lèvres de bien d'autres, et dont le duvet
même semble respirer ». L'entretien avec une personne pourvue de mains semblables ne peut être
purement spirituel. Barbara dit à John Dering
sa joie, étant veuve, de n'avoir pas d'enfant et
il la comprend beaucoup mieux que nous ne la
comprenons nous-mêmes; elle s'habille de blanc
pour lui plaire, et, quoique sous ce blanc elle fasse
un peu l'effet d'une statue colossale, Dering s'é-
tonne de l'avoir trouvée autrefois trop forte et
trop grande. Il compare à la Vénus de Milo cette
superbe créature naïve et gaie, en dépit de son
grand chagrin, qui d'ailleurs est favorable à l'intimité.

« Jeune homme, si tu veux avoir une jeune
femme pour amie, choisis-en une qui ait éprouvé
quelque grande douleur. » Le conseil n'est pas
mauvais : il y a les heures d'épanchement, les
confidences, les pleurs essuyés, après quoi le

beau temps succède à l'orage. Barbara sait faire
du thé excellent, elle est musicienne, elle parle
argot presque aussi bien que Dering lui-même,
tout en le querellant sur cette mauvaise habitude; elle est, avec les caprices de sa nature
nerveuse, vingt femmes séduisantes en une seule.
Dering le lui dit et elle l'écoute sans colère.

A mesure que le froid de l'automne contrarie
leurs promenades, ils se livrent dans le grand vestibule à des jeux d'enfants, et c'est ainsi qu'à la
suite d'une partie de *grâces*, tout en se disputant
pour une bagatelle, ils courent au-devant du
dernier péril. Dering poursuit Barbara, l'attrape,
la saisit, et l'étreinte, qui a été d'abord des plus
innocentes, finit par un baiser décisif, à la suite
duquel nous retrouvons ces deux êtres véhéments
formant un groupe étrange devant la vaste cheminée où ils sont venus, sans que ni l'un ni
l'autre sache comment, Dering renversé dans un
fauteuil, Barbara assise par terre contre son genou, le visage caché entre ses mains. La scène
est très vive et du plus franc réalisme; elle se
termine cependant par ce cri de Barbara :
— Vous n'êtes qu'un homme, vous ne savez pas
quels sentimens complexes déchirent une âme de
femme... Vous ne savez pas ce que c'est que de
pécher contre les morts... Les morts, répète-t-elle

en jetant un coup d'œil égaré autour d'elle. Puis
elle s'enfuit, s'arrachant aux bras qui veulent la
retenir : — Non, non!... Il y a une tombe entre
nous!... Il y a entre nous une tombe ouverte!...

Bientôt après, tandis que Dering cherche en
vain le sommeil, poursuivi par le souvenir eni-
vrant et cruel de cet abandon qui s'est terminé
par un refus, Barbara se regarde au miroir, tout
en dénouant ses cheveux, et elle dit à ce reflet
d'elle-même : — Je sais ton nom, celui que te
donnerait ton mari... Ton nom est Infidèle...

Et il lui semble qu'une autre bouche que la
sienne l'ait prononcé, ce nom, et elle tombe à genoux, elle implore le pardon de Valentin, elle
lui demande d'effacer ce baiser funeste, elle veut
mourir de remords, de honte. Elle va chercher
dans une armoire sa robe de noces, son voile
de mariée, elle passe la nuit à prier et à expier
devant ces reliques sacrées, frissonnante sous
sa chemise de nuit de batiste légère, tandis que
les branches gelées s'entre-choquent au dehors
et que se lamente le vent d'hiver.

Puisera-t-elle de la force dans une semblable
pénitence? Elle peut s'en flatter pendant une semaine, mais Dering trouve moyen de se rapprocher d'elle. L'écrasant sur sa poitrine, il lui
dit :

— Je veux toute la vérité ici, cœur contre cœur.
Avouez-le... Je devine la pensée morbide qui vous
hante. Eh bien, repoussez-la cette pensée,... entendez-vous, entends-tu? Je te l'ordonne. Je suis
ton amant, et je te commande de chasser ces pensées de vampire... Inutile de lutter... Chère,...
si chère, savez-vous ce que j'ai trouvé dans mon
livre de prières, un livre que m'a laissé celle de
mes sœurs que j'aimais tant,... la petite Hortense
qui est morte?.. Je pensais à elle, et comme elle
s'entendait bien à me consoler, quand mes yeux
sont tombés sur ces mots : « Les vivants te loue-
ront, Seigneur. — Chérie voilà toute la vérité...
Les vivants... Ne voyez-vous pas?... Ce fut un
message de Dieu même... Les vivants, Barbara,
les vivants...

Elle ne veut pas l'entendre, elle lui redit qu'elle
ne pourra jamais oublier, bref, elle le renvoie
désespéré, mais, par une bizarre inconséquence,
elle le reconduit à la station où il doit prendre
le train qui l'emportera loin d'elle, et naturellement il profite de l'étroit voisinage que permet la
voiture, de l'ignorance d'oncle Joshua, derrière
le dos duquel on peut dire impunément : *Je
t'aime*, en français. Un fâcheux, assez comique,
qu'ils se trouvent obligés de prendre en route
pour remédier au désastre d'une charrette versée,

7.

arrête, il est vrai, les entreprises de Dering;
une dernière fois, il s'agenenouille sous un prétexte pour baiser rapidement la robe de Barbara,
la semelle de sa bottine; mais nous n'avons pas
l'impression, quand se termine ce voyage semi-
sentimental, semi-humoristique, de Rosemary à
Charlottesville, voyage un peu long d'ailleurs,
que ces tendres adieux soient le prélude d'une
rupture. Sans doute, elle se sent elle-même bien
faible et bien irrésolue, car, rentrée chez elle dans
la nuit, elle nous fait assister à une nouvelle scène
de désespoir hystérique, dont ses mulâtresses
Ramsès et Sarah ont grand'peine à la tirer en
la berçant, en la plongeant dans un bain chaud
parfumé d'essence de roses, en massant ses
bras inertes. Ce qui la calme à la fin, c'est ce
verset des psaumes : « Dans la mort, aucun
homme ne se souvient de toi,... » qui lui saute
aux yeux lorsque, selon sa coutume enfantine,
elle ouvre le livre au hasard.

— Je serai peut-être heureuse encore, dit-elle
en s'endormant.

Et elle essaye en effet d'être heureuse; elle se
persuade que l'impatience avec laquelle elle attend la lettre promise par Dering est de l'amour.

*
* *

Barbara Pomfret a le tort de ne pas se borner
à lire les lettres de Dering; elle lit aussi la Bible,
par une habitude qui est devenue chez elle comme
une seconde nature (il y a chez cette exaltée
de singuliers contrastes), et elle tombe sur des
versets qui la font de nouveau réfléchir : « Et
je ne leur donnerai qu'un cœur et qu'une voie,
afin qu'ils puissent me craindre à jamais pour
leur bien et pour celui de leurs enfants après eux. »
Ou encore : « Une fin est venue, la fin est venue;
elle t'attend, regarde; elle est venue. »

Tout à coup il lui semble (la malheureuse ne
procède que par hallucinations), il lui semble
qu'elle sort d'elle-même, qu'elle se surveille de
quelque lieu élevé; ses souvenirs, les souvenirs
qu'elle est venue chercher à Rosemary, dans ce lieu
hanté, comme elle le nomme, et qu'elle aimait
à cause de cela, reprennent possession d'elle.
Personne pour la conseiller, pour la secourir;
elle se tourne vers Dieu, en la personne de son
ministre, le jeune recteur Tréhune, qui est resté
veuf avec quatre petits enfants. La conférence
est d'une nature délicate et embarrasse beaucoup

M. Tréhune, qui, s'il ne connaissait pas Barbara,
se croirait en face d'une folle :

— On me dit, commence-t-elle, que vous comptez retrouver votre femme au ciel. Croyez-vous
qu'elle vous reconnaîtra? Croyez-vous que dès à
présent elle s'intéresse à vous, qu'elle vous voit?...
Croyez-vous qu'elle se soucierait que vous fussiez
amoureux d'une autre femme?

Et très pâle, souffrant comme si on lui plon-
geait un couteau dans le cœur, Tréhune répond :
— Je le crois, je crois que je la retrouverai,
que je reconnaîtrai ma femme, que dès à présent elle est près de moi très souvent.

— Et vous croyez que quelqu'une de vos actions pourrait la blesser?

— Je n'en sais rien, mais je tâche de ne rien
faire qui lui eût déplu vivante.

— Et vous croyez que vous vous aimerez là-
haut comme vous vous aimiez en ce monde?

— Davantage...

— Je dis comme vous vous aimiez en ce
monde...

— Non, mais davantage.

— Davantage, davantage?... N'était-ce pas assez? Que demanderiez-vous de plus?

— Rien, répond presque avec violence le pauvre veuf qu'elle torture.

— Est-il plus coupable pour une femme que pour un homme de se remarier? reprend Barbara.

— Cela dépend de tant de choses, madame! Il n'y a de péché dans aucun des deux cas.

— Mais ceux que nous avons aimés, ceux qui sont au ciel nous mépriseront?

— Ceci ne me semble pas naturel; je ne puis croire que ces âmes à qui Dieu a donné le repos puissent avoir du mépris pour les exilés de la terre qui les ont aimées.

— Dieu ne permet donc peut-être pas que nos actions affligent les morts?

— C'est fort probable.

— Enfin, vous êtes persuadé que si nous les oublions, si nous leur préférons d'autres êtres, ils ne nous mépriseront pas?

— Nous pourrions, en ce cas. répond lentement le recteur, nous mépriser nous-mêmes.

— Alors on a tort de se remarier?

— J'aurais tort. Je ne dis pas qu'il en serait de même pour vous.

— Pourquoi auriez-vous tort?

— Parce que je serais un lâche d'épouser une femme quand mon cœur est dans le tombeau d'une autre femme qui m'a donné tout le bonheur que peut donner la terre.

— Vous pensez qu'il vous serait impossible d'aimer de nouveau?

— J'en suis sûr.

— J'en ai été sûre, moi aussi. Pourtant, si vous rencontriez une autre femme qui lui ressemblât en tout, jusqu'à la voix, jusqu'au sourire, et qui fût plus belle qu'elle ne l'a jamais été, l'aimeriez-vous?

— Ce que vous supposez est impossible.

— Ne dites pas qu'une chose soit impossible, vous qui croyez à la réunion des époux dans le ciel. Encore un mot. Vous préférez mener une vie d'isolement absolu plutôt que de voler une seule pensée à celle qui vous a quitté?

— Oui, déclare fermement Tréhune.

— Eh bien, dit-elle d'une voix fatiguée, je vous crois, mais c'est merveilleux,... c'est merveilleux...

Ce merveilleux, cependant, la fait rentrer en elle-même; car, en revenant du presbytère, elle écrit à Dering pour le supplier de « sortir de sa vie », en lui expliquant qu'elle ne peut supporter la pensée du mépris que tôt ou tard il aurait d'elle si elle consentait à devenir sa femme. Ne se demanderait-il pas sans cesse malgré lui : — Si je meurs à mon tour, qui cette femme épousera-t-elle? — Ne regarderait-il pas autour de lui tous ses amis en se disant : — Celui-ci peut-être, ou celui-là? — Et comment penser à la réunion éternelle autrement que dans un enfer où ils se rencontreraient avec *l'autre*? Non, non, il faut qu'il l'oublie...

Le pauvre Dering reçoit cette injonction cruelle au moment même où il se rend à un dîner de garçons. Il croit tenir une lettre d'amour et glisse l'enveloppe fermée dans son sein, pour avoir la jouissance de la sentir toute la soirée contre sa chair avant de s'accorder la jouissance plus grande encore de la lire. Quelle déception! Ayant lu, le malheureux reste atterré; il ne faut rien de moins qu'un vigoureux plongeon dans un bain froid pour le faire sortir de sa stupeur.

Le surlendemain, les journaux annoncent un horrible accident arrivé à M. Dering. Il ne s'agit que d'un cousin de Jock; mais, avant d'être édifiée là-dessus, Barbara, éperdue, a télégraphié, le lien s'est renoué dans l'angoisse du moment; elle veut le revoir, le rejoindre; bref, elle le rappelle, et, cette fois, elle fait démeubler sa chambre, reléguer au loin tout vestige du passé, elle-même brûle sa robe de mariée, les lettres de son mari, jusqu'à la miniature qu'elle portait à son cou.

— Adieu, dit-elle à toutes ces choses condamnées.

Maintenant, le charme est rompu; rien ne l'empêchera sans doute d'être au nouvel époux qu'elle aime et qu'elle a choisi.

La voici vêtue d'une ample robe flottante de soie de l'Inde, couleur fleur de pêcher, dont les plis souples s'adaptent aux moindres mouvements de son corps admirable; elle tord sa magnifique chevelure en un nœud négligé; en agitant ses mains au-dessus de sa tête pour les rendre plus blanches, renversée comme une sultane sur des coussins de pourpre, elle attend Dering. La scène qui suit est du plus beau naturalisme : on nous fait remarquer la dilatation des yeux flamboyants et des narines nervéuses de Dering, l'attitude des amants réconciliés, en face l'un de l'autre, comme deux tigres prêts à s'élancer... Il lui demande si elle l'aime tout de bon, et les protestations de s'ensuivre, entremêlées aux rugissements, aux baisers.

— Je t'aime, dit Barbara, plus que qui que ce soit, plus que je ne croyais pouvoir jamais aimer, plus que n'importe quoi sur la terre ou au ciel, vivant ou mort,... ou mort,... tu entends?...

Et, en somme, il lui faut donner beaucoup de preuves, car assez naturellement Dering doute et se méfie.

*
* *

Il était tard, dans l'après-midi de la semaine suivante, quand la plus violente averse les surprit pendant une promenade à cheval. Comme ils se trouvaient près de la jolie église gothique qui servait de paroisse à tout le voisinage, ils s'y réfugièrent, après avoir attaché leurs chevaux. Au bout de vingt minutes, Dering, voyant que la pluie ne cessait pas, insista pour remonter à cheval et retourner à Rosemary, d'où il ramènerait un véhicule quelconque. Barbara consentit donc à passer, en l'attendant, une heure d'assez triste solitude. Fatiguée du poste qu'elle avait d'abord choisi sur un vieux banc de chêne près de la porte ouverte, elle se mit à errer dans les bas-côtés et gravit jusqu'à la tribune de l'orgue, toute grise de toiles d'araignées En redescendant l'escalier poudreux, elle fut surprise de le trouver plus sombre qu'il ne l'était cinq minutes auparavant; quelqu'un avait fermé les portes de l'église. Son cœur bondit, puis se mit à battre lourdement; elle essaya de tirer les verrous; peine inutile : la clef avait été tournée du dehors. Barbara, qui, depuis son enfance, détestait par-dessus tout être enfermée, même en plein jour, dans la chambre la plus gaie, sentit une terreur, aussi invincible qu'elle était déraisonnable, se glisser dans ses veines.

La pluie tombait plus fort que jamais, et la lueur bleuâtre projetée par des éclairs mettait en relief les hautes fenêtres avec leurs vitraux enchâssés dans du plomb, lui permettant parfois de déchiffrer les grandes lettres noires gravées sur les trois tablettes de marbre blanc au-dessus de l'autel, mais sans pénétrer sous les voûtes chargées d'ombre.

— Je resterai tranquille, parfaitement tranquille, se dit-elle à elle-même. J'entrerai dans mon banc et je m'y asseoierai. Peut-être m'endormirai-je, et quand Jock reviendra, il se moquera de moi, et nous aurons un retour si joyeux ensemble!..

D'autres pensées, il est vrai, se pressaient, menaçantes et pénibles, dans son esprit, mais elle refusait de s'y arrêter, répétant toujours:

— Je serai calme. Je prendrai ce livre de prières, je m'agenouillerai, je compterai jusqu'à cent, et dans l'intervalle Jock sera revenu.

Elle prononça ces mots à voix haute, s'agenouilla, et, comme elle le disait, appuya son front sur le grand livre d'heures à l'ancienne mode. La pluie ruisselait du toit en pente rapide;

les éclairs augmentaient, se précipitaient; ils étaient maintenant suivis de coups de tonnerre sourds. Tout à coup un bruit la frappa, un singulier tapage aux portes de l'église. Elle se redressa et courut le long de la nef, entraînant avec elle un petit banc de bois dans sa précipitation, mais sans prendre garde à l'écho qu'il soulevait en battant les dalles.

— C'est moi, c'est Barbara. Jock! ouvrez vite...

Un nouveau grattage à la porte fut la seule réponse qu'elle reçut : puis un gémissement plaintif suivit; c'était le chien qui, resté dehors, demandait à entrer; mais elle fut si troublée par cet incident inattendu qu'elle ne put réprimer un cri et recula jusque dans le fond de l'église, les mains collées à ses oreilles. Un hurlement de supplication et de désespoir, terminé par un coup de tonnerre formidable, l'accompagna dans sa fuite. Il lui sembla que le sol tremblait sous ses pieds, puis l'averse se remit à tomber, et à l'extérieur un vent lugubre souleva l'épais tapis des feuilles mortes. Maintenant on ne discernait plus rien dans l'église que la silhouette générale des pupitres et des grandes tablettes, sauf quand l'incendie d'un éclair venait projeter son éclat pâle et fantastique sur tel ou

tel objet. De nouveau le chien hurla, de nouveau ses lugubres aboiements se perdirent dans
le bruit du tonnerre.

— Il doit être tout près, se disait Barbara,
retournée dans son banc de famille, il doit traverser Machunk-Creek. A présent il gravit la col-
line, il tourne le sentier, il entre dans le cimetière,
il...

Elle fut alarmée derechef par le chien qui
bondit contre la fenêtre auprès de laquelle elle
était assise et se laissa retomber sur le sol en
hurlant. La vue de cette tête noire et de ces
pattes crispées la terrifia au delà de toute expression; elle courut se prosterner tremblante
sur les marches de l'autel. L'éclair qui suivit,
balayant toute l'église pour ainsi dire, fixa sous
ses paupières demi-closes le reflet des grandes
lettres noires de l'inscription en face d'elle, et
lui imposa en même temps un souvenir contre
lequel, depuis qu'elle s'était trouvée enfermée,
elle luttait désespérément. Il lui sembla que ses
veines s'injectaient d'eau glacée. La dernière
fois qu'elle avait contemplé ces sombres caractères, elle était debout devant cet autel, dans
sa parure de mariée.

Elle revoyait toute la scène aussi distinctement
que si elle y eut joué un rôle au moment même;

elle revoyait la face bienveillante et sérieuse du
ministre officiant, même la verrue sur une de ses
narines et l'habitude qu'il avait de plisser à grands
plis son ample menton; elle revoyait le visage
de son père, animé d'une expression anxieuse,
tandis que la lumière du matin brillait blanche dans ses cheveux gris frisés, d'un si heureux contraste avec son teint frais, rougi par la
bise; elle revoyait la main de son mari qui
tenait la sienne; elle n'avait pas levé les yeux
sur lui pendant toute la cérémonie; elle revoyait
l'imperceptible déchirure d'un de ses volants de
dentelle qui s'était pris dans la portière de la
voiture; elle entendait la voix de l'homme qui
avait été son mari, une voix très particulière,
sonore et profonde, prononcer la formule : —
Moi, Valentin, je te prends, toi, Barbara, pour
ma femme, et je te garderai à partir de ce jour
dans le bonheur et dans le malheur, dans la richesse et dans la pauvreté, dans la maladie et
dans la santé, t'aimant, te chérissant, jusqu'à ce
que la mort nous sépare. — Elle entendit même
quelque chose de plus; elle sentit, quand ils furent
en voiture, loin de l'observation des autres, qu'il
se penchait vers elle et que son haleine effleurait
sa joue avec ces paroles : — La mort ne nous sé-
parera point, Barbara. Nous la défierons, ma

femme, ma vaillante bien-aimée! Qu'est-ce que
la mort devant l'amour? Ce ne sera qu'une courte
attente solitaire pour celui de nous deux qui s'en
ira le premier. Elle ne peut pas nous séparer,
chérie. — Oui, elle entendit cette voix, tout près
de son oreille : La mort ne peut nous séparer,
Barbara.

— Maintenant, il passe la double barrière, se
dit-elle tout haut, maintenant il gravit la montée
de l'église...

Le chien poussa sous la fenêtre un gémissement plus sinistre que tous les autres, et la voix
à son oreille reprit, comme pour la réconforter :
— La mort ne peut nous séparer, Barbara.

Elle se retint des deux mains à la balustrade
de l'autel et, toujours à genoux, faisant un héroïque effort, elle pria.

— Cher bon Dieu, dit-elle de la voix enfantine qu'elle reprenait toujours aux instants de
souffrance, ayez pitié de moi; je n'ai fait de mal
à personne. Je vous en prie, protégez-moi... Val
ne tient plus à m'avoir pour femme; faites qu'il
m'oublie, ne souffrez pas que ces pensées me
reviennent; ramenez Jock vite, bien vite... Que
je n'attende plus trop longtemps. De grâce, soyez
miséricordieux envers moi et enseignez-moi le
chemin que je dois suivre.

Aussitôt qu'elle s'arrêta pour reprendre haleine, elle entendit plus distinctement que jamais ces mots : — La mort ne peut nous séparer, Barbara.

— Oh! de grâce, Val! de grâce, Val! murmura-t-elle piteusement. Oh! Dieu, qu'il ne soit pas irrité contre moi. Oh! Val, j'étais si seule! — si seule! Vous ne savez pas combien tout me manquait;... ces longues nuits sombres pendant lesquelles je pensais à vous... je pensais à vous jusqu'à ce que mon cœur fût près d'éclater... Tu ne sais pas, Val, combien j'aspirais à te revoir! Je te conjurais de revenir... Tu devais m'entendre cependant; pourquoi n'es-tu jamais venu, jusqu'à ce moment où ta présence est terrible? Je t'en supplie, demande à Dieu de me faire mourir.

— Surtout, ne va pas me détester... Il te ressemblait tant!... Non, cette excuse n'est pas honnête, parce qu'ensuite je... N'en dis pas davantage, n'en dis pas davantage, Val... Je sais, j'obéirai, si tu veux me reprendre. Oh! Val, je suis à toi... Je ne peux pas être à un autre... Je ne suis pas la misérable que tu penses... Je ne ferai pas cela... Je n'ai pas pu m'empêcher de le désirer, mais quant à le faire, non, je te le promets! Si tu voulais seulement venir quelquefois! J'étais si seule, si seule,... et j'ai peur de la nuit... Tu me manques tout le temps...

Je ne l'épouserai pas, Val, je te le jure, si tu
veux me pardonner et me reprendre; non, si tu
veux seulement me pardonner. Je te le promets,
je te le promets! Je t'en prie, Val, ne crois pas
que j'y aie jamais été résolue vraiment. Je
croyais l'être, mais je ne l'étais pas au fond de
mon cœur. Oh! je n'ai jamais seulement commis
le crime d'y songer tout de bon. Rappelle-toi ce
que j'ai éprouvé d'abord... Je me haïssais, je
luttais... je luttais si fort. D'abord, ce fut parce
qu'il te ressemblait... Il te ressemblait tant que
je l'ai pris pour toi... J'ai cru que tu étais revenu.
Oh! femme indigne! femme indigne que je suis!
Mais je m'arrêterai, je réparerai. De grâce, Val,
de grâce... Mon Dieu, qu'il ne se moque pas de
moi!... Oh! Val, ne vous moquez pas de moi,
ne riez pas, ne riez pas...

Quand Dering la rejoignit, il crut d'abord, la
retrouvant inanimée, la face contre les marches
de l'autel, qu'elle était morte...

. . . .

Barbara fut inconsciente pendant quelques
heures; quand elle eut enfin repris ses sens, le
premier désir qu'elle exprima fut de voir Dering.
Quoiqu'il fût alors minuit, elle voulut qu'on la
portât dans la chambre où elle l'avait reçu le
soir de son arrivée; ses cheveux, épars sur

son peignoir de soie blanche, se glissaient çà et là dans la fourrure d'un gris bleuâtre dont il était garni, comme des veines de feu parmi les cendres. Dans son visage mortellement pâle, les yeux restaient grands ouverts et assombris sous les paupières immobiles. Dering vint s'agenouiller auprès d'elle en silence, essayant de soulever les mains inertes qui gisaient sur ses genoux; elle les retira lentement.

— Je vous fatigue peut-être? dit-il, effrayé de l'impassibilité de son attitude et de son expression. Si nous ne causions pas ce soir?

— Il faut que nous causions, répliqua-t-elle d'un ton morne.

— Demain il sera temps. Laissez-moi vous aider à remonter chez vous.

— Il n'y aura pas de demain, répondit Barbara. (Toujours la même voix sans inflexions.)

Dering essaya de nouveau de s'emparer de ses mains.

— Ma pauvre chérie! Quel coup vous devez avoir reçu!

— Oui, un coup terrible.

— Mon amour,... je le sais trop. Laissez-moi vos mains, je ne veux que les tenir et les réchauffer. Vous semblez avoir si froid.

— C'est cela,... j'ai froid,... bien froid... Oui,

8

vous pouvez garder une de mes mains, la main gauche;... seulement attendez une minute, attendez, je vous dis, que j'aie trouvé quelque chose.

Ses doigts tremblants cherchaient ce quelque chose dans son sein.

— Ah! voilà, reprit-elle à la fin, et elle lui tendit une main ouverte sur laquelle reposait un anneau d'or tout uni.

— Qu'est-ce? Qu'est-ce? Que dois-je faire?... demanda Dering, anxieux. Quelle est cette bague?

— Je veux la remettre. C'est mon anneau de mariage.

— Barbara! Bon Dieu!.. Qu'avez-vous, ma chérie?... Laissez-moi appeler...

Elle le retint : — N'appelez personne... Je ne suis pas malade... Je sais ce que je fais. Ceci est mon anneau de mariage, je l'ai ôté, il faut me le remettre; il le faut, dit-elle d'une voix redevenue vibrante.

Dering était blanc comme un linge, les dents serrées; le sang bourdonnait dans ses oreilles.

— Vous n'êtes pas vous-même, répliqua-t-il enfin, se contenant avec effort; je ne sais pas ce que vous voulez dire.

— Mais moi, je le sais, s'écria-t-elle, en se soulevant à demi. Dieu m'a parlé, il m'a parlé, durant ces heures terribles dans l'église, quand vous n'êtes pas venu,... quand vous n'êtes pas venu...

— Je suis venu aussitôt que je l'ai pu. La nuit était noire et les routes ruisselaient comme des rivières... Barbara, vous me brisez le cœur.

Elle le regarda et reprit peu à peu son calme stupide.

— Les cœurs ne se brisent pas.

Ici, dans ce moment d'émotion culminante, l'auteur a cru devoir introduire un peu d'argot qui frappe Dering lui-même, — et nous lui en savons gré, — comme « grossier » en pareille circonstance.

— Vraiment? répond Barbara. Vous vous rappelez que je vous ai dit autrefois que j'étais grossière...

Et cette étrange veuve poursuit :

— Je crois avoir été honnête pourtant... Je vous ai dit ce que j'éprouvais pour Val que je... ne parvenais pas à l'oublier... Je vous ai dit qu'il me hantait; je vous ai dit que jamais nous ne pourrions être heureux. Les femmes n'oublient pas, même quand elles le désireraient, du moins les femmes telles que moi... Ce doit être affreux,... ce n'est pas naturel... J'ai tout vu ce soir dans l'église. Ah! que j'ai eu peur! Je sais ce que je

dois faire. Je conçois combien j'ai été coupable...
J'ai été grossière,... il n'est pas permis à une
femme d'être grossière. Je ne comprends pas que
vous ayez voulu de moi. J'étais à lui... j'étais à
lui, d'abord, j'ai été sa femme. Comment serais-
je devenue la vôtre? Je ne pouvais oublier; j'ai
brûlé ma robe de mariée, j'ai brûlé son portrait,
mais quelque chose m'a fait garder l'anneau.
Vous allez me haïr,... je le sens,... vous me re-
gardez d'une façon qui me le prouve... Cependant
je n'ai pas peur... Je n'aurai plus jamais peur de
rien... Je ne serai jamais...

Dering la saisit par les poignets et la força de
se lever toute droite. L'anneau d'or tomba entre
eux sur le parquet ciré.

— Si vous n'êtes pas folle, dit-il avec lenteur,
vous êtes la plus cruelle des créatures.

Mais ces paroles ne pouvaient impressionner
Barbara.

Elle se tordit dans les tenailles humaines qui
l'étreignaient, cherchant de droite à gauche la
bague tombée.

— Il ne faut pas que je la perde, c'est tout ce
que j'ai, répétait-elle. Ne me lâcherez-vous pas
jusqu'à ce que je l'aie trouvée?

Il la repoussa rudement, avec un cri d'autant
plus sauvage qu'il s'efforçait de le retenir. En ce

moment, il sentait tout de bon qu'il la haïssait.
La clarté du feu lui faisait horreur, comme quelque chose de funeste et d'odieux, tandis qu'elle
s'attachait, mourante, aux longs cheveux roux
de Barbara et aux lignes sinueuses de son corps
qui rampait, cherchant toujours l'anneau.

— Je ne peux pas le trouver! dit-elle enfin en
levant vers lui un regard découragé, à genoux,
appuyée sur ses talons et les mains nerveuse-
ment enlacées. Disparu, lui aussi! Il ne me reste
plus rien. Dieu pourrait me laisser mourir...

— Peut-être pense-t-il que vous changeriez
encore d'avis après la mort, dit durement Dering.

Sa seule réponse fut de reprendre ses recherches en murmurant par intervalles :

— Je ne peux pas le retrouver! Je ne peux
pas le retrouver! Et c'est tout ce que j'ai.

— Barbara, dit Dering après quelques instants
de silencieuse attente, je tiens à vous bien comprendre... Vous voulez que je m'en aille? Vous
voulez que tout soit fini entre nous?

— Je ne veux rien, répondit-elle en secouant
la tête, je tâche seulement de faire ce qui est
bien.

— Vous trouvez *bien* de ruiner la vie entière
d'un homme pour quelque fantaisie morbide?

— Oh! vous ne savez pas ce que j'éprouve,...

8.

vous ne pouvez le savoir... Il a dit que la mort
ne nous séparerait pas, et elle ne peut nous séparer en effet. N'ai-je pas été sa femme, — sa
femme!

— Croyez-vous que je ne comprenne pas?
répliqua Dering avec rage. Combien de fois cette
pensée ne m'est-elle pas venue! Bon Dieu! les
femmes sont-elles humaines? Je me le demande.

— Je veux faire mon devoir, reprit-elle dé-
faillante, de grosses larmes jaillissant de ses
yeux. Vous ne vous doutez pas de ce qu'il y a
d'horrible à se rappeler qu'on a été la femme d'un
homme au moment où l'on se propose de devenir celle d'un autre. Dieu a été cruel pour
moi,... bien cruel.

— Et pour moi?... que croyez-vous qu'il ait
été? dit Dering avec un ricanement féroce.

Puis, d'un vigoureux mouvement de bras,
comme s'il eût rejeté quelque chose qui s'achar-
nait après lui :

— Non, du diable si je mets tout cela sur le
compte de la Providence! Que pensez-vous avoir
été pour moi, vous?

— Une malédiction, dit-elle tout bas, avec un
hochement de tête sagace qui lui fit peur. — Oui,
je sais que j'ai été pour vous une malédiction,

mais je n'ai jamais été votre femme,... et puis les hommes oublient... Vous êtes jeune! Songez combien il eût été affreux que je vous eusse épousé et qu'ensuite vous eussiez découvert... ceci!

— Oui, c'eût été désagréable...

Des gouttes de sueur perlaient sur le front de Dering, mais sa voix, son geste, étaient tranquilles.

— Vous voyez, tout pouvait être pire, reprit-elle. Quand les gens disaient cela autrefois, je n'y trouvais aucun sens; c'est vrai pourtant. Si je vous avais épousé, c'eût été pire, mille fois.

Il éclata :

— Cependant vous prétendiez m'aimer!

— Et je vous aimais, je vous aimais... Vous n'allez pas croire le contraire? ajouta-t-elle en s'interrompant avec surprise dans sa phrase commencée. Assurément, je vous aimais.

— En vérité?... fit rudement Dering.

— Dites, vous croyez que je vous ai aimé?... Vous croyez cela?..

— Je l'ai cru.

— Croyez-le encore... Vraiment je ne suis pas aussi mauvaise que vous le supposez. Il fallait bien vous aimer pour agir comme j'ai agi. N'en avez-vous pas assez de preuves? Je ne puis

m'empêcher d'être maintenant·ce que je suis,
incapable de me sentir triste, ou contente, ou
effrayée, ni rien... Vous vous rappelez que je
vous ai écrit une fois dans une lettre que je ne
sentais plus?.. N'importe, je sais que je vous
ai aimé.

— Moi, je crois que vous êtes folle, dit Dering
d'une voix étranglée.

— Je voudrais pouvoir le croire, répondit-elle
plaintive, mais je ne le suis pas. Cette épouvantable crise m'a laissée comme étourdie, voilà tout;
mon esprit est parfaitement clair. Je comprends
que vous deviez me haïr d'abord,... je ferais de
même à votre place... Vous ne pouvez vous en
empêcher; aussi je ne vous en veux pas. Vous
souffrirez moins... J'aime mieux que vous me
haïssiez que de vous voir souffrir.

— Il est assez difficile de croire certaines
choses, dit Dering. Aurez-vous la bonté de me
prêter une voiture pour gagner Charlotteville?

— Ce soir?

— Ce soir. Peut-être comprendrez-vous que
je ne puisse dormir une nuit de plus dans cette
maison.

— Parce que j'y suis, dit-elle tristement. Je
ne vous blâme pas... Je ne vous blâme pas le
moins du monde.

— C'est beaucoup de bonté de votre part. Cette générosité ira-t-elle jusqu'à me faire reconduire?

— Vrai, vous voulez partir ce soir?

— Si vous ne me refusez pas un cheval...

— Donnez vos ordres, répliqua-t-elle lentement.

— Merci. M'accorderez-vous maintenant une poignée de main?

Elle lui tendit la main en silence.

— Adieu, dit-il; — puis, après une pause : — Adieu, Barbara.

— Adieu, répondit-elle, les yeux baissés sur leurs mains unies.

Il répéta encore : — Adieu! — et de nouveau elle prononça ce mot après lui, tandis que leurs mains se séparaient. Il marcha vers la porte et sortit, mais pour rentrer en trébuchant et la saisir, et l'étreindre, et meurtrir son visage de baisers furieux.

— Je vous aime, balbutiait-il avec angoisse. Je vous aime, malgré tout. Oh! Barbara, vous serez si malheureuse demain quand je serai loin, quand vous songerez que je suis parti pour toujours! Car je ne reviendrai plus,... non, jamais, jamais... Barbara, pensez-y,... pensez à ces heures exquises que nous avons passées ensemble,...

`à mes baisers, aux tiens... Tu m'embrassais ainsi!...

Et il baisait ses cheveux, ses paupières, sa gorge, la blessant presque dans son ardeur désespérée. Hélas! il eût aussi bien essayé de réveiller un cadavre! Elle gisait dans ses bras, haletante, mais distraite; les yeux qu'elle levait vers lui étaient pleins de supplications timides et le regardaient à travers des larmes.

— J'essaye d'avoir du chagrin, et je n'en ai que de ne pouvoir réellement m'affliger, dit-elle d'une voix basse; je sais que vous partez, que je vous ai aimé; je tâche d'être désolée, et je ne puis que penser qu'il sera doux de dormir. Je suis si fatiguée! Je crois bien que je ne pleurerai plus, sauf de ne pouvoir pleurer. Tout cela vous paraît absurde. Mais, je vous en prie, efforcez-vous de comprendre.

— Adieu, dit-il, d'une voix rauque, en passant sur ses cheveux sa forte main tremblante. Vos lèvres... encore une fois.

Elle leva vers lui un visage docile, mais le baiser passionné de Dering laissa sa bouche entr'ouverte sans plus d'expression qu'auparavant.

— Je ne puis, je ne sens rien,... j'ai beau faire.

Brusquement il s'agenouilla devant elle et lui prit les deux mains pour les poser sur sa tête inclinée.

— Dites : « Que Dieu soit avec vous, Jock! » murmura-t-il tout bas.

Elle répéta ces mots d'une voix douce et sérieuse, désirant lui complaire :

— Que Dieu soit avec vous, Jock.

— Et qu'il soit avec vous! ajouta-t-il dans un profond soupir.

Un instant encore, il tint ses genoux étroitement embrassés, puis il s'en alla, en fermant la porte avec précaution derrière lui.

Alors elle se remit à chercher la bague perdue, la retrouva enfin sous le garde-feu et, soufflant les cendres qui la couvraient, la fit glisser à son doigt, tandis que s'éloignait la voiture qui emportait Dering.

Certes, le pauvre Jock Dering est frustré, mais il reste à savoir si feu Valentin Pomfret n'a pas lieu de se plaindre aussi. Le genre de fidélité qu'on lui garde ne serait pas pour satisfaire un jaloux. On a peut-être vu des veuves manquer à leurs premiers serments avec moins d'impudeur

que n'en met Barbara à tenir les siens, et nous
nous étonnons qu'ayant l'habitude de « cette analyse morbide de soi-même qui est la malédiction
de notre siècle », la jeune femme n'ait pas dé-
mêlé qu'il importait peu de s'arrêter en si beau
chemin.

IV

Nous voici loin des derniers échos de l'âge héroïque du Far-West et de ces scènes expres-'sives de la vie provinciale dans la Nouvelle-Angleterre qui n'ont que le tort d'avoir parfois un caractère trop purement américain pour qu'on puisse les faire accepter en français sans de longs commentaires explicatifs. Miss Amélie Rives s'inspire évidemment d'une école dont nous possédons les représentants les plus fameux, ce qui nous ôte toute envie d'aller chercher leurs élèves à l'étranger. De même les tableaux, un peu chargés, dit-on, des salons de New-York, qui ont fait dans son pays tant d'ennemis à M. Fawcett, ne sauraient tenter le traducteur : les mœurs sociales qu'ils représentent sont calquées sur les mœurs européennes qui gardent l'avantage au point de vue de la finesse, du tact, du bon goût, de tous les raffinements délicats que les peuples acquièrent en vieillis-

9

sant, en atteignant ce qu'il plaît aux jeunes ré-
publiques mal élevées d'appeler l'âge de la dé-
cadence. L'embarras est donc grand pour choisir
parmi les romans américains les plus récents, un
livre dont la physionomie soit nouvelle et piquante.

Sans attacher trop d'importance à la valeur
littéraire, un habile interprète, M. R. Issant,
s'est laissé captiver par cet élément d'horreur et
de mystère que l'hypnotisme, la suggestion, le
magnétisme en général ont ajouté depuis peu
au roman *sensationnel*. Quelques-uns, Sidney
Luska, Heron Allen, etc., s'en sont servis en le
prenant au sérieux. M. Edward Bellamy, dans
Miss Ludington's sister, a plutôt, comme l'avait
déjà fait Howells dans *The Undiscovered Coun-
try*, dévoilé le charlatanisme des prétendus médiums, charlatanisme mêlé d'illusions en certains cas. Toutefois, ceci n'est pas le point intéressant du livre; une qualité spéciale le rend
digne de plaire non seulement à ceux qui veulent
être amusés par un peu d'imprévu, mais encore
aux amateurs de problèmes psychologiques qui
trouveront là plus d'une grave question agitée
sous une forme familière. Ce roman, fantastique
à demi, repose sur l'idée que nous ne sommes pas
des êtres indivisibles, mais une succession de

personnes différentes. Notre enfance, notre jeunesse, chaque phase de notre vie aurait une âme à part et, dans l'autre monde, ces âmes diverses pourraient se rejoindre.

L'hypothèse n'a rien de trop absurde après tout. Elle se rattache à un sentiment que nous avons tous, à l'idée que nous sommes au moral susceptibles de prendre plusieurs manières d'être. Dans la *Sœur de Miss Ludington*, cette pensée première se combine avec le spiritisme à la mode. L'esprit de la jeunesse de l'héroïne est évoqué par une magnétiseuse qui, après l'avoir obligée à se matérialiser, meurt subitement... trop vite pour opérer la dématérialisation. L'auteur a tiré de ce thème impossible des effets fort curieux. Peut-être interprète-t-il à sa manière l'opinion de certains savants atomistes qui prétendent que les créatures vivantes sont des groupes de molécules et que ces molécules, avant de se séparer, peuvent former plusieurs organismes différents? Mais nous ferions grand tort à M. Bellamy en lui supposant plus de pédantisme qu'il n'en montre, et nous nous bornerons à le féliciter d'avoir réussi à trouver l'oiseau rare : un sujet nouveau. La première partie en est très adroitement traitée; à la fin nous souhaiterions des explications moins précises, un peu plus de ce vague où Mérimée plonge les lecteurs de la *Vénus d'Ille*, un chef-d'œuvre dans le genre difficile qui entremêle étroitement le merveilleux et la réalité. Mais l'imagination ne fait pas défaut, du reste, à ce récit original entre tous ceux que nous venons d'énumérer et d'analyser. Il se fonde sur une piquante fantaisie de penseur qui semble avoir pour but de nous faire conclure que la même impression, sage ou folle, est susceptible de se traduire dans n'importe quel formulaire, et que les explications orgueilleuses de la science ne sont guère moins absurdes parfois que celles de la superstition nuageuse.

Th. Bentzon.

LA SOEUR

DE MISS LUDINGTON.

LA SŒUR

DE MISS LUDINGTON.

I.

Le bonheur, dans certaines existences, se trouve presque également réparti du berceau à la tombe. Pour d'autres, au contraire, il fait brusquement irruption, illuminant une période particulière et laissant dans l'ombre tout le reste. Durant ces heures ou ces années bénies, il nous enveloppe, il est dans l'air que nous respirons, et nous jouissons de la vie au lieu de la subir. Les hommes atteignent d'ordinaire ce point culminant dans l'âge viril ou dans l'âge mûr, quand, par exemple, le succès a enfin couronné une carrière difficile, mais le bonheur des femmes s'épanouit plutôt avec leur jeunesse. Ceci est vrai surtout pour celles qui sont restées filles et dont la vie devient, à mesure que les années passent, plus solitaire, plus dénuée d'intérêt.

A vingt-cinq ans Ida Ludington constata, pour sa part, que le bonheur avait fui sans retour, ne laissant après lui qu'un pâle souvenir. Dès lors elle n'était plus jeune et ce fait, déjà triste, avait été encore aggravé par des circonstances tout spécialement douloureuses.

Les Ludington représentaient la plus ancienne famille de Hilton, un rustique petit village situé parmi les collines du Massachusetts. Ils n'étaient pas riches, mais à leur aise, et la population, composée tout entière de cultivateurs, considérait en eux les notables du pays. L'enfance de miss Ludington fut choyée à l'excès; jeune fille, on l'appelait la belle Ida, on l'entourait d'hommages, on faisait d'elle le centre et l'arbitre de la vie sociale à Hilton; puis, en plein triomphe, elle tomba gravement malade; la mort semblait imminente et, de fait, la belle Ida mourut; la ravissante fille qui s'était couchée sur ce lit de douleur ne se releva pas; une femme flétrie, défigurée guérit à sa place.

Les ravages de la maladie n'avaient laissé aucun vestige de sa beauté, disparue sans retour. La luxuriante chevelure était tombée; le

peu qui en repoussa fut toujours clair-semé,
d'une couleur indécise en outre; les lèvres naguère colorées d'un si vif incarnat s'étaient
amincies et avaient perdu leur dessin charmant,
leur couleur; le teint, tant de fois comparé à des
pétales de rose, était criblé de taches et de cou-
tures; ses amis eux-mêmes ne pouvaient la reconnaître et rien ne venait tempérer pour elle
l'amertume d'une perte irréparable.

La disparition de la jeunesse est toujours une
pénible épreuve, mais d'ordinaire elle se produit
graduellement, de telle sorte qu'on s'en aperçoit
à peine. Miss Ludington, au contraire, devint
vieille sans transition; elle se pleura, elle se
garda un deuil obstiné; tant que dura sa longue
convalescence, elle ne quitta pas des yeux une
miniature qui la représentait à dix-sept ans,
souriant comme elle ne devait plus jamais sourire. C'était tout ce qui restait d'elle, la photographie n'étant pas encore à la mode à cette
époque, — vers la fin de la troisième décade du
siècle actuel.

Au reflet insensible de ce qu'elle avait été, la
pauvre Ida ne cessait d'adresser des paroles de
tendresse incohérentes entrecoupées de sanglots.
Vainement ses compagnes venaient-elles essayer
de la distraire; elle écoutait avec une patiente

9.

indifférence leur babil bien intentionné sur les
menues nouvelles locales, puis, aussitôt qu'elle
le pouvait sans impolitesse, se hâtait de ramener
la conversation aux heureux jours qui avaient
précédé sa maladie. Sur ce sujet elle ne tarissait
pas, mais il était impossible de l'intéresser si
peu que ce fut au présent.

Elle avait enfermé dans un médaillon la
précieuse miniature qu'elle portait constamment
sur son cœur. Les personnes qui lui rendaient
visite ne pouvaient rien faire qui l'enchantât
davantage que de demander à voir ce portrait.
Lorsqu'elles l'admiraient avec l'enthousiasme
souhaité, son pauvre visage défiguré prenait une
expression de bonheur intense et elle disait avec
émotion : — N'était-elle pas belle? Le peintre
ne l'avait point flattée ! — exprimant ainsi, d'une
façon presque pathétique, qu'aucun retour sur
elle-même ne se mêlait à sa pitié pour la belle
morte. Il lui semblait parler d'un être infiniment
cher que la destinée lui avait ravi, voilà tout.
Comment aurait-elle pu se faire la moindre illusion, quand, regardant d'abord un miroir, elle
reportait ensuite ses yeux sur la miniature. Quel
contraste effrayant!

Oui, la pauvre Ida était bien morte, mais certains morts tiennent dans notre pensée beaucoup

plus de place que les vivants. Depuis le jour où
elle s'était levée du lit de souffrance, témoin de
sa lamentable transformation, miss Ludington
n'avait pu se décider à reprendre les jolies robes de couleurs brillantes, ornées de rubans, de
broderies et de dentelles, dont elle se parait co-
quettement autrefois; elle les avait pliées avec
soin et embaumées dans de la lavande, puis
mises sous clef comme on fait pour les reliques
des défunts, car dorénavant elle ne devait plus
porter que du noir.

Sa convalescence dura trois ou quatre ans,
et elle resta ensuite singulièrement délicate; de
plus en plus elle devint étrangère aux plaisirs
et aux intérêts d'autrui. Les filles de son âge se
mariaient et n'avaient dans le monde, plein de
devoirs nouveaux, où elles étaient appelées à
vivre, rien de commun avec elle. La société,
en se réorganisant, l'avait laissée en arrière.
Ses anciennes amies représentaient le présent,
elle personnifiait le passé; peu lui importait en
somme : si elle n'était rien à ces gens qui la trai-
taient, dans son deuil, de maniaque et d'égoïste,
ils lui étaient bien moins encore. Quant au monde
proprement dit, il lui était devenu odieux à cause
de l'impression que devait y produire sa laideur. Miss Ludington se repliait sur elle-même,

comme une sensitive, recherchait la solitude et
couvrait d'un voile épais son visage méconnais-
sable lorsqu'elle allait à l'église, le seul lieu où
elle ne se sentit pas déplacée.

Fille unique, la malheureuse avait perdu sa
mère depuis longtemps; son père mourut sur
ces entrefaites et elle n'eut plus à s'occuper de
qui que ce fût. Ses rêveries rétrospectives ne
prirent sur elle que plus d'empire. Le seul bien
dont elle fit grand cas était la somme de souvenirs qui lui restait de sa première jeunesse. Elle
craignait toujours d'en avoir gaspillé ou perdu
quelques-uns, et se désolait en songeant qu'elle
avait des coffres-forts pour y serrer son argent,
des verrous et des clefs pour enfermer son linge
et son argenterie, mais qu'aucun moyen au
monde ne pouvait préserver d'un oubli lent,
inévitable le trésor de ses réminiscences. Seule
avec une vieille servante, miss Ludington habitait
la maison paternelle, exclusivement soucieuse,
nous le répétons, d'y maintenir toutes choses à
la même place qu'autrefois, ne dérangeant même
pas un meuble afin que rien ne fût changé au
cadre qui avait vu fleurir la beauté d'Ida.

Si elle avait pu assurer la même immutabilité
au village de Hilton tout entier! Mais ceci était
impossible. La main du progrès bouleversait ce

site pastoral, qui se transformait à vue d'œil en un gros bourg manufacturier. Le chemin de fer y passa; des magasins, des maisons neuves bordèrent les rues méthodiquement alignées. Miss Ludington, à qui chaque pierre était précieuse, avait beau chercher en se promenant tel arbre, tel coin de prairie qui jouait un rôle dans sa mémoire, elle trouvait à la place une cheminée de briques ou un terrain à vendre. Imaginez l'impression que ressentirait un poète en voyant des usines se dresser sur le site qu'occupait jadis un bois sacré. Eh bien, son indignation serait faible, comparée aux sentiments de douleur et de rage qu'éprouvait miss Ludington. Et cependant ses voisins, tous possédés de la fureur d'améliorer, disaient d'un air de complaisance : — On ne reconnaîtrait pas Hilton! — Hélas! non, pas plus qu'on ne reconnaissait Ida! Celle-ci, navrée de voir effacé pour la seconde fois un passé qui était toute sa vie, finit par se défendre le spectacle de cette profanation et ne sortit plus de chez elle.

Soudain, un événement qu'elle-même fut obligée d'appeler heureux, vint l'arracher à son tombeau anticipé. Un parent éloigné, fort riche, lui légua toute sa fortune; elle avait alors de trente à trente-cinq ans.

Miss Ludington n'avait pas de besoins; ses dépenses annuelles n'excédaient guère quelques centaines de dollars; pourtant aucun prodigue, dans toute la force des passions impatientes de se satisfaire, n'accueillit jamais un héritage avec plus de transports que cette vieille fille économe. Elle devint souriante, animée; elle ne garda plus le coin du feu; elle sortit beaucoup, marchant d'un pas rapide et résolu, regardant, non plus d'un air désespéré, mais avec une expression indicible de malice et de triomphe, les maçons, les peintres, les abatteurs de bois, occupés autant que jamais à leur besogne maudite. Une idée lumineuse lui était venue qui la consolait enfin. Des arpenteurs furent convoqués; elle leur fit lever le plan exact de l'unique rue qui formait l'ancien village, puis miss Ludington eut de longs conciliabules avec un architecte qui lui présenta des devis, des projets. L'année d'après elle quittait Hilton, le laissant à la merci des vandales, pour n'y plus revenir; mais ce fut vers un autre Hilton qu'elle dirigea ses pas.

La fortune qui était sienne désormais n'avait de prix à ses yeux que parce qu'elle lui permettait de réaliser à l'improviste une chimère dont elle s'était bercée, sans espoir, depuis qu'avait commencé la transformation du village.

Parmi les terres qui lui appartenaient, il y avait une grande ferme sur Long-Island, à quelques milles de Brooklyn. Là, elle fit reconstruire en fac-simile le Hilton de son enfance, et d'abord la maison paternelle avec tout ce qui l'entourait jadis; peu de chose, en somme : la rue bordée de deux rangs d'érables et une trentaine de bâtisses achevées à l'extérieur seulement. On ne donna la dernière main qu'à l'école, au petit temple et à la demeure des Ludington, de sorte que cette curieuse création ne fut pas beaucoup plus importante que les fantaisies architecturales qui encombrent certains jardins d'Italie, par exemple. Les meubles, les tentures de sa maison du Massachusetts avaient étaient transportés par miss Ludington dans son nouveau gîte de Long-Island, exactement calqué sur l'ancien; une fois installée, la vieille fille eut donc l'impression d'être chez elle qu'elle n'avait pas éprouvée à ce degré depuis dix ans. Certes le village ainsi restitué demeurait vide, mais pour elle il n'était pas plus vide que ne l'avait été l'autre Hilton, alors que ses compagnons de classe devenaient des pères et mères de famille. Ces personnages respectables ne représentaient nullement les camarades qu'Ida chérissait autrefois et, sans se brouil-

ler avec eux, elle leur en avait voulu de gêner
par leur présence des souvenirs qui lui étaient
doux.

Naturellement ses nouveaux voisins de Long-
Island la croyaient folle, d'une folie paisible et
inoffensive. Elle s'en souciait peu, les seuls voisins dont elle fît quelque cas étant les figures
nuageuses dont son imagination peuplait l'ex-
village arraché à l'oubli. Souvent il lui semblait
les voir sourire d'un air de gratitude aux fenêtres des maisonnettes qu'elle leur avait rendues;
car c'était son plaisir de croire que ses vieux
amis, morts depuis des années, savaient retrouver
le chemin de ce Hilton ressuscité. Tandis qu'elle
souffrait des changements de toute sorte, ils
avaient dû en souffrir davantage : les vivants se
refont, à la rigueur, de nouvelles habitudes, mais
les morts ne peuvent être qu'errants et désolés
si Dieu leur permet de visiter la terre. Or miss
Ludington croyait à cette permission. Le sentiment de faire du bien à de pauvres créatures
vivantes n'eût pu la laisser aussi satisfaite d'elle-
même que celui de rendre un gîte à ces fantômes
déshérités. Toute cette évocation, d'ailleurs, n'a-
vait d'autre but que de former un arrière-plan
à la figure capitale toujours présente dans sa
pensée; ce nouveau Hilton n'était que le mau-

solée de la jeunesse qu'elle adorait, le temple
d'une idole : Ida Ludington.

Au-dessus de la cheminée, dans la chambre
principale, elle avait suspendu un portrait à
l'huile qu'un peintre en renom avait fait d'après
la petite miniature pâlie à laquelle il ne ressemblait peut-être pas très exactement, quoique
miss Ludington se gardât d'en convenir. Grâce
au prestige d'une exécution savante, cette jeune
fille aux épaules nues, aux épais cheveux d'or
flottant sur une robe blanche, lui paraissait au
contraire rappeler sa chérie beaucoup mieux encore que la première image; c'étaient bien les
mêmes yeux d'un violet tendre et profond, le
même buste virginal qu'on aurait cru sculpté dans
le marbre. Combien brillante, combien pleine,
avait été la vie de cette adorable fille! Combien
plus réelle que celle de la personnalité morne et
fanée qui depuis si longtemps n'avait reçu d'autre lumière que celle qui jaillissait de ce jeune
visage! Et pourtant tout cet éclat s'était évanoui
comme une vapeur et ses éléments ne pouvaient
pas plus se combiner de nouveau que ne le pourraient les nuances insaisissables de l'aube d'hier.
A cause de cela, miss Ludington, qui entourait
d'immortelles les portraits de son père et de sa
mère, avait encadré le sien d'un crêpe noir. C'est

qu'elle ne pleurait pas sans espoir ses parents;
elle savait qu'elle les retrouverait dans un autre
monde, tandis que sa jeunesse était irrévocable-
ment morte; aucun Messie n'en avait jamais promis la résurrection.

II.

La solitude dans laquelle s'était confinée miss
Ludington lui était devenue si chère qu'elle ne
se résigna que très difficilement à accepter,
quelques années plus tard, la tutelle du fils d'une
cousine pauvre qui venait de mourir en le lui
léguant. Elle aurait largement pourvu à tous ses
besoins si elle avait su à qui le confier, mais
force lui fut de laisser un enfant envahir son
intérieur.

Paul de Riemer avait deux ans quand il arriva
chez miss Ludington. C'était un beau petit garçon doux et caressant, aux yeux noirs pensifs et
profonds. En entrant dans le salon, il tendit
spontanément les bras vers le portrait d'Ida et
se mit à lui parler dans son langage indécis. Ce
mouvement devait lui gagner aussitôt l'affection
de sa tutrice.

Puis, à mesure que le baby grandit, toutes ses
questions furent d'abord sur « la belle dame du

tableau » ; il était content lorsque sa tante, *aunty*,
comme il l'appelait familièrement, lui racontait
des histoires vraies dont Ida était l'héroïne. Pendant leurs promenades à travers le village, les
souvenirs de sa jeunesse, réveillés par les lieux
et les objets qui l'entouraient, suggéraient à miss
Ludington de nouveaux récits. Elle ne se lassait
jamais de conter, il ne se lassait jamais de l'entendre, et c'était chose surprenante de voir
comme la sympathie naïve de l'enfant consolait
la vieille fille. Elle parlait à la troisième personne, car il eût été difficile de faire comprendre
à Paul, sans l'étonner et sans l'attrister, quel
rapport il y avait entre cette jeune dame, qu'il
nommait Ida, et sa vieille tante. Qu'avaient-elles
de commun, en effet, sauf leur nom? Et il y
avait si longtemps que miss Ludington s'était
entendu appeler ainsi qu'elle ne pensait plus
que ce nom lui appartînt.

Un jour Paul, qui avait alors huit ans, se trouvait seul dans le salon. Après avoir longuement
contemplé le portrait, il trouva moyen de se hisser
sur la cheminée. Il posa ses lèvres sur celles
de l'image et les baisait tendrement quand miss
Ludington entra. Émue jusqu'aux larmes, elle le
saisit entre ses bras et le couvrit elle-même de
baisers dont la véhémence lui fit peur.

Un ou deux ans plus tard, Paul annonça qu'il épouserait Ida quand il serait grand ; alors sa tante dut lui expliquer qu'elle était morte. Il en éprouva un tel chagrin, qu'on ne parvint que très difficilement à le consoler.

Le jeune garçon, ne dépassant jamais les limites de ce village factice et n'ayant d'autre société que celle de miss Ludington, subit presque autant qu'elle-même l'influence de la belle créature qui était l'âme de cette solitude. La jeunesse et la beauté d'Ida attiraient son cœur d'enfant, et sa présence mystérieuse lui tenait compagnie. Quand il alla au collège, quand il se trouva dans un autre milieu, il était trop tard pour rompre la trame de ses premiers rêves.

Bien loin d'oublier, Paul, à mesure qu'il grandissait, se laissait captiver davantage. Enthousiaste et rêveur, il fit du portrait d'Ida un divin idéal qui attirait vers lui, comme le soleil pompe les brumes du matin, tout ce qui dans son jeune cœur était sentiment et passion. Rien ne put l'empêcher de tomber éperdument amoureux, pas même l'entière vérité déclarée par miss Ludington. Quoiqu'il fût certain maintenant qu'Ida n'existait plus nulle part, ni dans le ciel ni sur la terre, le culte qu'il lui avait voué subsistait quand même.

« C'était ma destinée de l'aimer, disait-il. Si je n'avais jamais vu son portrait, j'aurais continué toute ma vie à la chercher, sans savoir qu'elle était morte et en me désolant de ne point la trouver. »

Miss Ludington venait de dépasser la soixantaine quand Paul, à vingt-deux ans, termina ses études. Elle avait naturellement supposé qu'en frayant avec des camarades et en voyant d'autres femmes, il guérirait de cet amour romanesque. Le résultat trompa son attente. Au lieu de diminuer, sa passion chimérique prenait, d'année en année, plus d'empire sur lui.

Cette passion qui ressemblait à de la folie ne l'empêchait pas, d'ailleurs, de se livrer au travail avec beaucoup d'ardeur et de sérieux. Ayant conquis ses grades universitaires, il devait aller rejoindre miss Ludington. Celle-ci fut donc fort désappointée de ne pas le voir arriver à l'heure où elle l'attendait, après le dernier examen, et de recevoir à sa place une lettre. Pour quelle raison lui envoyait-il, le jour même de son retour ces nombreux feuillets couverts d'une écriture fine et serrée?

Paul apprenait à sa tante qu'il avait accepté l'invitation d'un ami et qu'il ne reviendrait que deux jours plus tard.

« Mais ce n'est qu'un prétexte, ajoutait-il, le vrai motif de ce retard, c'est que je désire que vous ayez un peu de temps pour méditer le contenu de ma lettre; ce que j'ai à vous dire vous semblera bien bizarre au premier abord. J'ai essayé d'y faire allusion pendant les dernières vacances... Je n'ai réussi qu'à vous intriguer et je n'étais pas encore préparé à une explication. Je ne sais quelle timidité m'en empêchait. Peut-être aussi avais-je peur de voir ma pensée prendre un corps, de vous la présenter maladroitement et de vous effrayer par son étrangeté avant que vous eussiez eu le temps d'en examiner le côté absolument raisonnable. Maintenant que je reviens vivre auprès de vous, je sens que je ne serais pas capable de dissimuler plus longtemps.

« Vous rappelez-vous que je vous ai demandé une fois si vous n'aviez pas le sentiment de la présence invisible d'Ida? » Vous avez cru que je perdais la raison.

— Tu me parles d'elle comme d'une personne qui serait passée dans l'autre monde et qui aurait en propre une vie spirituelle, m'avez-vous dit.

« Je détournai aussitôt la conversation.

« Aujourd'hui, je puis vous répondre, vous dire comment et pourquoi je crois qu'elle n'est pas

perdue sans retour, qu'elle est au contraire un
esprit vivant, immortel! C'est ma conviction et je
serais heureux de vous la voir partager. Il faudrait être fou pour le croire si ce n'était vrai. Oublions donc tous deux qu'elle nous est chère et
raisonnons froidement.

« On pense d'ordinaire que l'individu est une
unité et ne peut, par conséquent, être subdivisé.
L'étymologie du mot le prouve. Il est cependant facile de se convaincre, après un moment
de réflexion, que c'est là une grande erreur.
L'individu n'est pas plus une unité que ne l'est
une tribu ou une famille. Comme elles, il a un
nom collectif représentant un nombre de personnes distinctes liées les unes aux autres d'une
manière particulière et ayant certains traits de
ressemblance. Les individus qui composent une
famille sont tout à la fois alliés en ligne colla-
térale et par succession, par descendance, tandis
que les individus composant une personne ne
sont alliés que par succession seulement. Ils s'appellent premier âge, enfance, jeunesse, âge mûr
et vieillesse.

« Entre ces individus existent des différences frappantes, physiques et morales. Le premier âge et l'enfance n'ont aucun rapport avec
l'âge mûr. La jeunesse regarde avec horreur la

caducité qui lui succédera. Le vieillard n'a-t-il pas
beaucoup plus d'affinités avec les autres vieil-
lards, ses contemporains, qu'avec le jeune
homme qu'il fut jadis? Ne voit-on pas un prodigue, un débauché devenir sage par la suite et
une créature innocente, au contraire, tomber de
cette pureté dans de honteux désordres? Il arrive
que nous ne comprenions plus les mobiles qui
provoquèrent telle ou telle de nos actions. Mis
en présence de son *moi* disparu, on le contem-
plerait étonné, en admettant que l'on n'en eût
pas horreur. Supposons, par exemple, que Saül,
le persécuteur des disciples de Jésus, Saül, le
gardien des vêtements de ceux qui lapidaient
saint Étienne, rencontre face à face Paul l'apôtre;
cette entrevue n'aurait rien d'amical. Si chacune
des personnalités qui composent un individu ne
disparaissait avant l'arrivée de celle qui la rem-
place, nous verrions quelquefois un homme prendre sa propre jeunesse au collet et la livrer aux
autorités en chargeant de toute sorte de méfaits
le drôle qu'il aurait cessé d'être. Les moins inco-
hérents dans leur conduite ont l'impression d'être
comme une série de flammes entretenues dans
une même lampe par toute sorte de combustibles
différents. Quiconque est sincère en fera l'aveu.

« De graves mésintelligences n'existent pas

10

toujours, il est vrai, entre nos différentes personnalités. Dans beaucoup de cas, au contraire, dans la majorité des cas, peut-être, elles ont les mêmes aspirations, le même idéal. Il n'y a pas de grands chocs, de contrastes violents entre elles, rien que les différences que doit établir, selon l'âge, telle ou telle manière nouvelle d'envisager les aspects de ce monde. Si, en pareil cas les séries de personnes qui composent l'individu pouvaient se trouver ostensiblement réunies, nous jouirions du spectacle d'une communion ineffable. Nulle puissance ne peut les ramener sur terre, mais il nous est du moins permis d'espérer, puisque nous croyons à l'immortalité, qu'elles se retrouveront ailleurs. Chacun de ces êtres disparus a une âme distincte, car autrement quelle raison aurions-nous de croire immortelle l'âme de celui que nous sommes aujourd'hui? L'enfance, la jeunesse, la virilité ne représentent-elles pas les plus aimables et les plus nobles des personnes qui se succèdent en nous? Pourquoi donc descendraient-elles dans l'oubli, tandis qu'une éternelle durée serait réservée à l'âme presque éteinte souvent de la vieillesse? S'il nous fallait croire que le même esprit anime tous les êtres divers qu'il y a en nous, je préférerais l'attribuer à la maturité, je

croirais plutôt que la décrépitude est sans âme.
Quel moyen de se figurer que l'étincelle spirituelle, bien affaiblie, hélas! chez un septuagé-
naire, soit de force pourtant à résister au souffle
du néant, quand il ne resterait rien de son âge
viril, ardent et vigoureux?

« L'homme, dans une carrière de soixante-dix
ans, n'a pas un corps seul et unique, mais bien
plusieurs corps entièrement neufs. La physiolo-
gie admet que nos organes se renouvellent sans
cesse, si bien qu'après un certain laps de temps
chacune des parcelles qui les composent se trouve
remplacée. Prétendrons-nous qu'aucun de ces
corps successifs n'a d'âme, sauf le dernier, pour
la mauvaise raison que celui-ci décline plus soudainement que ses prédécesseurs? Ou bien main-
tiendra-t-on que, malgré toutes les dissemblances
physiques, mentales et morales entre l'enfant et
le jeune homme, l'homme fait et le vieillard, il
y ait néanmoins une certaine essence commune
à eux tous qui persiste à ne pas changer en traversant les différents âges, et qui serait l'âme de
l'individu? Mais en ce cas cette essence ne serait
qu'une abstraction incolore, sans qualités distinc-
tives d'aucune sorte, un simple principe de vie.
Une telle croyance réduirait à l'absurdité notre
espérance des choses immortelles.

« Non! non! ce n'est pas ce fragment d'immortalité que Dieu nous a donné. Le Créateur n'administre pas l'univers d'une façon aussi mesquine. Quant à moi, je crois que les différentes âmes qui composent chacun de nous vivent pour toujours et se retrouvent dans le présent éternel de Dieu. Si elles sont en harmonie, il perfectionnera certainement leurs félicités en les réunissant par un lien incomparablement plus doux et plus intime que tous ceux que nous pouvons rêver sur terre. Songez donc!... plusieurs vies en une seule; une harpe aux cordes multiples qui, touchées l'une après l'autre ici-bas, formeront là-haut un sublime accord! -

« Ne pensez pas que je vous parle à la légère. J'ai mûrement réfléchi. Il est vrai que ce fut d'abord un rêve inspiré par ma bien-aimée. Mais mon rêve est devenu une croyance, et, depuis quelques mois, une conviction intime que rien, j'en suis sûr, n'ébranlera jamais. Si vous pouvez la partager, le long deuil de votre vie touche à sa fin. Pour ma part, je ne saurais revenir sans désespoir aux idées communes. Si le passé était mort, mort sans espoir de résurrection, il faudrait admettre que la puissance de Dieu a des bornes. L'irréparable n'existe pas. J'aimerais mieux nier le dogme de l'immortalité que de croire que notre dernière individualité, en quelque sorte prise au piège par la tombe, ressuscitera seule, laissant la longue procession de celles qui l'ont précédée, dans leurs sépulcres inconnus. Non! elles revivront toutes, chacune avec son propre charme, avec ses qualités particulières. Dieu est le maître du passé. Il ne laissera pas tomber dans le néant les âmes et les corps auxquels il a donné la vie. Pas un ne manquera à l'appel le jour où il fera le compte de son trésor. »

III.

L'effet que la lettre de Paul produisit sur miss Ludington fut profond et comparable à celui qu'avant l'annonce générale de la résurrection, cette doctrine, entrevue tout à coup, eût pu produire sur quelque affligé pleurant sans espoir un ami très cher. Et encore, avant même la prédication chrétienne, les hommes eurent de tout temps l'intuition plus ou moins nette d'une vie future, tandis que rien n'avait préparé miss Ludington à croire que son moi disparu, qu'elle regrettait sans cesse, pût l'attendre dans des régions bienheureuses où il n'avait fait que la précéder.

L'espérance de l'immortalité a été conçue pour tous, pour les animaux même, pour toutes les formes inférieures de la création, mais quel prêtre avait jamais prêché cette victoire complète de la vie sur la mort, quel poète avait chanté le titre glorieux de nos individualités passées à une

récompense que chacun de nous ne croit promise, quand il y croit, qu'à son individualité présente?

Du reste miss Ludington se garda de discuter
ce qui l'enchantait. Dès qu'elle eut bien compris
les théories de Paul, elle accepta ses conclusions
comme un article de foi, en s'étonnant de n'y
avoir pas pensé plus tôt. De même que le soleil,
lorsqu'il perce subitement les nuées, transforme
un triste paysage de novembre en un riant tableau, cette grande espérance illumina soudain
sa vie dépossédée

Elle parcourut tout le jour la maison et le
village comme dans un songe, souriant et pleurant, lisant et relisant la lettre de son neveu
avec une joie indicible.

Dans l'après-midi, elle enleva d'une main
tremblante le crêpe qui voilait depuis des années
le portrait d'Ida. Il lui sembla que celle qu'elle
avait tant pleurée lui souriait :

« Pardonne-moi, murmura-t-elle. Comment
ai-je pu te croire morte? »

Le jour suivant Paul arriva. Ce n'était pas
sans appréhension qu'il se demandait comment
sa tante avait accueilli ses arguments en faveur d'une thèse si nouvelle. Quand on s'est
longtemps complu dans une douce mélancolie,

on craint quelquefois d'y renoncer. Peut-être n'accepterait-elle pas des idées qui révolutionnaient sa vie entière, fussent-elles d'une philosophie plus consolante que les siennes propres. Il s'approcha de la maison avec inquiétude.

Elle se tenait sur le seuil de la porte. Au premier coup d'œil qu'il jeta sur elle, les craintes de Paul se dissipèrent. Sa physionomie était rayonnante, et, pour la première fois depuis qu'il la connaissait, elle avait un peu éclairci le deuil sévère qu'elle ne quittait jamais.

Sans dire un mot, elle le prit par la main et le conduisit dans le salon devant le portrait d'Ida qui leur sourit à travers les immortelles blanches dont il était paré.

Miss Ludington n'était plus la même. Au lieu de vivre les yeux fixés sur le passé, elle se tournait maintenant vers l'avenir avec le ferme espoir de retrouver dans une autre vie sa brillante jeunesse. La mission qu'elle s'était donnée d'en garder le souvenir intact et de le préserver de l'oubli, qui est une seconde mort, devenait inutile. Ida n'était-elle pas maintenant près de Dieu, et ne la retrouverait-elle pas là dans toute sa gloire? L'abandon du grand deuil dont elle avait pris l'habitude ne fut que l'un des symptômes de ce complet changement survenu chez miss Lu-

dington et dont toute la maison se réjouit. Chacun semblait de meilleure humeur; tous les gens,
depuis le cocher jusqu'à la laveuse de vaisselle,
portaient sur leur visage un air de jubilation.
Les domestiques riaient tout haut dans la cui-
sine, ce qui ne s'était jamais vu. Les enfants du
jardinier, relégués autrefois bien loin, jouaient,
sans être grondés, dans l'enceinte inviolable du
village silencieux.

Quant à Paul, depuis qu'il croyait que sa
chère maîtresse était vivante pour toujours, son
amour avait pris une force, une réalité nouvelles. Il avait le sentiment de la présence invisible d'Ida dans l'air qu'il respirait. Le village
était devenu un sanctuaire dont elle était l'idole.
Il savait qu'il n'aurait pas besoin d'attendre
jusqu'à sa mort pour la voir; il s'élancerait vers
elle aussitôt qu'il aurait cédé la place à la personnalité qui devait succéder à son *moi* présent.
L'enfant, le petit Paul qui avait tendu les bras
à la bien-aimée vingt ans auparavant était déjà
auprès d'elle. Il irait les rejoindre.

Être amoureux d'une morte, quelque belle
qu'elle ait été sur terre, eût semblé, sans doute,
chimérique à la plupart des jeunes gens. Mais
l'amant de l'immatérielle Ida n'était pas moins
dédaigneux de ce que de leur côté ils appelaient

l'amour; pour lui ce n'était qu'un appétit grossier. Aucune femme ne l'eût fait manquer à la
fidélité qu'il avait vouée à une image plus belle
que toutes les beautés ensemble. Fier et sauvage,
il écoutait avec mépris le récit des conquêtes et
des folies de ses camarades. Que savaient-ils de
l'amour, ces malheureux? Qu'est-ce que leur
sensualité pouvait avoir de commun avec la
passion rare et délicate qui le remplissait tout
entier?

Il était de retour depuis quelques semaines,
quand miss Ludington lui demanda quelle carrière il comptait suivre. Il fut un peu surpris,
ayant supposé qu'elle voudrait le garder près
d'elle, au moins pendant un temps. L'idée de
s'éloigner lui était insupportable et il trouvait
d'excellents prétextes pour différer de prendre
un parti.

Elle lui proposa alors de voyager à l'étranger
pendant six mois. Cela ne le tenta pas davantage.

— Comme vous êtes pressée de vous débar-
rasser de moi, chère tante! On dirait que vous
ne m'aimez plus. Pourquoi ne resterais-je pas
auprès de vous? Je suis si bien ici!

Elle n'insista pas, mais il lui vint des scrupules en constatant le tour singulièrement exalté

que prenaient de plus en plus les pensées de
Paul. Il y avait peu d'inconvénient pour une
vieille fille comme elle à dédier sa vie au passé,
mais Paul pouvait faire de ses talents un
meilleur usage que d'aligner des vers amoureux
à une morte, car il en était là! Un jour, en
rangeant dans sa chambre, elle avait trouvé un
sonnet adressé à Ida qui lui fit venir des larmes
aux yeux. Paul tournait assez bien les vers;
ceux-ci étaient passionnés, mais surtout mys-
tiques; seule, la connaissance qu'elle avait de
son secret permit à miss Ludington d'en saisir
la portée. Elle décida aussitôt en elle-même que
si Paul ne quittait pas la maison, il faudrait
trouver du moins un moyen de le distraire coûte
que coûte.

IV

Vers cette époque, miss Ludington alla un matin à Brooklyn faire quelques emplettes. Elle était en train de choisir des étoffes dans un grand magasin lorsqu'elle s'aperçut qu'une dame, assise à un autre comptoir, la regardait attentivement. Cette dame était à peu près de sa taille et de son âge; ses cheveux, comme les siens, étaient presque blancs. Mais là s'arrêtait leur ressemblance, car les rides de son visage et ses vêtements usés indiquaient évidemment que la vie n'avait pas été aussi clémente pour elle que pour celle qui excitait sa curiosité.

Elle sourit lorsqu'elle rencontra le regard de miss Ludington et traversa le magasin, la main tendue, en s'écriant :

— Ida Ludington! ne me reconnaissez-vous pas?

Après avoir examiné un instant les traits de celle qui l'abordait ainsi, miss Ludington s'écria joyeusement à son tour en serrant la main qu'on lui offrait :

— Comment! Sarah Cobb! D'où venez-vous, ma chère?

Et les amies, oubliant totalement pendant un quart d'heure le commis qui les servait et les acheteurs qui les considéraient avec curiosité, se mirent à bavarder comme deux pensionnaires. De fait, elles avaient été ensemble à l'école et ne s'étaient pas revues depuis que miss Ludington avait fui son village natal.

Sarah Cobb n'avait quitté Hilton que depuis quelques années. Elle s'appelait maintenant Mrs Slater et habitait New-York.

— Il y a trente ans que je n'ai renc... ...re quelqu'un de chez nous, dit enfin miss Ludington, aussi vous ne m'échapperez pas. Je vous veux pendant une journée tout entière. Nous reparlerons du passé. Je suis si heureuse de vous avoir retrouvée!

Mrs Slater accepta l'invitation sans se faire prier. Il fut convenu que la voiture irait la chercher le ! lemain, à l'arrivée d'un des bateaux de Brooklyn. Miss Ludington ne la quitta qu'après lui avoir recommandé à plusieurs reprises de ne pas manquer le rendez-vous.

Elle conta son aventure à Paul pendant le thé
et lui fit l'historique de la famille Cobb en général, celui de Sarah en particulier. Elles se connaissaient et s'aimaient avant d'avoir appris à
marcher. Elles avaient grandi ensemble, n'ayant
jamais eu de secrets l'une pour l'autre. On les
avait surnommées « les jumelles » parce qu'elles
se ressemblaient beaucoup, s'habillaient de même
et ne se quittaient guère.

Le jour suivant, miss Ludington alla en voiture au devant de son amie. Elle voulait jouir
de sa surprise en rentrant dans le vieil Hilton
ressuscité.

La propriété était protégée contre les regards
indiscrets par une haute clôture. Quand on avait
passé la grille et la loge du portier, l'avenue
tournait brusquement et se transformait en
une route de campagne bordée de marges gazon-
nées et de sentiers pour les piétons. On voyait
alors en face de soi le village désert, avec la
petite école peinte en brun, sur la droite, et,
sur la gauche, l'église surmontée de sa gi-
rouette dorée.

La stupéfaction de Mrs Slater était divertis-
sante à observer. Elle se crut un instant victime
d'une hallucination et fut bien près de prendre
son amie pour une sorcière. Les explications que

celle-ci lui donna en souriant la rassurèrent et
son étonnement céda la place à une vive curiosité. Elles renvoyèrent la voiture afin de traverser à pied le village. A chaque pas leurs souvenirs se levaient en foule, réveillés ici par un
massif de lilas, là par une corbeille de roses
trémières. Elles avançaient lentement, riant et
pleurant à la fois, et répétant à tout instant :
« Vous souvenez-vous de ceci? Vous rappelez-
vous cela? »

En arrivant à l'école, après avoir échangé un
regard, elles accrochèrent comme autrefois, lor-
qu'elles étaient les deux belles de Hilton, leurs
chapeaux dans le vestibule. La salle d'étude, silencieuse, était entr'ouverte. Comme autrefois
encore, quand il leur arrivait d'être en retard,
elles se glissèrent sur la pointe des pieds à
leurs anciennes places, côte à côte. Puis à voix
basse, les yeux humides, le visage éclairé d'un
reflet des jours passés, ces deux vieilles femmes
se remémorèrent les faits dont cette pièce avait
été le théâtre. Que de fois leur babil et leurs ri-
res en avaient fait résonner les échos! Ici tout
leur était familier. Dans un coin, le grand poêle
autour duquel elles avaient grelotté en robes
courtes pendant les froides matinées d'hiver.
Sur l'estrade, le tableau noir où elles étalaient

généralement leur ignorance en algèbre et en géométrie, à la grande satisfaction de leur professeur. Au mur, les vieilles cartes de géographie sur lesquelles elles avaient travaillé près d'un demi-siècle auparavant. Enfin, se déroulant derrière elles, les nombreuses rangées de bancs, témoins des épreuves de leur vie d'écolière.

— Mon Dieu! dit en rêvant Mrs Slater, je ne puis me figurer que j'aie été Sarah Cobb. Tout a si cruellement changé! Il semble que je sois devenue une autre personne.

— Naturellement, répondit miss Ludington, vous n'êtes pas la même, en effet.

— Comment l'entendez-vous, chère amie?

— Dame! vous n'avez pas la prétention, si bien conservée que vous soyez, de passer pour une fillette de seize ans?

— J'ai été cette fille de seize ans, si je ne le suis plus, dit Mrs Slater.

— Pardon, elle n'était pas la vieille dame que j'ai devant moi, ma bonne Sarah, pas plus que vous n'êtes la jolie enfant qu'elle fut.

— Bon! vous jouez sur les mots!

— Sur les mots?... La question est autrement grave. Je soutiens que nous n'avons rien de commun avec les chères petites qui s'asseyaient sur ce banc, il y a une quarantaine d'années et qui se sont transformées au dedans comme au dehors.

— Que seraient-elles donc devenues, ces petites, si elles ne sont pas vous et moi?

— Elles sont où nous irons quand, à notre tour, nous quitterons ce monde. Elles sont immortelles avec Dieu, qui nous les rendra un jour.

— Quelle singulière idée! s'écria Mrs Slater.

— Pas plus singulière, beaucoup moins répulsive surtout que la vôtre qui vous fait voir en nous les momies décharnées de Sarah et d'Ida. N'aimez-vous pas mieux croire que notre jeunesse est immortelle quelque part, plutôt que de vous la représenter défigurée par l'âge? Non, le paradis n'est pas seulement un jardin de fleurs fanées; nous y trouverons épanouis les roses et les lis.

Les heures s'étaient rapidement envolées pendant que les deux amies causaient. Les ombres, en s'allongeant sur le plancher de la salle d'étude, ramenèrent miss Ludington à ses devoirs de maîtresse de maison. Elle acheva de développer ses nouvelles idées sur l'immortalité de notre passé tout en traversant lentement la pelouse pour rentrer. Elle dit quelle douceur cette conviction avait apportée dans sa vie. Mrs Slater l'écoutait en silence.

— D'où vous vient ce portrait? s'écria-t-elle en entrant dans le salon.

— Qui vous rappelle-t-il? demanda miss Ludington.

— Je sais à merveille ce qu'il me rappelle, mais je voudrais bien apprendre par quel hasard il est ici!

— Par quel hasard? Vous voulez dire que vous êtes surprise de ne l'avoir jamais vu puisqu'il me représente à dix-sept ans... Mais j'étais sûre que vous le reconnaîtriez, dit miss Ludington avec un sourire de satisfaction. Je le fis peindre après avoir quitté Hilton. C'est un agrandissement de cette miniature de moi dont vous vous souvenez certainement. J'ai toujours pensé qu'il était très ressemblant, mais vous ne sauriez croire à quel point je suis satisfaite de voir que vous l'avez reconnu sans hésitation.

Paul arriva au moment de prendre le thé. Miss Ludington le présenta comme son neveu et son héritier. Il avait déjà été question de son culte romanesque pour le portrait d'Ida. Aussi Mrs Slater le considéra-t-elle avec un grand intérêt. Paul, qui connaissait par sa tante Hilton tout ce qui concernait ses anciens habitants, put facilement prendre part à l'entretien qui ne roula que sur « autrefois ». Après le thé, il accompagna les deux vieilles dames, qui firent une promenade dans la partie du village qu'elles n'avaient pas explorée encore. Quand ils rentrèrent tous trois, le soleil était couché; il y avait de la lumière au salon, et les yeux de Mʳˢ Slater étaient fréquemment attirés par le portrait d'Ida. Une remarque admirative au sujet des fleurs qui l'entouraient fit tourner derechef la conversation sur le thème favori de la tante et du neveu : l'immortalité des différents individus qui se succèdent en nous.

Mʳˢ Slater semblait avoir peu d'instruction, mais beaucoup d'intelligence et une force de caractère assez rare. Sans être le moins du monde convertie aux idées nouvelles de son amie, elle paraissait cependant s'y intéresser vivement. Elle pria Paul d'expliquer en détail les doctrines qui avaient pour lui la force d'une religion. Il y consentit de grand cœur, s'anima et fut fort éloquent.

— Vous me persuadez presque, dit enfin Mʳˢ Slater, mais comment se fait-il que rien de pareil ne se soit produit dans aucune séance de spiritisme? Nul n'y a jamais vu apparaître sa personnalité d'autrefois.

— C'est une preuve entre mille que le spiritisme est une jonglerie. Les médiums sont na-

turellement imbus de la superstition vulgaire
sur les esprits qu'ils ont la prétention d'évoquer.

— C'est bien possible, vous devez avoir raison, dit Mrs Slater et, cependant, si je parta-
geais vos idées, savez-vous ce que je ferais?
J'irais trouver un des médiums de New-York
dont les journaux racontent tant de choses extraordinaires et je le laisserais essayer de matérialiser l'esprit de ma jeunesse. Probablement il
ne pourrait pas, mais peut-être aussi le pourrait-
il. Une simple apparition, Monsieur de Riemer,
est plus convaincante que tous les raisonne-
ments du monde. Si je voyais l'esprit de ma
jeunesse face à face, j'en conclurais qu'il a une
existence indépendante de la mienne, mais jusque-là.....

— Les médiums, autant de charlatans! interrompit Paul. — Mais il se reprit aussitôt : — Je
vous demande pardon, peut-être êtes-vous spirite?

— Vous n'avez pas besoin de vous excuser,
dit gaiement Mrs Slater. Je ne m'occupe pas de
spiritisme; je crois seulement, et cela depuis peu,
qu'il pourrait bien y avoir là-dedans quelque
chose de vrai... Oh! une part de vérité contre
cent parts de fraude, tout au plus! Mais puisque
vous pensez que les médiums sont des charla-

tans, leur impuissance n'ébranlerait pas votre conviction; vous n'auriez perdu qu'une soirée et un peu d'argent. D'un autre côté il y a une faible chance (remarquez que je ne crois pas qu'il y ait plus que cela), une faible chance pour qu'on vous fasse voir celle-ci.

Et Mrs Slater désigna le portrait.

Paul devint pâle.

— Si je croyais à cette chance, quelque faible qu'elle pût être, s'écria miss Ludington très émue, supposez-vous, Sarah, que j'économiserais mon temps et mon argent?

— Je ne le suppose pas, en effet, reprit Mrs Slater. L'argent n'est rien pour vous. Pour moi, il a une grande valeur. Les médiums capables de montrer la forme de ceux dont ils évoquent l'esprit se font payer cher. Mrs Legrand, qui est en ce moment le médium le plus consulté, demande cinquante dollars par séance privée. Eh bien, toute pauvre que je sois, si je croyais cette merveilleuse chose que vous croyez et si je pensais qu'il y eût une chance sur mille que cette femme m'en donnât une preuve évidente, je vivrais de croûtes jusqu'à ce que j'eusse rassemblé assez d'argent pour aller vers elle.

Paul se leva, en proie à une vive agitation. Après avoir fait un ou deux tours dans la cham-

11.

bre, il revint s'appuyer à la cheminée, éclaircit
sa voix, et dit :

— Avez-vous jamais vu cette Mrs Legrand?
Avez-vous assisté à une de ses séances?

— Pas pour mon compte personnel, répondit
Mrs Slater. C'est tout à fait accidentellement que
je l'ai connue. J'ai une amie, Mrs Rhinehart qui
a récemment perdu son mari. Elle a pris l'habitude d'aller aux séances de Mrs Legrand pour
le voir, et elle m'a emmenée une fois avec elle,

Miss Ludington et Paul attendirent un moment puis, voyant que Mrs Slater se taisait, ils
s'écrièrent en même temps :

— Vous avez vu quelque chose?

— Nous avons vu un homme jeune, d'une
grande élégance. Nous avons très nettement dis-
tingué ses traits et l'expression de sa figure.
Il paraissait reconnaître mon amie. Elle me dit
que c'était son mari. Je ne l'avais pas connu
de son vivant, mais naturellement je m'en
rapportai à elle. J'étais arrivée persuadée que
j'allais assister à une jonglerie. Peut-être n'a-
vais-je pas tort, mais c'était cependant bien
étrange! Je n'ai pas encore oublié l'impression
que cela me fit, si peu disposée que je sois à croire
au surnaturel. En tout cas, cela réconforta ma
pauvre amie, plus que n'auraient pu le faire

toutes les philosophies et toutes les religions ré-
vélées ou inventées. Il y a loin d'un espoir vague
à l'évidence !

Un silence s'ensuivit. Mrs Slater, le regard
perdu dans le vide, semblait évoquer par la pensée la scène qu'elle venait de décrire. Les mains
de miss Ludington, posées sur ses genoux, trem-
blaient, tandis que ses yeux restaient obstinément fixés sur le portrait d'Ida.

Paul rompit le silence :

— J'irai voir cette femme, dit-il tranquillement. Il n'est pas nécessaire que vous veniez
avec moi, ma tante, à moins que vous ne le désiriez.

— Crois-tu que je te laisserai aller seul ? reprit miss Ludington d'une voix mal assurée.
Est-ce que cela ne m'intéresse pas autant que toi.

— Où habite cette Mrs Legrand ? demanda
Paul.

— Je ne puis réellement pas vous le dire, répondit Mrs Slater. Il y a quelque temps que j'ai
assisté à la séance dont nous venons de parler ;
tout ce que je me rappelle, c'est que c'était
quelque part dans la partie basse de la cité, à
l'est de Broadway, je crois.

— Votre amie pourrait peut-être vous donner
l'adresse exacte ? suggéra miss Ludington.

— Certainement, répondit Mrs Slater. Si elle va encore à ces séances, elle doit la connaître. Les médiums ne restent généralement pas long-temps dans le même endroit et il est bien possible que Mrs Legrand ne soit plus à New-York. Mais je vous promets d'essayer d'avoir son adresse. Et maintenant, ma chère, je vous demanderai la permission de me retirer dans ma chambre, car je suis un peu fatiguée de notre promenade à travers le village.

V

Mrs Slater partit le jour suivant. Le surlendemain elle écrivait à miss Ludington :

« Je suis bien heureuse de vous avoir vue, car
si j'avais remis ma visite de vingt-quatre heures
seulement, j'aurais été obligée d'y renoncer. J'ai
appris, en rentrant chez moi, qu'on offrait à mon
mari un emploi lucratif à Cincinnati, à la condition expresse qu'il s'y rendît sur-le-champ. Nous
avons dû faire un déménagement rapide, et nous
partons ce soir. Il est peu probable que nous re-
venions jamais habiter l'Est... etc. »

Elle ajoutait en post-scriptum : « J'ai été si
occupée depuis que je vous ai quittée que je n'ai
pas songé à chercher l'adresse du médium. Vous
avez probablement oublié notre causerie à son
sujet; en ce cas, le mal n'est pas grand. Mais
cela me contrarie pourtant de vous manquer de
parole. J'essayerai de trouver un moment avant

mon départ pour écrire à cette amie dont je vous ai conté l'histoire. »

Au lieu d'un désappointement, miss Ludington éprouva une certaine satisfaction en apprenant que Mrs Slater avait oublié sa promesse et souhaita même qu'elle ne trouvât pas le temps d'écrire à Mrs Rhinehart, de sorte qu'il ne fut plus question de consulter un médium. En y réfléchissant froidement, elle avait compris qu'une semblable démarche, faite par une personne de sa condition, était non seulement déraisonnable, mais de plus inconvenante. Elle était même surprise de penser que ses sentiments avaient pu être surexcités au point de lui faire envisager sérieusement ce projet.

Toujours miss Ludington avait considéré le spiritisme comme une superstition basse et immorale, impliquant invariablement la fraude chez ses propagateurs et la folie chez ses dupes, superstition indigne de l'attention des personnes intelligentes et bien élevées. Quant à supposer que cette Legrand pût lui montrer l'esprit de sa forme antérieure ou quelque autre esprit, c'était évidemment sottise que de le croire une minute.

Si la lettre de Mrs Slater avait soulagé miss Ludington d'une grave préoccupation, elle avait en revanche fort désappointé Paul. Ses préven-

tions contre le spiritisme étaient aussi profondément enracinées que celles de sa tante, mais
cependant il n'était pas loin d'admettre avec
Mrs Slater qu'un peu de vérité pouvait s'y trouver mêlée à beaucoup de fraude ; par conséquent,
il lui semblait à demi possible que Mrs Legrand
réussît à lui montrer dans une rapide vision la
forme vivante de l'esprit qu'il adorait. Cette espérance, si incertaine qu'elle fût, s'était complètement emparée de son imagination. Il lui importait peu qu'il y eût une chance sur mille ou sur
dix mille ; il était comme ces joueurs auxquels
l'unique idée de gagner le gros lot fait oublier
les neuf cent quatre-vingt-dix-neuf numéros qui
ne sortent pas.

Avant la visite de Mrs Slater il se complaisait
dans sa passion immatérielle parce qu'il n'avait
jamais attendu rien de plus sur cette terre ; mais,
depuis qu'il avait entrevu le vague espoir de contempler sa bien-aimée, toute sérénité l'avait
abandonné. Il était résolu à chercher lui-même
la demeure de Mrs Legrand, et, s'il ne la trouvait
pas, à consulter un autre médium. L'expérience
seule pouvait maintenant calmer la fièvre qui lui
brûlait le sang, soit en justifiant son désir audacieux, soit en prouvant qu'il était chimérique.

Trois jours après, miss Ludington reçut une lettre de Mrs Rhinehart.

« Un mot de mon amie, Mrs Slater, disait-elle, m'a informée que vous désiriez l'adresse de Mrs Legrand, dans le but d'obtenir une séance privée. J'ai cette adresse, et j'aurais pu vous l'envoyer tout de suite, mais Mrs Legrand est tellement surchargée d'occupations qu'une requête par lettre, surtout faite par une étrangère, n'aurait probablement eu aucun résultat satisfaisant.

« Très désireuse d'obliger une amie de Mrs Slater, je suis donc allée moi-même trouver la personne en question pour prendre un rendez-vous. Elle m'a d'abord répondu qu'elle avait plus d'engagements qu'elle n'en pouvait tenir et déclaré qu'il lui était impossible de vous accorder ce que vous demandiez. Cependant, lorsque je lui eus expliqué que vous croyiez que nos personnalités passées avaient des âmes distinctes de nos personnalités présentes et que vous désiriez vous en assurer, la question lui sembla si intéressante que, séduite par sa nouveauté, elle remit à l'instant un engagement antérieur et me pria de vous dire qu'elle vous attendrait demain soir à neuf heures, n° — Dixième rue Est. Elle m'a avoué que, bien que n'ayant jamais entendu parler de votre croyance, quelques mystérieuses relations avec le monde des esprits lui faisaient supposer que vous ne vous trompiez pas. Aussi c'est presque avec autant de confiance que vous-même qu'elle attend l'issue de la séance de demain. Craignant de laisser échapper une occasion qui pourrait ne plus se présenter de longtemps, j'ai pris sur moi de conclure l'engagement. J'espère ne pas avoir mal fait et je vous prie de croire, etc. »

Quand miss Ludington eut communiqué cette lettre à Paul, elle insinua un peu timidement qu'il n'était pas trop tard pour se dégager. Elle enverrait à Mrs Legrand ses honoraires en lui disant qu'elle ne serait pas libre le lendemain, et les choses en resteraient là. Paul la regarda avec étonnement et répondit qu'il irait seul. Miss Ludington déclara alors, pour la seconde fois, qu'elle l'accompagnerait et ne revint plus sur ce sujet.

En réalité, elle ne désirait point tout de bon se dédire. La lettre de Mrs Rheinhart avait eu sur ses sentiments la même influence que sa conversation avec Sarah Slater quelques jours auparavant. Comment pouvait-elle supposer que Mrs Legrand n'était pas de bonne foi, depuis qu'elle savait que l'immortalité de nos personnes passées lui semblait raisonnable? Quelles étaient

les expériences surnaturelles qui avaient préparé
cette femme à accepter une théorie purement absurde aux yeux de tous les autres? Quels vagues
indices, quelles furtives étreintes, quels mystérieux murmures des âmes avait-elle surpris dans
l'entre-monde incertain où elle poussait ses investigations?

L'opinion de Mrs Legrand devait faire autorité en ces matières; aussi l'empressement avec
lequel de prime abord elle offrait de tenter l'expérience souhaitée impressionna-t-elle favora-
blement miss Ludington. Celle-ci croyait maintenant, non seulement possible, mais probable,
qu'elle aurait le lendemain soir la radieuse
vision de sa jeunesse. Elle essayait en vain de
maîtriser le trouble dans lequel la jetait l'idée
seule de voir apparaître un esprit qui était *elle-
même*, — un être qui venait de contempler Dieu
face à face et de franchir les bornes redoutables
de l'éternité.

Quant à Paul, il s'abandonnait entièrement
à une espérance délirante. Il allait enfin voir son
immortelle maîtresse; la voir vivre, marcher,
sourire. Daignerait-elle le regarder?... Il se
sentait aussi peu de force pour supporter son
amour que son indifférence. L'excès de la joie
tue comme l'excès de la douleur.

La lettre de Mrs Rhinehart était arrivée le matin. Pendant le reste de cette journée, miss Ludington et Paul, absorbés dans leurs réflexions, semblaient s'être totalement oubliés l'un l'autre. En sortant de table, après un repas silencieux, ils allèrent chacun de leur côté. Ils étaient surexcités au point de ne pouvoir parler de ce qui les préoccupait.

Miss Ludington ne réussit pas à fermer l'œil de la nuit. Vers deux heures du matin, elle entendit Paul descendre au rez-de-chaussée. Elle passa une robe de chambre et le suivit sans faire de bruit.

Par la porte entre-bâillée du salon, elle le vit debout devant la cheminée, les yeux levés vers le portrait d'Ida, lui souriant, lui parlant doucement. Elle entra et posa sur son bras une main légère.

— Mon cher enfant, lui dit-elle, tu ferais mieux d'aller te coucher.

— Non, je ne puis dormir. Il faut que je lui parle. Songez donc, ma tante, que nous la verrons demain ! »

L'exaltation nerveuse du jeune homme était arrivée à son paroxysme. Il éclata en sanglots. Sa vieille amie constata qu'il aimait Ida encore plus qu'elle ne l'avait jamais aimée et l'idée que le pauvre garçon devrait peut-être renoncer à l'espoir auquel il s'était si vite attaché l'épouvanta. Pouvait-on sans folie s'attendre à autre chose qu'à un désappointement?

La confiance absolue de Paul avait ébranlé la sienne.

VI.

Il y avait une grande distance entre la propriété de miss Ludington et la dixième rue Est. La voiture fut donc commandée pour sept heures. Aussitôt après le dîner, auquel Paul et sa tante ne touchèrent pas, ils se mirent en route.

— J'ai peur que nous n'entreprenions quelque chose de coupable et d'absurde, insinua encore une fois timidement la vieille dame.

Paul ne répondit pas. Le trajet se fit en silence.

Au bout de deux heures, la voiture s'arrêta devant une maison de briques en tous points semblable à celles qui l'entouraient. Rien n'indiquait ce qui s'y passait d'extraordinaire, sauf une petite carte fixée à la porte et sur laquelle on lisait :

Madame LEGRAND
Medium extra-lucide
SÉANCES DE MAGNÉTISME

Une petite fille de dix ou douze ans, à l'air vieillot, vint ouvrir. Ses grands yeux noirs, ses longues boucles pendantes autour de sa figure pâle lui donnaient un air étrange tout à fait en rapport avec le caractère du logis. Elle fit entrer les visiteurs dans un parloir où étaient assis une dame et un monsieur qui se nommèrent. C'était Mrs Legrand et le docteur Hull, son homme d'affaires.

Ce dernier était de haute taille. Un grand front, des lunettes d'or et une longue barbe blanche contribuaient à lui donner l'air respectable et imposant. Son langage était celui d'un homme bien élevé. '

Mrs Legrand avait le teint bistré et les yeux cernés de noir comme ceux d'une personne malade. Ses cheveux grisonnants étaient coupés courts. Ses manières languissantes indiquaient qu'elle souffrait d'un épuisement nerveux. Elle parlait avec peine en fermant à demi les paupières.

— Mrs Rhinehart vous a sans doute fait part, dit-elle à miss Ludington, de l'intérêt que je prends à la question qui vous occupe? Si l'expérience que nous allons tenter ce soir réussit, le spiritisme aura fait un grand pas en avant.

— Quel que soit le résultat, ma conviction restera la même, dit miss Ludington.

— Je suis bien aise de vous entendre parler ainsi, reprit languissamment Mrs Legrand, mais je crois que nous réussirons, et mes pressentiments me trompent rarement.

Paul frissonna en entendant ces mots. Le silence qui suivit fut rompu par le docteur Hull :

— Désirez-vous que nous commencions tout de suite?

— Certainement, murmura d'une voix éteinte Mrs Legrand. Veuillez, je vous prie, montrer le cabinet.

Le docteur Hull se leva.

— Nous avons l'habitude, dit-il, de faire visiter le cabinet que Mrs Legrand occupe pendant son sommeil, au moment où l'esprit prend un corps, afin que les personnes qui assistent à la séance puissent s'assurer que toute fraude est impossible. Soyez assez aimables pour venir de ce côté?

La pièce où on les avait fait entrer était longue et coupée par une double porte à coulisse qui la partageait en deux salons d'égales dimensions, l'un donnant sur la rue, — c'était celui où avait lieu cette conversation, — l'autre sur le derrière de la maison.

Celui-ci ne contenait aucun meuble, et son unique fenêtre sans rideaux était fermée par des

volets intérieurs. Rien de ce qui s'y passait ne
pouvait échapper à l'observation de ceux qui
étaient dans le premier salon. Dans l'angle du
fond à droite, il y avait une petite pièce de six
pieds sur cinq environ, formée par une cloison
qui s'élevait jusqu'au plafond. C'était le cabinet
dont avait parlé le docteur. Il n'avait ni fenêtre
ni porte, excepté celle qui lui servait de communication avec le second salon. Le mobilier se
composait uniquement d'un canapé d'osier sous
lequel il était impossible de se cacher sans être
vu.

— Mrs Legrand est étendue sur ce canapé
pendant sa léthargie; c'est alors que l'esprit ap-
paraît, expliqua le docteur Hull.

Un tapis cloué recouvrait le parquet du cabinet. Les murs étaient nus et blanchis à la chaux,
le plafond sans ornements.

Le docteur insistait pour établir de la façon
la plus évidente, en frappant de grands coups
sur les murs et en relevant le tapis, qu'il n'y
avait ni panneau glissant, ni trappe à l'aide
desquels une fraude eût été possible.

Le calme absolu de ces gens et les efforts
consciencieux qu'ils faisaient pour prouver que
le phénomène qui allait se produire était surnaturel, auraient quelque peu déconcerté des

incrédules même. Miss Ludington et Paul ne doutaient plus maintenant qu'ils ne fussent sur le point de voir s'accomplir le prodigieux mystère qu'ils avaient à peine osé rêver. Ils suivirent machinalement le docteur dans sa tournée d'inspection, absorbés par leurs pensées et répondant d'un air distrait à ses remarques.

Ces recherches n'avaient, d'ailleurs, aucun intérêt pour eux. Ils étaient disposés à tout accepter, car ils savaient bien que, quels que fussent les stratagèmes habituels de la maison, Ida, s'ils la reconnaissaient, arriverait certainement de la terre des esprits; on ne pouvait les tromper sur les traits qui, depuis tant d'années, étaient gravés dans leur mémoire. Le cabinet avait peut-être plusieurs issues cachées. Que leur importait; ils défiaient l'imposteur le plus habile de les abuser!

Quand on fut rentré dans le premier salon, le docteur Hull ferma à double tour la porte du vestibule, seule communication qui existât entre ces deux pièces et le reste de la maison. Il plaça devant elle une grande chaise, et donna la clef à Paul.

Mⁱˢ Legrand se leva sans parler, traversa le premier salon et entra dans le cabinet.

A ce moment miss Ludington fut prise d'une

12

violente envie de fuir, non qu'elle ne désirât ardemment contempler la vision qui approchait,
mais parce qu'une crainte respectueuse l'écra-
sait, pour ainsi dire. Elle sentait qu'elle n'était
pas prête. Elle aurait voulu avoir encore un peu
de temps pour se recueillir, mais il était trop tard.

Le docteur Hull aligna trois chaises dans la
baie qui séparait les deux salons. Il invita miss
Ludington à s'asseoir sur le siège du milieu, ce
qu'elle fit en tremblant de tous ses membres.
Paul prit celui de droite; l'autre était probablement destiné au docteur.

La petite fille, qui s'appelait Alta, et qui semblait être la fille de Mrs Legrand, s'assit au
piano placé dans le premier salon.

Tout étant prêt, le docteur baissa le gaz, en
laissant juste assez de lumière pour qu'on pût
reconnaître les traits d'un visage, sans toutefois en pouvoir distinguer tous les détails. La
flamme des deux becs fixés dans le mur de
séparation de chaque côté de la baie était
bleue, ce qui prêtait à toutes choses une étrangeté particulière. Ils étaient placés de façon
à éclairer l'apparition qui devait sortir du cabinet.

Le docteur Hull s'assit enfin sur la chaise qui
restait vacante près de miss Ludington. Un si-

lence de quelques moments suivit, pendant lequel le cœur de Paul battit à se rompre. Alta commença alors à frapper en sourdine et avec sentiment une lente succession d'accords dont la mélancolie doucement enveloppante évoquait l'idée des mystérieuses fatalités et des profondes tristesses de la vie. Il sembla à deux de ses auditeurs qu'elle avait joué des heures, quoiqu'il ne se fût probablement écoulé que quelques minutes depuis qu'elle était au piano. Enfin, les accords se ralentirent, s'affaiblirent, puis cessèrent tout à fait.

Un souffle froid passa sur les assistants, et, dans l'encadrement de la porte du cabinet, ils virent apparaître une belle jeune fille. Elle resta quelques secondes immobile, puis glissa jusque dans la chambre par mouvements imperceptibles.

La lumière qui avait semblé si faible était maintenant suffisante pour faire ressortir chacun de ses traits. Peut-être était-elle éclairée par une flamme intérieure.

Paul entendit miss Ludington pousser un soupir; mais elle serait morte à ses côtés qu'il n'aurait pas pu quitter des yeux l'apparition. Car Ida était devant lui, non plus sa froide image, mais Ida elle-même, radieuse de vie.

Elle était vêtue de blanc et décolletée comme
dans son portrait. Que le peintre avait été inhabile
à rendre les ravissants contours de sa taille, la
douceur enchanteresse de son regard! Ses cheveux dorés tombaient en grosses boucles autour
de son visage et sur ses épaules éblouissantes.
Un sourire entr'ouvrait ses lèvres. Elle s'avança
ainsi, légère et comme portée par des ailes, vers
les spectateurs ravis. Ses yeux s'arrêtèrent sur
miss Ludington avec une expression de tendresse
qui semblait trop vive et trop pure pour des yeux
mortels. Puis ils se tournèrent vers Paul, et son
sourire angélique devint celui d'une femme. La
flamme de ses yeux bleus le brûla jusqu'à la
moelle des os.

Elle s'approcha si près qu'il aurait pu la toucher. Sa beauté le transporta. Oubliant tout, il
fut sur le point de la serrer entre ses bras, mais
elle recula avec un signe de tête négatif. De
même que le vent en inclinant les épis, moire
soudain un champ de blé, une ombre imperceptible passa sur son visage. Lentement, obéissant
comme à regret à une force inconnue, elle recula
sans les quitter des yeux jusqu'à la porte du cabinet et disparut.

Alta recommençait à plaquer les mêmes accords lents et graves, mais cette fois elle ne

joua pas longtemps. La voix de Mrs Legrand
l'appelait, très faible. Elle se glissa entre les
sièges qui barraient le passage et entra dans
le cabinet en tirant une portière derrière elle.

Le docteur Hull leva le gaz et tourna la clef
qui fermait la porte d'entrée :

— C'est la séance la mieux réussie que j'aie
jamais vue, dit-il. Elle a dû avoir lieu dans des
conditions plus favorables que d'habitude. Êtes-
vous contente, miss Ludington ?

Le ton détaché du docteur, la brusque transition entre le demi-jour du monde surnaturel et
la lumière crue du gaz, ébranlèrent tellement
les nerfs de la pauvre femme qu'avec un geste
accablé elle cacha sa figure entre ses mains.

Alta vint dire que sa mère désirait qu'on vi-
sitât une seconde fois le cabinet.

Miss Ludington ne sembla pas entendre cette
requête, mais Paul, dont les yeux étaient restés
fixés dans le vide comme s'ils suivaient encore
l'apparition, se leva et accepta avec empressement l'invitation de l'enfant. La vive curiosité
avec laquelle il scruta les moindres coins du cabinet, le désappointement qui se peignit sur ses
traits quand il n'aperçut que Mrs Legrand et
Alta, eussent pu faire croire qu'il soupçonnait
quelque fraude. Loin de là, il avait inconsciem-

12.

ment espéré voir quelques instants de plus Ida
en entrant dans la pièce où elle venait de disparaître.

Il avait trouvé Mrs Legrand encore étendue
sur le canapé où Alta lui faisait respirer des sels.
Elle se leva et rentra dans le premier salon, sou-
tenue par sa fille. Elle semblait anéantie. Sa
figure était d'une pâleur livide ; les cercles noirs
qui entouraient ses yeux étaient plus accusés que
jamais. Se laissant tomber dans un fauteuil, elle
renversa sa tête sur le dossier et ferma les yeux.

Comme son état n'inspirait aucune surprise
au docteur, miss Ludington et Paul en conclu-
rent qu'elle devait être ainsi après chaque séance.

Elle demanda d'une voix éteinte si miss Ludington avait été satisfaite. Celle-ci répondit
qu'elle l'avait été au delà de ses espérances. Le
docteur décrivit avec enthousiasme la manifes-
tation. Il déclara qu'un monde spirituel, jusqu'alors inconnu, venait de se révéler, et qu'une
ère nouvelle s'ouvrait pour le spiritisme.

— Voilà trente ans que je me suis voué à l'é-
tudier, répéta-t-il, et je n'ai jamais assisté à une
séance aussi étonnante que celle-ci. Je suis pris
de vertige quand je pense au champ de spéculations qui s'étend devant nous ! Les esprits de nos
personnalités passées !... Et pourquoi pas?...

Pourquoi pas?... Comme toutes les découvertes, celle-ci semble très simple depuis qu'elle est faite. C'est ce qui explique certainement la multitude d'esprits inconnus dont les médiums ont si souvent conscience et le grand nombre d'esprits matérialisés que personne ne reconnaît.

Cependant, l'apparence maladive du médium éveilla l'intérêt de miss Ludington en dépit de ses préoccupations égoïstes.

— M⁰ Legrand est-elle toujours dans cet état de prostration après chaque séance? demanda-t-elle.

— Pas autant, d'ordinaire, répondit le docteur Hull. La tension de ses forces vitales est toujours très pénible, mais elle l'est particulièrement lorsque, comme ce soir, un nouvel esprit se matérialise. C'est avec sa propre substance (je ne pourrais dire comment, n'en sachant pas plus long que vous là-dessus), que sont tissés le voile de chair et même les vêtements que l'esprit prend pour apparaître. M⁰ Legrand souffre d'une maladie de cœur; les séances ne sont donc pas seulement plus fatigantes pour elle que pour un autre médium, elles sont réellement dangereuses. Je le lui ai dit comme médecin et d'autres médecins l'ont avertie aussi. Elle court le risque de mourir un jour ou l'autre en léthargie.

Paul parla pour la première fois :

— Quel effet, demanda-t-il, croyez-vous que produirait sur l'esprit évoqué la mort du médium survenue pendant la matérialisation?

— Le cas ne s'est jamais présenté, répondit le docteur.

— Supposons... L'esprit n'est-il pas dans la dépendance du médium pour quitter sa forme passagèrement matérielle aussi bien que pour l'adopter?

— Je comprends... je comprends... Vous croyez que si le médium mourait dans ces conditions l'esprit pourrait rester matérialisé?

— Sans doute. La mort du médium fermerait la porte qui le sépare du monde des esprits ; il se retrouverait prisonnier dans la vie avec nous. Et qui sait s'il n'hériterait pas de l'existence physique qui abandonne le médium au moment même, puisqu'il possède déjà une partie de ce fluide vital? Il me semble que tout le reste afffluerait vers lui et compléterait la matérialisation. Qu'en dites-vous?

— Vraiment? L'esprit reprendrait un corps terrestre comme le nôtre, s'écria miss Ludington éperdue.

— Ce ne sont que des suppositions, mais je me figure que l'esprit dépouillé de ses qualités

surnaturelles rentrerait dans ce monde sans
d'autres souvenirs que ceux qu'il possédait au
moment où jadis il l'a quitté.

— Après ce que j'ai vu ce soir, rien ne me
paraît impossible! dit miss Ludington.

— Comme le suggère à merveille miss Ludington, ajouta le docteur Hull, lorsqu'il s'agit
de spiritisme on cesse bientôt de considérer si
une chose semble impossible ou non, du moment
qu'elle est vraie. En cas de mort instantanée
du médium, l'esprit serait impuissant à quitter
le corps qu'il a revêtu et même il hériterait
peut-être de la vie terrestre de son évocateur.
Le point faible de la conjecture (celui qui,
selon moi, renverse complètement vos arguments), c'est que la mort n'est presque jamais,
sinon jamais, absolument instantanée; elle ne
l'est que relativement, et je crois que le plus
petit intervalle de temps doit suffire à l'esprit
pour se dématérialiser. Par conséquent, le résultat, possible en théorie, est pratiquement
impossible.

— Vous avez sans doute raison, dit Paul. Je
hasardais une simple hypothèse.

— Pourquoi Mrs Legrand persiste-t-elle à
donner des séances, si elle n'est pas en état de
le faire sans danger? demanda miss Ludington.

— Nous autres spirites, répondit le docteur,
nous n'envisageons pas la mort de la même
manière que le vulgaire. Nos médiums surtout,
intermédiaires constants entre les esprits et les
mortels, passent avec indifférence de cette vie
dans un monde plus vaste. Vous savez que M⁴
Legrand est universellement reconnue aujour-
d'hui comme le meilleur médium des États-Unis.
Beaucoup d'esprits qui ne peuvent pas être matérialisés par d'autres le sont par elle. Elle sait
donc, qu'à ses risques et périls, il faut qu'elle
accomplisse une mission. Je doute que la séance
de ce soir eût réussi avec un autre médium.

Miss Ludington et Paul se levèrent pour
prendre congé. Le docteur les accompagna
jusqu'à leur voiture et fut obligé de leur rappeler, tant ils étaient troublés, les honoraires
qu'ils devaient à M⁴ˢ Legrand.

VII

Il y a une très grande différence entre la
foi la plus profonde et la certitude absolue.
Miss Ludington et Paul croyaient tous deux
fermement, avant d'aller chez Mrs Legrand, à
l'existence immortelle et distincte de leurs personnalités passées, et cependant l'apparition
d'Ida les laissa stupéfaits.

Ils parlèrent peu en retournant chez eux. Miss
Ludington s'écria seulement, comme frappée
d'une crainte respectueuse.

— Oh! Paul! n'était-ce pas étrange?

— Étrange? répéta-t-il comme un écho. Vous
choisissez mal vos expressions, ma tante! Dites
plutôt qu'il serait étrange que nous autres mortels, nous fussions isolés ici-bas et sans communications avec l'éternité.

— N'importe, si je ne t'avais pas accompagné
ce soir, j'aurais bien difficilement cru le récit
que tu m'aurais fait en rentrant. Quand je songe

que j'aurais pu ne pas aller à cette séance, ne pas voir ma chérie, ne pas sentir son doux regard chercher le mien ! J'étais sûre que je la reconnaîtrais, mais je n'osais pas espérer qu'elle saurait qui je suis, car si, moi, je me la rappelle, naturellement elle ne me vit jamais sur cette terre.

— C'est comme esprit qu'elle vous connaît, c'est de cette manière qu'elle me connaît, et qu'elle sait que je l'aime, fit Paul avec un tremblement dans la voix.

— Il résulte clairement de tout ceci, dit miss Ludington, que les esprits de nos individualités passées nous aiment comme nous les aimons. Si nous soupirons après eux, ils veillent sur nous en attendant que nous ayons achevé le voyage qu'ils avaient commencé. Si tout le monde était convaincu comme je le suis maintenant de cette grande vérité, personne ne se sentirait plus jamais isolé sur la terre.

Paul avait hâte d'arriver et de se trouver seul. Il resta jusqu'au matin comme en extase, immobile, sans lumière, un sourire stéréotypé sur les lèvres. Qu'étaient les joies de l'amour charnel auprès des transports qu'il ressentait ! Qu'étaient les flammes fumeuses des passions terrestres auprès de cette flamme pure presque

trop ardente pour être supportée par un cœur
de chair et de sang? Être aimé d'une immortelle! Il lui semblait, en y songeant, que le voile
entre le temps et l'éternité se déchirait au souffle
de sa passion, que les limites de la nature et du
surnaturel étaient à jamais confondues. Ces émotions surhumaines le brisaient. Enfin, le jour
commençant à poindre, un grand calme suc-
céda à son délire. Il se coucha et dormit profondément, jusque dans l'après-midi. Miss Ludington l'attendait avec impatience. Elle avait
besoin de lui entendre dire que l'apparition de
la veille n'était pas un rêve.

Paul avait quelques courses à faire pour sa
tante ce jour-là à Brooklyn. Les personnes auxquelles il parla lui semblèrent toutes des ombres. Aussitôt qu'il fut libre, il se dirigea vers
New-York et se trouva bientôt dans la Dixième
rue Est. Il y était venu involontairement, poussé
par le désir de se rapprocher du lieu où l'esprit
s'était manifesté si peu de temps auparavant. Il
marcha de long en large devant la maison pendant une heure, puis s'arrêta sur le trottoir op-
posé pour contempler les persiennes closes du
salon. Il était absolument inconscient d'avoir
éveillé la curiosité des voisins et les soupçons
du policeman du coin.

Enfin, traversant la rue, il sonna. Après un long intervalle, Alta vint ouvrir. Paul demanda s'il pourrait voir Mrs Legrand. Alta répondit que sa mère était malade et dans l'impossibilité de recevoir. Il demanda alors le docteur Hull. Celui-ci était sorti.

— Je désire prendre jour pour une seconde séance, dit-il.

— Voulez-vous écrire ou revenir demain? répondit Alta d'un air affairé.

— Je reviendrai.

Il hésita et reprit timidement :

— Pardon,... puis-je vous demander s'il y a quelqu'un, en ce moment, dans le salon où nous nous tenions hier?

— Il n'y a personne, répondit la petite fille.

— Permettez-moi donc d'entrer et de regarder l'endroit où *elle* était. Je ne vous dérangerai pas longtemps.

Alta, en qualité de gardienne d'une maison de mystère avait sans doute l'habitude de voir des gens bizarres et curieux de bizarreries. Elle le pria simplement d'attendre dans le vestibule qu'elle eut parlé à sa mère. Elle revint ensuite avec la permission désirée, tira une clef de sa poche et ouvrit la porte du salon.

Paul entra. La journée était avancée. Les persiennes fermées, les rideaux épais rendaient la pièce presque obscure. On devinait seulement que tout y était dans le même ordre que la nuit précédente. Les bruits de la rue ne pénétraient que faiblement dans l'appartement clos. Paul se dirigea, comme s'il foulait aux pieds une terre sainte, vers la place qu'il avait occupée pendant la séance de spiritisme.

Aidée par l'obscurité, le silence et la similitude des objets qui l'entouraient, son imagination lui retraça si nettement la scène de la veille qu'il lui devint impossible de distinguer l'apparence de la réalité. Il revit une forme radieuse, des yeux bleus dont le regard le brûla. Transporté, il étendit les bras. Une exclamation d'Alta chassa la vision; il s'aperçut qu'il souriait dans le vide.

Paul quitta la maison en proie à un bonheur extatique, persuadé qu'il avait réellement revu Ida, que son amour avait été assez puissant pour la faire apparaître une seconde fois, sous une forme un peu moins matérielle seulement que la première.

Il ne parla pas de son expérience à miss Ludington, il garda comme un précieux secret cette entrevue qu'Ida n'avait accordée qu'à lui seul.

Il revint le lendemain et vit le docteur qui

ne put lui fixer de jour pour une nouvelle séance, à cause du mauvais état de la santé de M⁷⁷ Le. grand.

— Est-elle sérieusement malade? demanda Paul avec anxiété.

— Je ne le crois pas; mais, elle a, je vous l'ai dit, une maladie de cœur, provoquée par les crises nerveuses auxquelles nos médiums sont sujets; or une maladie de cœur peut toujours inopinément mal tourner.

— Est-elle bien soignée?... Si elle ne l'était pas, faute d'argent, je serais heureux d'y pourvoir.

Le docteur remercia. Il était son médecin et connaissait mieux qu'un autre la constitution de la malade.

— Vous semblez vous intéresser beaucoup à elle? ajouta-t-il avec un peu de surprise.

— Peut-on s'en étonner? N'est-elle pas l'intermédiaire entre le monde des esprits et le nôtre? Excusez mon égoïsme, mais j'ai peur que sa mort ne me ferme pour toujours la porte dont elle a la clef.

— Je vous excuse, reprit le docteur. C'est tout naturel.

— Il est terrible de penser, dit Paul en donnant un libre cours à son émotion, que cette clef se trouve entre les mains d'une femme faible et maladive!

— C'est terrible sans nul doute, mais c'est d'accord avec les lois qui régissent le monde. Le pouvoir d'évoquer des esprits fut toujours octroyé à des êtres faibles et maladifs. Ce que le monde appelle spiritisme n'est pas un phénomène isolé ou une série de phénomènes isolés. L'univers entier n'est qu'esprit. Les mères ne sont-elles pas des médiums plus merveilleux encore que les nôtres? Nos médiums évoquent des esprits qui ont déjà vécu, pour les faire passer pendant quelques instants sous nos yeux; mais ces autres femmes, les mères, font sortir des âmes du néant, leur donnent un corps, les mettent en mesure de parler, de travailler, d'aimer et de haïr quelque quarante, cinquante, ou soixante-dix ans.

— Pourvu que je la revoie! murmura Paul.

La séance chez Mrs Legrand n'avait pas moins bouleversé miss Ludington que Paul lui-même. Elle se fiait maintenant sans réserve à des promesses qui lui avaient jusque-là semblé trop belles pour pouvoir être tenues en entier.

Quand Paul lui apprit que Mrs Legrand était malade, quand il exprima la crainte qu'elle ne mourût, miss Ludington fut certainement peinée, mais la pensée de ne plus revoir Ida ici-bas ne lui sembla pas aussi intolérable qu'à lui-même. Son cœur se reposait surtout dans l'espoir de la retrouver pour toujours dans le ciel, car elle touchait à la fin de sa vie.

Comment eût-il pensé de même? Il était jeune; la mort, le ciel étaient bien loin de ses vingt ans. Les visites de sa bien-aimée pouvaient seules lui faire supporter la longueur et la tristesse du chemin. La nature de ses sentiments pour Ida avait changé depuis qu'elle lui était apparue sous une forme réelle. Son culte pour un idéal doux et troublant devenait une passion pareille à celle que peut inspirer une femme vivante. Il pensait à elle non plus comme à un esprit inaccessible et serein, mais comme à une ravissante créature aux yeux rayonnants d'amour.

Il ne lui était plus possible, dorénavant, de retrouver en face du portrait son émotion des temps passés. Le charme était rompu. Ce sourire qui lui semblait autrefois si doux, le laissait indifférent. Ces yeux qui lui paraissaient naguère si tendres, manquaient d'expression. Ces lèvres, qui avaient cependant attiré ses lèvres d'enfant, n'offraient pas les suaves contours de celles d'Ida. Le portrait, lui aussi, s'était transformé. Il avait l'air dur, raide et sans vie. L'original l'avait éclipsé. Il est heureux pour les peintres que leurs modèles défunts ne reviennent pas souvent sur terre.

Si Mrs Legrand avait été sa propre mère, Paul ne se fût pas montré plus assidu chez elle, ni plus heureux d'apprendre, au bout de quelques jours, que son état s'améliorait. Le docteur Hull lui dit qu'à en juger par les crises précédentes, elle serait probablement assez forte le lendemain pour reprendre ses séances.

— Elle a su, ajouta-t-il, que vous étiez venu prendre de ses nouvelles et, bien qu'elle ne se flatte pas que cet intérêt s'adresse à elle seule, elle vous en est si reconnaissante qu'elle tient à vous réserver sa première soirée.

VIII.

Quoique miss Ludington n'eût pas souhaité cette seconde séance aussi passionnément que Paul, elle n'en éprouvait pas moins les transports d'une délicieuse attente, lorsque la voiture s'arrêta le lendemain soir, à neuf heures, devant la porte de Mʳˢ Legrand. Quant à Paul, il s'était habillé avec le plus grand soin pour la circonstance et paraissait tout à fait à son avantage. Il s'était dit : « Ne dois-je pas agir avec la même correction que s'il s'agissait d'une rencontre humaine? » Peut-être, dans le fond de son cœur, avait-il, ainsi que tous les amoureux, le désir de plaire à sa maîtresse.

Alta les fit entrer dans le salon où étaient déjà le docteur Hull et Mʳˢ Legrand. Celle-ci avait très mauvaise mine et, si elle ne semblait pas plus malade que la première fois, c'est qu'elle avait paru alors aussi malade que possible. On s'informa de sa santé; elle avoua qu'elle ne se trouvait pas encore suffisamment rétablie pour reprendre ses séances. Le docteur l'avait suppliée de remettre ce rendez-vous, mais elle ne l'avait pas fait dans la crainte de les contrarier.

— Nous regretterions d'être cause d'une aggravation dans votre état, n'est-ce pas, Paul? dit miss Ludington, non sans ressentir un vif désappointement.

Cet appel aux sentiments généreux de Paul ne reçut pas une réponse aussi prompte qu'on aurait dû s'y attendre. Il se sentit, dans le secret de son cœur, aussi coupable qu'un assassin, car il souhaitait que cette femme risquât non seulement sa santé, mais sa vie même afin qu'il eût le bonheur de revoir Ida un instant. Il faisait un violent effort pour refouler ses impressions lorsque Mᵐᵉ Legrand, qui suivait du regard, entre ses paupières demi-closes, le combat qui se livrait en lui, mit fin à la discussion en disant d'un ton qui n'admettait pas de réplique :

— Il est inutile d'insister. Je vous suis très reconnaissante de l'intérêt que vous me portez, mais j'ai l'habitude de tenir mes engagements. Je crois bien que je n'en serai pas plus mal pour m'être imposé cet effort. Docteur, voulez-vous faire visiter le cabinet?

13.

— Ce n'est pas nécessaire, dit Paul.

— Nos clients refusent parfois, reprit le docteur Hull. Nous sommes très touchés de la confiance qu'il nous témoignent, mais nous tenons beaucoup à prouver que nous la méritons. Les soupçons qui ne leur viennent pas à l'esprit sur le moment peuvent ensuite se développer, ou leur être suggérés par d'autres personnes auxquelles ils n'auraient pas de réponse péremptoire à faire.

Miss Ludington et Paul se levèrent donc pour le suivre. Ils retrouvèrent tout dans le même état. Il n'y avait de cachette ni dans le cabinet ni dans le second salon et nul moyen apparent d'entrer dans ces deux pièces, sans traverser celle où se trouvaient les assistants.

Quand l'inspection fut terminée, les choses se passèrent dans l'ordre déjà indiqué. Mrs Legrand se traîna péniblement vers le cabinet. Le docteur ferma à double tour la porte du vestibule, plaça une chaise devant elle et donna la clef à Paul. Il rangea trois sièges en travers de la baie qui séparait les deux salons. Aussitôt que miss Ludington et Paul y eurent pris place, il baissa le gaz et s'assit à son tour.

Alta se mit au piano et joua longtemps, si longtemps que miss Ludington eut peur que l'expérience fût manquée, ou que Mrs Legrand ne fût morte... Cette horrible pensée jointe à l'anxiété de l'attente était près de la faire crier, lorsqu'un souffle d'air froid lui passa sur le front... Ida apparut dans l'encadrement de la porte du cabinet.

Elle était vêtue de blanc comme la première fois. Les boucles de ses cheveux blonds couvraient ses épaules nues et descendaient jusqu'à sa taille.

Depuis qu'elle était sortie de la pénombre du cabinet, les yeux de Paul s'étaient avidement fixés sur elle. Il savait qu'il n'avait qu'une minute pour graver dans sa mémoire la forme fugitive dont le souvenir devait être la consolation de sa vie. La trame de ses pensées pendant le jour et de ses rêves pendant la nuit, dépendait de la fidélité avec laquelle sa mémoire retiendrait chaque ligne, chaque trait de ce jeune visage. Profondément impressionné par la difficulté avec laquelle il avait obtenu cette seconde séance et par l'incertitude d'en arracher une troisième, il tremblait de ne plus revoir sa maîtresse sur cette terre. Mais lorsqu'elle s'approcha de lui et sourit, il oublia tout et tomba dans un état d'enchantement presque magique qui paralysait à la fois chez lui le vouloir et la pensée.

Soudain il vit un changement extraordinaire transformer tout son être. Elle tressaillit, fris-

sonna, ses yeux inquiets, hagards, ainsi que ceux
d'une somnambule qui s'éveille, ne paraissaient
plus le reconnaître et exploraient les coins les
plus obscurs de la chambre. Elle ébaucha un
mouvement vers le cabinet, puis, comme si l'invisible fil qui l'attirait là se fût rompu, elle s'arrêta indécise et s'en alla échouer à l'extrémité
opposée du salon.

Au même moment, on entendit un soupir. Le
docteur sauta sur ses pieds et, après avoir levé le
gaz en passant, courut près de M⁽ᵉ⁾ Legrand.
Alta le suivit en poussant un cri sourd. Miss
Ludington et Paul, brusquement tirés de la demi-
obscurité dans laquelle leurs pupilles s'étaient
dilatées, aveuglés par la lumière crue du gaz, ne
trouvèrent qu'à tâtons la porte du cabinet.

Un affreux spectacle les attendait là.

Le corps et les jambes de M⁽ᵉ⁾ Legrand repo-
saient sur le canapé, tandis que le docteur Hull
soulevait sa tête qui retombait inerte. Ses yeux
étaient entr'ouverts et les cercles noirs qui les
entouraient contrastaient avec la pâleur livide du
reste de son visage. Une de ses mains pendait
à terre, l'autre était crispée sur son corsage et
semblait vouloir le déchirer. Un peu d'écume passait entre ses lèvres bleuies.

— Oh! maman, réveillez-vous, je vous en

prie! Je vous en prie! criait Alta en sanglotant.

— Est-elle morte? demanda miss Ludington avec un accent d'horreur.

— Je ne sais pas. J'en ai peur. Je l'avais prévenue! Mais elle ne voulait pas m'écouter! répondit le docteur tout en cherchant son pouls et en essayant de dégrafer sa robe.

Il chargea Paul de lui réchauffer les mains en les frottant vigoureusement, tandis que miss Ludington lui jetait de l'eau froide à la figure. Il essaya, mais en vain, d'en faire passer quelques gouttes entre ses dents serrées.

— C'est inutile! dit-il enfin. Elle est morte.

Miss Ludington et Paul reculèrent éperdus. Alta se jeta sur le corps de sa mère en poussant des cris déchirants.

— Je ne possédais qu'elle au monde! gémit l'enfant.

— Mrs Legrand avait-elle une famille, des amis? demanda miss Ludington, qui se sentait en quelque sorte responsable de ce terrible événement.

— Oui, répondit le docteur, elle avait des amis. Soyez sûre qu'ils s'occuperont d'Alta.

Leur présence n'étant plus d'aucun secours, Paul et sa tante, profondément troublés, s'éloignèrent de cette scène douloureuse.

Le drame auquel ils venaient d'assister leur avait fait oublier la séance interrompue d'une façon si soudaine. Ils croyaient que la forme d'Ida avait dû s'évanouir; mais, en rentrant au salon, ils aperçurent, dans le coin le plus éloigné, une jeune fille qui cherchait, la main levée au-dessus de ses yeux, à éviter l'éclat du gaz, tandis qu'elle examinait curieusement tous les objets qui l'entouraient.

Ils reconnurent Ida, mais Ida transformée! Ce n'était plus un pâle fantôme affectant pour quelques secondes, à la faveur d'une demi-obscurité, des apparences humaines, c'était une vraie fille de la terre. Ses yeux, au lieu d'une sublime sérénité, exprimaient le trouble, presque l'effroi.

Quand miss Ludington et Paul entrèrent, elle fixa sur eux un regard interrogateur qui n'indiquait nullement qu'elle les reconnût.

— Où suis-je? demanda-t-elle.

Sa voix grave et douce était un peu voilée par l'émotion.

Après un instant de stupeur pendant lequel ils doutèrent du témoignage même de leurs sens, Paul et miss Ludington virent clair tout à coup... Le prodige dont la possibilité théorique avait été discutée dans la séance précédente et auquel ils avaient à peine osé songer depuis, s'était accompli. Un médium était mort en pleine léthargie, léguant son principe vital à l'esprit matérialisé.

Ce n'était plus l'esprit d'Ida les reconnaissant par une intuition toute surnaturelle, mais Ida Ludington elle-même, celle qui avait quitté la terre quarante ans auparavant et qui, aujourd'hui encore, ignorait tout ce qu'elle avait ignoré à cette époque. Le premier saisissement passé, ils comprirent qu'un miracle leur rendait Ida vivante au moment où l'espoir de jamais revoir son reflet leur était enlevé. Mais comment l'aborder? Comment répondre à la question qu'elle leur posait en tremblant?

Le cœur plein de tendresse pour elle, ils ne trouvaient cependant pas de paroles pour la rassurer. Lorsque le docteur Hull entra à son tour, il demeura pétrifié, puis murmura :

— Je n'aurais jamais cru pareille chose possible! Vous aviez raison, ajouta-t-il en posant sa main sur le bras de Paul. Mon Dieu! qu'allons-nous lui dire?

Cependant la jeune fille tremblait toujours. Les regards fixés sur elle, semblaient évidemment accroître son effroi.

— Peut-être m'apprendrez-vous, Monsieur,

dit-elle d'un ton suppliant au docteur, comment
je suis venue ici?

Ils commencèrent alors à lui donner tous trois
une foule d'explications embrouillées, s'ingé-
niant à trouver des termes moins ambigus, des
analogies plus simples, pour faire entendre à
cette épave de l'éternité, si bizarrement échouée
sur les rivages du temps, par quel concours de
circonstances elle avait été rappelée à son existence terrestre.

Bien que la douceur avec laquelle on lui parlait fût rassurante, ces discours inintelligibles
paraissaient augmenter son trouble. Elle tournait alternativement un regard pathétique vers
chacun de ses interlocuteurs, puis, découragée,
secouait tristement la tête.

— Il me semble que je me suis perdue, dit-
elle enfin, en pressant son front entre ses mains.
Je ne comprends pas du tout ce que vous dites!

— C'est difficile, en effet, répondit le docteur.
Vous comprendrez plus tard. En attendant, allez
jusqu'à la porte de cette chambre là-bas, vous y
verrez le cadavre d'une femme qui vous a légué
la vie. Et vous nous croirez sans nous comprendre.

Il indiquait en parlant, la porte du cabinet;
la ressuscitée se dirigea de ce côté et jeta un

coup d'œil à l'intérieur. Elle recula aussitôt en poussant un cri. Sa terreur faisait pitié. Miss Ludington fut près d'elle en un instant, la soutenant, la calmant. Ida, frémissante, éplorée, appuya sa tête sur son épaule et accepta passivement ses soins. Les boucles d'or effleuraient les cheveux gris, les joues arrondies de la jeune fille touchaient le visage ridé de la vieille femme, et Paul, émerveillé, songeait aux relations qui existaient entre ces deux personnes.

Au bout d'un moment, Ida répondit :

— Vous devez avoir raison, mais ma mémoire est troublée. Je ne puis rassembler mes idées, peut-être y parviendrai-je dans quelque temps.

— Si vous voulez venir avec moi, dit miss Ludington, je vous aiderai de mon mieux. Voulez-vous ?

— Oh oui ! s'écria la jeune fille, quittons cette affreuse maison.

Et elle regarda en frissonnant la porte du cabinet.

Avant de partir, miss Ludington répéta au docteur qu'elle se sentirait soulagée si on lui permettait de payer les frais de l'enterrement et de pourvoir aux besoins d'Alta. Il refusa en assurant que les amis de Mⁱˢ Legrand feraient le nécessaire et demanda seulement la permission

d'aller les voir pour prendre des nouvelles de la
jeune dame qui venait d'hériter de la vie que sa
chère amie avait abandonnée.

Miss Ludington sentit qu'elle faisait sans conviction le compliment de condoléance d'usage.
Comment pouvait-elle sincèrement dire qu'elle
regrettait l'événement qui avait ramené Ida sur
terre? Quant à Paul, il se tut.

Quelques instants après, la voiture les emme-
nait rapidement. Le bruit des roues sur le pavé
eût suffi à rendre la conversation difficile ; d'ailleurs ces trois personnes, si étrangement réunies
ne songeaient pas à causer, elles étaient plongées
dans leurs réflexions. A la lueur intermittente
des réverbères, Paul observait la persistance
d'une sorte de stupeur sur les traits d'Ida. Mais
quand ils eurent franchi les grilles de la propriété et qu'elle aperçut les maisons du village,
ses manières changèrent instantanément. Elle
s'écria joyeuse :

— C'est Hilton! Vous me ramenez chez moi!
Voici notre maison !

Aussitôt que la voiture fut arrêtée et sans
attendre ses deux compagnons, qui la suivirent
abasourdis, elle courut ouvrir la porte du vestibule et entra précipitamment.

Les domestiques s'étaient couchés, laissant le

rez-de-chaussée faiblement éclairé. Mais Ida traversait chaque pièce, l'une après l'autre, avec
l'assurance d'une personne qui connaît les êtres.
Arrivée dans le salon, elle s'arrêta étonnée :

— Quand a-t-on fait ce portrait de moi?
dit-elle. Je ne m'en souviens pas.

Ceux auxquels elle s'adressait ne lui répondirent pas tout de suite, ils étaient occupés à comparer la copie au modèle. La ressemblance était
frappante.

— Non, répondit enfin miss Ludington, vous
n'avez jamais posé pour ce portrait. Vous aviez
quitté le monde depuis longtemps lorsque je l'ai
fait faire. C'est l'agrandissement d'une miniature
que vous reconnaîtrez. Et elle montra le médaillon suspendu à son cou.

— Ma miniature! s'écria Ida. Comment donc
la possédez-vous? Pourquoi dites-vous que j'ai
quitté le monde? Il m'est arrivé quelque chose
d'extraordinaire, je le sens! Suis-je morte? Je ne
m'en souviens pas? Oh! qui me donnera la clef
de ce qui s'est passé?

Et son regard interrogateur et suppliant allait
encore une fois de l'un à l'autre. Pendant le
trajet de New-York à Brooklyn, Paul avait
cherché quelles comparaisons il pourrait employer pour faire comprendre à Ida la mysté-

rieuse parenté qui l'attachait à miss Ludington. Il voyait que les explications confuses qu'on lui avait données chez Mᵐᵉ Legrand, bien loin d'atteindre ce but, n'avaient réussi qu'à l'effrayer. Cependant elle ne pouvait pas rester dans une incertitude singulièrement pénible pour elle et pour eux-mêmes.

— Si vous voulez m'écouter avec patience, dit-il enfin, je vous expliquerai tout.

Les yeux d'Ida se fixèrent ardemment sur lui.

— Vous sentez que quelque chose d'extraordinaire vous est arrivé. C'est vrai. Il faut vous attendre à trouver mes explications aussi extraordinaires que le fait lui-même. Mais, vous verrez bientôt que ce n'est pas difficile à saisir. Vous rappelez-vous avoir été une petite fille de neuf ou dix ans?

— Oh! oui, je me le rappelle parfaitement.

— Vous êtes maintenant une jeune fille, continua-t-il. Où est cette petite fille de laquelle vous vous souvenez? Qu'est-elle devenue?

— Mais... je ne sais pas; je suppose qu'elle est quelque part en moi.

— Cependant vous ne ressemblez pas à cette petite fille; vous ne pensez, n'agissez et ne sentez pas comme elle. Comment peut-elle être en vous?

— Où serait-elle, alors?

— Il ne manque pas de place pour elle, dit Paul. L'univers est assez vaste, il peut contenir toutes les âmes de ceux qui l'ont habité. Supposez que son esprit, semblable à celui d'une morte, son esprit d'enfant, avec ses affections, ses pensées, ses impressions enfantines, soient dans un autre monde. Pouvez-vous faire cet effort d'imagination?

— Parfaitement.

— Eh bien, supposez maintenant que vous vous rappeliez avec tendresse cette petite fille et que vous désiriez la revoir, tout en sachant qu'elle n'est plus qu'un esprit. Supposez encore que vous soyez allée chez une femme douée du pouvoir mystérieux d'évoquer les morts, que cette enfant (vous-même à un autre âge), vous soit apparue. Supposez enfin qu'à ce moment la femme qui servait d'intermédiaire entre notre monde et celui des esprits soit morte subitement et que l'enfant ait hérité de sa vie…. Comprenez-vous?.. La voilà redevenue vivante, mais incapable de vous reconnaître, vous qui l'aimez tant, car, lorsqu'elle était sur terre, vous n'étiez pas encore née. Qu'allez-vous faire? Vous ramènerez cette enfant chez vous, chez elle…

— Quoi? Que signifie?.. s'écria Ida, les yeux

dilatés par la surprise... Serais-je donc?..

— Vous êtes à cette personne, interrompit Paul, en indiquant miss Ludington, ce que l'enfant serait à vous-même. Vous lui êtes liée par les mêmes liens. Elle se souvient de vous, elle vous aime comme vous vous rappelleriez et comme vous aimeriez cette petite fille. Mais vous ne la connaissez pas davantage que cette enfant ne vous connaîtrait. Vous êtes toutes deux Ida Ludington, et cependant je doute fort qu'on puisse vous prendre l'une pour l'autre.

Ida avait enfin compris. Le regard qu'elle fixait sur miss Ludington ne laissait aucun doute à cet égard. Il exprimait un peu d'incrédulité, un peu de méfiance et cependant aussi par éclair, quelque chose d'affectueux. Une enfant volée au berceau et retrouvant sa mère après de longues années, doit regarder de cette façon l'inconnue qui la réclame; il y avait cependant cette différence que non seulement miss Ludington était une étrangère pour Ida, mais que le lien qui les unissait n'a jamais existé sur cette terre entre deux personnes vivantes, quoi qu'il en puisse être dans le ciel.

— C'est étrange,... si étrange, dit lentement la jeune fille, ses yeux bleus toujours fixés interrogativement sur miss Ludington dont la tendresse et la joie étaient tenus en échec par la crainte de l'effrayer.

— Je ne m'étonne pas que cela semble étrange, dit-elle doucement. Je me souviens de vous très bien, oh! si bien! Mais vous ne pouvez pas vous souvenir de moi. Vous avez le droit d'exiger que je vous prouve que je suis aussi Ida Ludington. N'ayez pas peur, ma chérie, je puis vous convaincre tout de suite.

Elle fit asseoir Ida et fouilla dans le tiroir d'un vieux secrétaire dont elle portait toujours la clef sur elle. Paul se rappela que, petit garçon, il la voyait ouvrir ce tiroir les dimanches dans l'après-midi et pleurer en considérant son contenu.

Elle prit un paquet de lettres, un bout de ruban, un médaillon, une branche de fleurs fanées, quelques autres objets, et les apporta à Ida.

Paul sortit discrètement de la chambre. Un tiers, — ou, pour mieux dire, une seconde personne, — eût été de trop.

Quand il rentra, longtemps après, miss Ludington était assise, souriant à travers ses larmes. Ida, penchée sur elle, l'embrassait avec effusion.

La nuit était presque écoulée, l'aurore d'un beau jour d'été commençait à poindre :

— Vous allez reprendre votre chambre, dit miss Ludington, la voix encore tremblante d'émotion. Vous m'excusez d'y avoir mis des objets à mon usage. Je les ôterai. Je n'osais pas espérer vous revoir ici, je comptais plutôt aller vers vous.

— Moi et vous — vous et moi, répétait lentement après elle la ressuscitée, comme si elle eût essayé de bien saisir le sens des mots qu'elle prononçait. Oh! reprit-elle en frissonnant, oh! c'est inouï!

— Vous n'en doutez plus, n'est-ce pas? demanda miss Ludington anxieuse.

— Non, non, dit-elle, reprenant possession d'elle-même. Je n'en puis douter, je n'en doute pas...

Et elle jeta ses bras autour du cou de la vieille dame; mais il était évident qu'une lutte se livrait en elle, qu'elle hésitait encore.

Quand elles montèrent au premier étage, Ida montra le chemin d'un pas ferme. Elle alla droit à sa chambre, sans s'égarer dans la complication des corridors.

— Il semble extraordinaire de vous voir si bien au courant de la maison, dit miss Ludington avec un petit rire nerveux, et cependant rien de plus naturel, après tout!

— L'extraordinaire, répondit Ida, c'est que je
ne me sente pas ici chez moi, que je sois une invitée.

— Vous n'êtes pas une invitée, s'écria précipitamment miss Ludington. Vous êtes la maîtresse. Paul et moi nous ne désirons rien tant
que d'être vos serviteurs.

D'habitude, en passant de la veille au sommeil,
nous quittons un monde prosaïque et terre à
terre pour celui des improbabilités fantastiques;
mais on peut assurer, sans crainte d'erreur, que
les trois personnes qui s'endormirent ce ma-
tin-là sous le toit de miss Ludington, au moment où les oiseaux commençaient à chanter,
ne trouvèrent dans le pays des songes aucun fait
aussi merveilleux que ceux qu'ils avaient vus
s'accomplir le soir précédent, dans la réalité.

IX

Paul était assis quelques heures après sous la véranda lorsqu'il entendit un cri perçant. La femme de chambre sortit du salon en courant, le visage blanc comme un linge.

— Qu'y a-t-il, Hélène?

— Oh! Monsieur! J'ai certainement vu un revenant! J'étais dans le salon, en train d'épousseter le portrait qui est au-dessus de la cheminée, lorsqu'en me retournant j'ai aperçu dans l'encadrement de la porte la demoiselle du portrait elle-même qui regardait en souriant! Alors j'ai crié et je me suis sauvée. Tenez, la voilà!

Et Hélène se cacha derrière Paul en désignant Ida qui entrait.

Au lieu de partager sa terreur, Paul alla au-devant du fantôme pour lui souhaiter le bon jour. Ida s'amusait de l'air égaré de la pauvre fille; Paul riait de tout son cœur.

— Cette jeune dame n'est pas ce que vous

croyez, Hélène, c'est miss Ida Ludington, une parente de votre maîtresse. Elle est ici depuis hier au soir et doit demeurer avec nous.

— J'espère que vous ne m'en voudrez pas de vous avoir prise pour un revenant, miss, dit la femme de chambre, confuse et encore imparfaitement rassurée. Mais je croyais qu'il n'y avait personne dans la maison, excepté mes maîtres, et le portrait vous ressemble tant!...

Elle disparut là-dessus pour aller bien vite conter son aventure à l'office.

Les manières d'Ida étaient beaucoup plus calmes que la nuit précédente. Paul lui demanda comment elle avait dormi.

— Vous avez dû faire des rêves singuliers? dit-il.

— Non! j'ai dormi profondément. Mais, quand je me suis éveillée, et que j'ai reconnu ma chambre, les livres, les tableaux, les objets qui me sont familiers, — quand je me suis levée et que, par la fenêtre ouverte, j'ai aperçu l'église, l'école et les maisons de nos voisins, je ne pouvais pas croire que je n'étais plus à Hilton... Je me figurais avoir rêvé ce qui s'est passé hier.

Elle parlait d'une voix basse et monotone, en faisant un visible effort pour rester maîtresse d'elle-même.

A ce moment, miss Ludington parut. Son visage pâle et inquiet s'éclaira en apercevant Ida, car elle craignait de l'avoir perdue aussi mystérieusement qu'elle l'avait retrouvée. Elle ne s'était endormie que vaincue par la fatigue. En s'éveillant, elle avait couru à son ancienne chambre, et, la trouvant vide, était descendue en toute hâte, pleine d'appréhension.

Immédiatement après le déjeuner, miss Ludington, à laquelle Paul avait conté la méprise d'Hélène (si toutefois c'en était une), monta avec Ida pour lui faire quitter sa toilette vieille d'un demi-siècle et qui excitait si fort la curiosité des domestiques. Elle lui prêta une robe en attendant qu'elle eût fait venir de la ville un trousseau convenable. Ce changement était d'ailleurs urgent, car les vêtements d'Ida tombaient en poussière. Leur tissu semblait fantastiquement fragile et léger. Il cédait au toucher et se réduisait, sous la pression des doigts, en une poudre fine.

Quoique la robe que miss Ludington lui prêta fût noire comme tous les vêtements que portait la vieille demoiselle depuis tant d'années, et qu'il fallût l'élargir pour qu'Ida pût la mettre, la jeune fille ainsi vêtue paraissait belle à miracle. Le noir, mieux encore que le blanc, faisait ressortir la délicatesse de son teint, la pureté de ses traits et le lustre doré de ses cheveux.

Paul resta souvent seul pendant cette première journée. Les deux femmes en passèrent la plus grande partie dans une chambre du premier étage dont miss Ludington avait fait le musée des souvenirs de différentes périodes de sa vie.

— Venez, avait-elle dit à Ida, je désire vous présenter le reste de la famille. Je veux que vous connaissiez les autres miss Ludington, — celles qui ont successivement porté le même nom que nous, — et que vous revoyiez les vêtements, les objets qui vous ont appartenu. Nous allons commencer par Ida *baby* et Ida petite fille. Vous vous les rappelez mieux que moi, j'en suis sûre. Je donnerais beaucoup pour avoir leurs portraits. Mais la photographie n'était pas découverte dans ce temps-là! Ces croquis sont tout ce que j'ai d'elles. Je pense qu'elles seront nos enfants gâtées quand nous les retrouverons là-haut, n'est-ce pas?

Et, dans un coin de la chambre, elle lui montra un berceau, quelques vieilles poupées, un fragment de service à thé en métal anglais, des joujoux cassés. Elles considérèrent avec attendrissement des petits souliers, grands comme le

14.

doigt, certaines robes qui n'étaient guère plus longues que des mitaines. Ensuite vinrent les vêtements, les coiffures de l'enfant, son premier
bijou, un collier de corail; l'alphabet, aux
pages déchirées, les livres de classes et les prix
obtenus chaque année. La collection était complète, depuis les langes jusqu'à la robe noire
portée l'année précédente.

Cependant, après la jeunesse représentée par
Ida, le nombre et l'intérêt des souvenirs dimi-
nuaient rapidement. Depuis bien longtemps, ils
ne consistaient qu'en quelques objets de toilette
et une collection de photographies classées dans
un album par ordre de dates. On n'en comptait
pas moins de cinquante, représentant trente-sept
années, depuis un daguerréotype de miss Ludington, à l'âge de vingt-cinq ans, jusqu'à sa photographie faite le mois dernier. Entre ces deux
portraits, il y avait si peu de ressemblance qu'un
observateur n'aurait pas deviné qu'ils étaient de
la même personne. Mais l'intérêt toujours en
éveil de miss Ludington ne se lassait jamais
de suivre à la trace les changements qui s'étaient
produits de jour en jour.

Penché sur l'album avec Ida, elle lui montrait
l'un après l'autre les portraits en lui racontant
ce qu'elle se rappelait de l'original.

— Il n'y a réellement pas beaucoup à dire sur chacune d'elles. Toutes ont vécu bien tranquilles d'une vie monotone qui, à d'autres que nous, semblerait sans doute dépourvue d'intérêt. Elles portent toutes des robes noires; elles ont toutes un visage triste et elles trouvent toutes dans votre souvenir la source de leur unique consolation et de leurs plus poignants regrets, car elles croyaient profondément que vous étiez morte, morte sans espoir de résurrection.

— Celle-ci, ajouta-t-elle, en indiquant le portrait d'une femme de trente-cinq ans, est celle qui a hérité de la fortune que je possède maintenant; je tiens à ce que vous l'aimiez. C'est elle qui abandonna le vieux Hilton défiguré pour bâtir le nouveau, où sa vie a été plus calme et plus heureuse. C'est elle qui fit peindre le portrait de vous qui est dans le salon.

Ida prit un daguerréotype de miss Ludington à vingt-six ou vingt-sept ans.

— Dites-moi quelque chose de celle-ci. Quelle sorte de personne était-ce?

La vieille dame rougit et resta un moment sans répondre. Ida remarqua sa confusion et reprit doucement :

— Ne me parlez pas d'elle si cela vous embarrasse. Je ne veux rien entendre.

— Je vous le dirai, répondit miss Ludington, en faisant un visible effort sur elle-même. Vous avez, autant que moi, le droit de tout savoir. Elle ne peut pas me blâmer; elle connaît vos secrets, il est juste que vous connaissiez les siens. Ne vous montrez pas trop sévère, elle est excusable. Fatiguée de cette vie solitaire à laquelle elle ne s'était pas résignée, désespérée par la perte irréparable de sa jeunesse, elle a été folle un instant. Oh! si vous pouviez comprendre comme moi l'amertume de cette période, vous seriez indulgente, quelle qu'ait été sa faute!... Et ce n'était réellement rien de bien coupable!

Alors, les joues empourprées, les yeux baissés, miss Ludington conta à l'oreille d'Ida une histoire qui eût désappointé quiconque se fût attendu à des révélations importantes, mais qui restait cependant dans son souvenir comme la seule inconséquence d'une vie sans tache. Elle fut grandement soulagée quand Ida, au lieu de paraître choquée, déclara qu'elle sympathisait avec la coupable, beaucoup plus qu'elle ne la blâmait, et qu'à ses yeux la faute était vénielle.

— Je suppose, dit miss Ludington, que chacun de nous, quand il regarde en arrière ses personnalités passées, condamne les unes et admire les autres. Pour moi, je l'avoue, j'ai un

faible pour cette pauvre fille. Celles que je n'aime
pas sont les Ida qui ont manqué de douceur, de
générosité, celle-ci, par exemple, ajouta-t-elle en
indiquant une autre photographie. Mais il n'est
pas juste, — et miss Ludington éclata de rire,
— il n'est pas juste de nous liguer toutes deux
pour médire du reste de la famille; si celles dont
je parle étaient ici, elles auraient probablement
quelque chose à alléguer pour leur propre défense et quelques critiques à faire sur nous,
c'est-à-dire sur moi, sur moi seule,... car aucune
ne vous critiquerait, Ida. Vous êtes la chérie et
l'orgueil de nous toutes... Je puis dire, en somme,
conclut miss Ludington, que nous avons formé
un ensemble très respectable. Les Ida Ludington
ont été de bons enfants, de bonnes petites filles,
de bonnes jeunes filles, de bonnes femmes et,
j'espère que l'avenir le prouvera, de bonnes
vieilles femmes. Cependant on peut avoir ses
sympathies, n'est-ce pas? Vous êtes naturellement la préférée de toutes, mais après vous,
celles que j'aime le mieux, c'est d'abord cette
pauvre créature dont je vous ai conté la faiblesse,
et ensuite celle qui bâtit le nouveau Hilton, il y
a trente ans.

Au moment de quitter la chambre, miss Ludington dit à la jeune fille : — Maintenant, que

pensez-vous des Ida Ludington qui vous ont suc-
cédé, sans excepter celle qui est présente? Avouez
que leur connaissance ne valait guère la peine
d'être faite? Dites-le franchement, je suis du
même avis. Nous n'avons pas accompli grand'
chose, après tout.

— Non, je ne pense pas cela, dit tranquillement Ida. Je ne le pense pas, je ne saurais donc
le dire. Mais vos existences successives ressemblent si peu à ce que j'avais rêvé que serait
ma vie de femme!

— Vous avez le droit d'être désappointée, nous
n'avons pas été ce que vous espériez!

— Vous êtes plus douce, plus aimable, meilleure que je ne supposais pouvoir jamais le devenir, seulement, je pensais que je me marierais
et que tout serait si différent de la réalité! Mais
je n'aurais jamais pu croire, je vous le répète,
que j'eusse été meilleure que vous, ni même
aussi bonne. Oh! non!

— Merci, ma chérie, dit la vieille dame, en
baisant la main d'Ida comme elle l'eût fait pour
une reine lui conférant un ordre de mérite. Je
crois que rien ne sera plus dur au jour du jugement, pour de vieilles gens comme moi, que de
confesser à leurs propres jeunesses qu'ils ont
gâté la vie qui leur avait été léguée. Tous ne

trouveront pas un juge aussi indulgent que le mien.

Ses yeux étaient pleins de larmes de joie.

Un peu plus tard, dans l'après-midi, elles firent un tour dans le village. Ida s'informa de ce qu'étaient devenus tous les membres des familles habitant autrefois Hilton et dont elle reconnaissait les maisons, ce qui mit la mémoire de miss Ludington à une rude épreuve. En arrivant à l'école, elle courut s'asseoir à sa place accoutumée. Tout en causant de leurs amis d'enfance, miss Ludington se mit à la plaisanter doucement sur les petits amoureux qui lui faisaient la cour dans ce temps-là.

— C'est mal, dit en souriant la jeune fille. Vous connaissez tous mes secrets, tandis que je ne connais des vôtres que ce qu'il vous plaît de m'en raconter! Quelle inégalité choquante!

Les manières d'Ida, qui, au commencement de la journée, avaient été timides, et un peu contraintes, s'étaient sensiblement modifiées, sous l'influence de l'affection enjouée de miss Ludington, et ce fut bras dessus bras dessous qu'elles rentrèrent de leur longue promenade, à la tombée de la nuit.

— Je ne sais comment vous appeler, dit Ida. Par votre petit nom, ce ne serait pas respectueux, car vous êtes de beaucoup la plus âgée.

Miss Ludington sourit.

— Quant au respect, ma chérie, c'est moi qui vous en devrais. N'êtes-vous pas miss Ludington l'aînée et moi la cadette, en dépit de mes cheveux blancs! Vous comptez quarante ans de plus que moi. Cependant, vous avez raison, nous ne pouvons nous appeler du même nom. Mais je ne vois pas de mot dans le langage humain pour exprimer les rapports qui existent entre nous.

— Il me semble que cela rappelle plutôt l'idée de deux sœurs qu'autre chose, insinua Ida avec une certaine hésitation.

Miss Ludington réfléchit un moment, puis s'écria enthousiasmée :

— Oui, nous nous appellerons sœurs, car notre parenté est certainement fraternelle! Nous sommes sœurs : le même sang coule dans nos veines; nous sommes comme des fruits venus sur le même arbre, mais dans différentes saisons. On ne peut pas dire, ajouta-t-elle, en regardant avec un sourire de tendre admiration sa compagne pleine de jeunesse, on ne peut pas dire que nous nous ressemblions autant que des sœurs se ressemblent généralement; mais il est rare aussi qu'il y ait entre elles une pareille différence d'âge!

Quoiqu'elles ne se connussent que depuis un jour, elles étaient comme deux vieilles amies de cœur. Les réserves de tendresse qu'avait faites miss Ludington débordaient si spontanément qu'Ida s'était sentie, sans songer à se défendre, irrésistiblement attirée vers elle. La promptitude avec laquelle leur étroite et tendre intimité s'était développée, frappait cette dernière comme une preuve triomphante de l'union mystique qui les attachait l'une à l'autre. La présence d'Ida sous son toit lui semblait si naturelle, que déjà elle était près d'oublier à quelle tragique circonstance elle la devait.

Absorbée par le plaisir de sa propre expérience, miss Ludington avait à peine songé à Paul. Elle ne l'avait vu qu'aux heures des repas et ne s'était point aperçue de sa mine désolée qui, en tout autre temps, aurait éveillé sa sollicitude; il n'était pas surprenant que, dans un jour comme celui-ci, elle n'eût de pensées que pour elle et pour son autre elle-même.

Cependant les angoisses n'avaient pas manqué au pauvre Paul.

Imaginez un amoureux longtemps séparé de sa maîtresse et auquel le bonheur de vivre près d'elle, de la contempler à toute heure serait rendu, sous la condition expresse qu'elle perdrait

15

tout souvenir de lui, qu'il deviendrait à ses yeux un étranger. Le désir de la revoir ne lui ferait probablement accepter qu'avec peine une réunion payée si cher.

Paul était comme cet amoureux. Il n'avait certainement jamais rêvé de félicité comparable à celle de posséder son idole, redescendue sur la terre, d'entendre sa douce voix, de respirer le même air qu'elle. Ce bonheur lui était accordé, et il s'étonnait de pouvoir le supporter sans en perdre la raison. Pourtant, quand Ida répondait à son salut cérémonieux par un sourire poli, quand ils causaient ensemble de choses insignifiantes sur un ton de banale amabilité mondaine, l'épreuve lui semblait réellement trop dure! Les yeux du portrait s'étaient fixés sur lui avec plus de douceur que ces beaux yeux vivants. Paul regrettait le temps où, comme esprit, elle avait connu et accepté son amour, que maintenant il lui était interdit de laisser même deviner.

Il se sentait si malheureux que, le soir, trouvant enfin sa tante seule, il lui dit à brûle-pourpoint :

— Pour l'amour de Dieu, aidez-moi! J'en deviens fou.

— Qu'y a-t-il? s'écria miss Ludington stupéfaite.

— Ne le voyez-vous pas? N'avez-vous pas remarqué comme elle me regarde? Je l'ai perdue
au lieu de la retrouver! Elle a appris à vous connaître; mais moi, qui l'ai aimée depuis mon enfance, je ne suis rien pour elle.

— Comment pourrait-elle t'apprécier, en
effet? Elle ne savait pas qui j'étais avant que
je le lui eusse dit.

— Je comprends, je ne lui en veux pas! Mais
n'importe, je ne puis endurer un tel supplice!
Ayez pitié de moi. Dites-lui combien je l'ai aimée, afin qu'elle sente au moins cela.

— Pauvre Paul! Dans mon bonheur je t'avais
presque oublié, dit miss Ludington d'une voix
caressante. Oui, je lui conterai tout. N'est-ce pas
qu'elle est belle? Elle t'aimera; je suis sûre
qu'elle t'aimera quand elle saura de quelle manière tu l'as chérie, et tu seras heureux comme
ne l'a jamais été aucun homme au monde! Je
vais lui parler tout de suite.

Et, laissant Paul plus inquiet que jamais, elle
alla rejoindre Ida.

Elle la trouva dans le salon en train d'examiner attentivement son portrait.

— Je veux vous conter un roman, ma sœur,
dit-elle.

— Quel roman? demanda la jeune fille.

— Le vôtre !

— Mais je n'ai jamais eu de roman, ni d'a-
moureux. Nul ne peut le savoir mieux que vous.

— Je vais vous prouver que vous vous trompez,
repartit en souriant miss Ludington. Personne
au contraire n'a eu d'adorateur plus fervent et
plus fidèle. Asseyez-vous, je vous dirai tout,
puisque vous l'ignorez.

Elle lui raconta donc comment l'amour de
Paul s'était développé depuis le jour où, tout
petit, il avait tendu les bras vers son portrait;
comment ce sentiment, en grandissant avec
lui, était devenu chez le jeune homme une
passion unique, absorbante, exclusive, qui l'avait
rendu insensible aux charmes des femmes vivantes; comment il avait accueilli la possibilité
d'entrer en communication avec son esprit, enfin
comment c'était grâce à l'insistance de Paul
qu'elle était revenue sur cette terre.

Elle l'adjura de s'imaginer la douleur que devait ressentir un tel amant quand on le trai-
tait comme un étranger. Elle lui peignit son
désespoir, l'ardeur qu'il avait mise à la prier
de plaider sa cause, afin que la bien-aimée connût
son amour, dût-elle ne le point partager.

Ida avait d'abord écouté avec un profond étonnement; puis, pendant que miss Ludington lui

décrivait cette grande passion qu'invisible elle avait inspirée, pour la trouver épanouie en apparaissant ici-bas, ses joues se colorèrent, un sourire entr'ouvrit ses lèvres, et ses yeux semblèrent suivre quelque rêve radieux.

— Dites-lui de venir me trouver, répondit-elle très bas, aussitôt que miss Ludington eut achevé.

Lorsque Paul entra, elle était seule, debout au milieu de la chambre.

Il se jeta à ses pieds et baisa l'ourlet de sa robe.

— Paul! murmura-t-elle.

Il prit alors ses mains et les couvrit de baisers.

Ida le releva lentement :

— Pardonnez-moi, Paul, je ne savais pas!

Et elle l'embrassa comme il avait jadis embrassé le portrait.

X.

Ida devint, à partir de ce jour, l'objet d'un culte véritable. On eût dit une déité descendue du ciel parmi ses adorateurs et recevant en personne l'encens qui ne s'adressait auparavant qu'à son image.

Ce culte, chez miss Ludington, était une forme sublime de l'égoïsme, en quelque sorte celui d'une mère pour sa fille. L'instinct de la maternité, qui n'avait jamais pu se développer chez elle, revendiquait ses droits. Ida n'était-elle pas, bien plus que n'aurait pu l'être son enfant, une partie inhérente et cependant distincte d'elle-même? Elle n'aurait pas su dire lequel, du sentiment de leur identité ou de celui de leur dissemblance, la ravissait le plus. Elle conservait le sentiment de sa personnalité juste assez pour goûter la joie d'aimer, d'admirer, de servir Ida; elle la contemplait tout à la fois avec le plaisir qu'éprouve une femme qui a conscience de ses propres charmes et celui d'un amoureux qui s'enivre de la beauté de sa maîtresse. S'occuper d'elle était son plus grand bonheur. Il n'y avait pas de petit service qu'elle n'eût été désireuse de lui rendre, et dont elle n'enviât le privilège aux domestiques. La joie sans mélange qui l'inondait défiait toute description. Ce n'était pas un avant-goût du ciel, c'était le ciel même.

Le caractère quasi sacré d'Ida, la manière surnaturelle dont elle était revenue donnaient un cachet particulier à la passion de Paul. Rien n'est plus doux pour un amant que de constater que son idole est d'une essence supérieure à la sienne. Pour plusieurs, cette croyance est certainement une illusion que rien ne justifie. Mais le mystère qui enveloppait Ida devait nécessairement ajouter à l'amour un sentiment insolite de crainte superstitieuse. Paul se comparait à ces heureux mortels de l'antiquité qui étaient aimés par les déesses de l'Olympe et dans le cœur desquels un religieux émoi se confondait avec la passion purement terrestre.

Depuis le soir où Ida s'était laissé toucher par le récit de sa tendresse, elle lui accordait les menues faveurs dont jouit d'ordinaire un fiancé. Il était heureux de baiser sa robe, sa main, une boucle de ses cheveux, et ne demandait rien de plus.

Des allures étonnées qu'Ida avait eues le pre-

mier jour, il ne restait plus de trace; le doute
visible d'elle-même et de tout ce qui l'entourait,
qu'elle avait marqué d'abord, cédait la place à
une confiance croissante; mais une certaine mélancolie lui restait : son sourire était triste et il y
avait toujours une ombre dans ses yeux, comme
si le souvenir du mystère d'où avait surgi sa
nouvelle vie ne l'eût jamais quittée. Cependant
elle semblait s'intéresser à tout. Miss Ludington,
ayant remarqué sa prédilection pour les promenades en voiture, lui avait acheté un poney-
chaise qu'elle conduisait. Paul, de son côté, ins-
talla un jeu de croquet sur la pelouse et elle
consentit de très bonne grâce à en apprendre les
règles.

Les robes commandées arrivèrent enfin. Ida
les trouva plus élégantes qu'elle n'aurait osé le
souhaiter et se montra naïvement enchantée. Mais
miss Ludington paraissait encore plus contente
qu'elle-même. N'ayant pas songé un instant à sa
propre toilette depuis quarante ans, la toilette
d'Ida devint sa préoccupation la plus absorbante.
A cet effet, elle étudiait consciencieusement
les journaux de modes, et, sans les protestations
de la jeune fille, elle lui eût apporté une robe
neuve tous les jours. Elle désirait qu'Ida en chan-
geât plusieurs fois du matin au soir et ne de-

mandait qu'à lui servir de femme de chambre.
Elle eût voulu constamment peigner et tresser
ses cheveux dorés, la parer de satins brillants et
d'aériennes mousselines, attacher des bijoux à
son cou, à ses bras, puis admirer et caresser
son œuvre.

Quand la mère de miss Ludington était morte,
elle avait laissé à sa fille tous ses bijoux, y
compris une rivière de diamants remarqua-
blement belle. Un jour elle tira ce collier de
l'écrin où il était serré depuis si longtemps et
le mit au cou d'Ida en disant :

— Ceci est à vous, ma sœur.

La jeune fille protesta, alléguant que le cadeau
était beaucoup trop considérable.

— Pourquoi, ma chérie? Ces diamants vous ap-
partiennent. Je ne vous fais pas un cadeau, c'est
une simple restitution. N'est-ce pas à vous que
notre mère les donna? Quand vous avez quitté le
monde j'en ai hérité, et maintenant que vous
êtes revenue, je vous les rends.

Ida n'était pas depuis une semaine installée
chez miss Ludington, que déjà son influence se
faisait sentir en tout, non pas comme un mystère imposant, mais comme une réalité douce
et précieuse. Un étranger eût certainement remarqué que cette jeune fille était le pivot autour

15.

duquel tournait tout le reste de la maison; du reste le même fait se présentant dans plus d'une famille américaine, il n'eût conclu à rien de surnaturel; la grâce et la gentillesse d'Ida expliquaient assez son empire.

Quant aux domestiques, ils avaient été simplement informés que la jeune miss Ludington était une parente de leur maîtresse, et quoiqu'ils fussent très curieux de savoir à quel degré, aucune investigation ne leur en apprit davantage. La femme de charge, cependant, qui était dans la famille depuis de longues années et qui croyait en connaître tous les membres, trouva mauvais que sa perspicacité fût mise en défaut. Mais, comme ses efforts les plus ingénieux pour savoir la vérité échouaient auprès de Paul, de sa tante et d'Ida elle-même, elle fut obligée, comme les autres, d'accepter ce fait que la nouvelle venue était de quelque manière Ida Ludington. On ne tarda pas, d'ailleurs, à découvrir que le plus sûr moyen de plaire à miss Ludington l'aînée et à M. Paul était de plaire à miss Ida. De ce côté il n'était pas besoin d'encouragement. Sa jolie figure, sa simplicité, ses manières affables avaient déjà séduit tout le monde.

Dix ou quinze jours après l'arrivée d'Ida, miss Ludington reçut une lettre du docteur Hull lui annonçant qu'il aurait l'honneur de se présenter chez elle le jour suivant.

Il lui apprenait qu'il avait été mis plusieurs fois en communication avec Mrs Legrand par des médiums, qu'elle s'était déclarée très satisfaite d'être morte pour démontrer une grande vérité, et très heureuse de cette sorte de maternité qui lui avait permis de rendre au monde une brillante existence en sacrifiant sa misérable vie.

Une multitude d'esprits étaient venus l'accueillir et lui exprimer leur joie de voir que, grâce à elle, cette découverte si consolante pour eux et pour les mortels s'était enfin produite. Ils s'étonnaient que les hommes qui croient à l'immortalité eussent toujours mis un entêtement stupide à supposer qu'elle n'existe que pour la dernière partie de la vie, malgré tous les efforts faits par eux pour les tirer d'une erreur semblable à celle qui consisterait à jeter le contenu d'un verre de vin en gardant soigneusement la lie qui est au fond. Mieux vaudrait encore admettre que tous les membres d'une même famille vivante n'eussent qu'une âme entre eux; car du moins ceux-là existent à la fois; l'erreur serait donc plus compréhensible.

La lettre du docteur, écrite sur ce ton, était fort longue et citait bien d'autres révélations de

Mrs Legrand. Elle engageait les mortels à ne pas penser que leurs amis perdus fussent comme des ombres exilées dans un milieu étranger. Chaque affligé devait croire que ses personnalités passées tenaient compagnie à l'absent regretté ; elles lui étaient même beaucoup plus familières que ne pourrait l'être sa personnalité présente, après les différences produites par des années de sépara-tion. Ainsi le mari âgé qui a porté toute sa vie le deuil de sa femme morte, alors qu'il était jeune, découvrira, en la rejoignant, qu'il n'est plus guère qu'un inconnu pour elle, l'âme de sa jeunesse ayant depuis longtemps été la retrouver. Com-bien sont donc vains les regrets inconsolables !

En terminant, le docteur exprimait l'espoir que miss Ludington ne confondrait point avec une curiosité vulgaire son désir de revoir la jeune fille qui avait échangé sa vie terrestre avec celle de son amie et de connaître les nouveaux événe-ments survenus depuis lors. Il préparait sur ce sujet un livre dans lequel, sans donner les noms, bien entendu, il révèlerait au monde entier les faits importants qui s'étaient passés. La publication de cet ouvrage, il en était sûr, inau-gurerait une ère nouvelle dans le spiritisme.

Miss Ludington lut à haut voix la lettre du docteur Hull, tandis qu'ils étaient assis tous trois sous la véranda, et Paul remarqua que pendant cette lecture, Ida détournait les yeux.

— Je suis contente, dit miss Ludington en achevant, que M⁽ˢ⁾ Legrand soit en paix. Il est si difficile d'avoir cette assurance concernant ceux qui ne sont plus! Le seul nuage qui assombrissait mon bonheur était l'idée que nous l'avions acheté au prix de sa mort. Il serait vraiment injuste qu'elle ne fût pas récompensée, car, comme elle le dit, cette mort a été tout le contraire de stérile. Ce n'est point à un petit enfant qu'en expirant elle a donné la vie, mais à une femme dans la plénitude de sa jeunesse et de sa beauté. Une destinée pareille n'a jamais été le lot d'aucune mère.

— Jamais! répéta Paul comme un écho, en se levant dans un accès d'enthousiasme. Mais qui peut dire que ce ne sera pas dans l'avenir, à mesure que nos relations avec le monde des esprits deviendront habituelles et intimes, le lot de plus d'une femme? Le chemin mystérieux que prit Ida, cette nuit-là, pour venir à nous, sera sans nul doute par la suite un sentier battu. Cette femme dont la mort lui a permis de revivre n'est pas morte de son propre choix. Mais je crois que beaucoup d'autres, plus tard, accepteront avec allégresse de disparaître ainsi pour ramener sur terre

les meilleurs, les plus sages, les plus vaillants,
les mieux aimés. Le monde alors ne perdra jamais ses héros, car il ne manquera pas de créatures ardentes et dévouées pour se disputer une semblable couronne de maternité.

Il s'arrêta brusquement en s'apercevant que le visage d'Ida trahissait une souffrance aiguë.

— Pardonnez-moi, dit-il. Vous n'aimez pas à parler de cela !

— Non, répondit-elle à voix basse et sans lever les yeux. Cela me fait beaucoup de mal quand j'y songe. Je voudrais l'oublier et me croire pareille aux autres.

Elle avait d'ailleurs témoigné, depuis le premier jour, une répugnance prononcée et croissante à causer des événements qui s'étaient passés chez Mrs Legrand. Depuis qu'ils lui avaient été bien expliqués, elle n'y avait plus fait allusion.

Sans doute elle ressentait cette horreur que l'idée d'être regardé comme quelque chose d'anormal et de curieux fait éprouver à tous, et spécialement aux femmes. Peut-être se mêlait-il à ce sentiment une pudeur infiniment respectable; peut-être lui était-il odieux que le mystère intime de sa seconde naissance fût commenté, plus ou moins scientifiquement, et devînt en somme le sujet de spéculations indiscrètes.

XI.

Miss Ludington et Ida étaient sorties en voiture quand le docteur Hull arriva, dans l'après-midi du lendemain. Mais Paul l'attendait. Il lui offrit des cigares et tous les deux s'assirent pour fumer dans la véranda.

Le docteur avait une foule de questions à poser sur Ida, sur sa santé, son humeur, les termes ou elle était avec miss Ludington. Avait-elle souvenir de son état spirituel? La connaissance du mystère qui l'enveloppait affectait-elle de quelque manière son esprit et son caractère? Ou bien se croyait-elle d'une autre essence que ceux qui l'entouraient?

— Il y a un point qui éveille surtout ma curiosité, dit le docteur. A-t-elle gardé le souvenir des faits passés de sa vie terrestre? Ce souvenir cesse-t-il brusquement comme si un jour, à une heure fixe, son esprit avait laissé la place à un successeur?

— Non, répliqua Paul, elle a dit à miss Lu-

dington que le souvenir du début de son existence était d'abord clair et précis, puis devenait
vers la fin hésitant, embrouillé.

— A merveille, interrompit le docteur, sa personnalité s'est un peu mélangée, sur la limite,
avec celle qui l'a suivie. Je le pensais bien ; la
jeunesse, l'enfance ou toute autre époque de la
vie ne cesse pas brusquement pour faire place
à une autre. Leurs âmes s'effacent graduellement, comme la lumière du soleil pâlit et dispa-
raît vers le soir. Une période de crépuscule rend
la transition de l'une à l'autre perceptible seulement dans le résultat et non pas dans la marche. Je crois que nous en avons fait l'expérience
nous-mêmes, n'est-ce pas, M. de Riemer ?

— Sans doute, et cependant je n'aurais pas été
surpris si elle nous eût dit que la séparation entre
sa propre personnalité et celle qui lui succédait
avait été bien tranchée, en sorte qu'un certain
jour, à une certaine heure, le souvenir, jusque-
là net et entier, lui eût fait brusquement défaut. Je crois que, pour quelques personnes qui
prennent la peine de réfléchir, pour toutes peut-
être, il y a des jours, des heures où l'on sent
qu'on passe soudainement d'une période de la vie
à une autre. Une voix qui ne peut tromper dit
dans notre cœur : « Hier j'étais jeune, — aujour-

d'hui je ne le suis plus. » Qui donc niera cela? Qui donc dira que ce n'est pas ce jour-là, à cette heure-là, que l'âme de la jeunesse s'est envolée?

— A ce propos, dit le docteur, avez-vous songé au nombre probable d'âmes qui se succèdent dans un même individu? C'est là un point intéressant.

— Je suppose que le nombre doit différer selon les individus, répondit Paul. Chez celui qui a un esprit versatile, il y a peut-être plus de personnalités distinctes que chez un autre doué d'un caractère moins compliqué. Mais combien exactement dans l'un ou dans l'autre cas? Dieu seul le sait. Il se peut que chaque fois que je respire, une âme ou une impression spirituelle s'échappe de moi-même. L'univers est assez vaste pour cela. Ce peut être tout au moins le cas lorsqu'à certains moments, la vie acquérant une intensité particulière, il nous semble avoir vécu, comme on dit, une année en une heure.

Ils fumèrent en silence quelques instants, puis Paul reprit :

— Lorsque le monde aura enfin admis le caractère composite de tout individu, il faudra tracer de nouvelles règles de morale pour déterminer les devoirs entre elles de chacune des personnalités successives. Il sera une bonne fois établi que l'un de ces devoirs est de considérer

comme sacrées toutes les obligations raisonna-
bles contractées par telle ou telle personnalité
antérieure, ainsi que le fait un fils pieux vis-
à-vis de ses ascendants. Ce précepte est ensei-
gné dès aujourd'hui, mais il n'est pas encore posé
sur ses véritables bases. Quant aux rapports mo-
raux de l'homme envers ses personnalités futures,
ils seront réglés par une idée toute nouvelle. On
verra qu'il faut mener sagement sa vie, user avec
prudence de son autorité, conserver son nom intact, non pas seulement par respect pour soi-même,
en vertu d'un égoïsme éclairé, mais encore par
égard pour ceux qui surviendront ensuite, comme
si ceux-là étaient pourvus de différents noms, au
lieu de porter le même à tour de rôle. C'est là
une forme naturelle de l'altruisme. Le devoir
d'un homme en pareil cas ressemble à celui d'un
père vis-à-vis de ses enfants sans défense. Il doit
leur préparer un héritage et leur laisser tout au
moins un corps sain et un nom honorable. Celui
qu'on nomme avec indulgence « son pire en-
nemi », qui compromet impunément la carrière
de ses individualités futures, est à mon sens plus
coupable et plus dangereux encore que celui qui
cherche à nuire au prochain. Le second en effet
s'attaque à quelqu'un qui peut se défendre, tandis
que le premier abuse lâchement de son pouvoir

pour perdre ceux qui lui tiennent de plus près
que ses parents mêmes. On soulèvera alors aussi,
je pense, poursuivit Paul, quelques questions dé-
licates, par exemple la question de savoir si un
homme a réellement le droit de prendre des
engagements que ses personnalités futures n'ap-
prouveront pas et qui pourront leur paraître de
véritables jougs.

— Ah ! s'écria le docteur, que de problèmes
intéressants ! Ils bouleverseront non seulement
la morale, mais encore la grammaire. Si nous
croyons que le moi présent soit distinct du moi
passé, il est tout à fait impropre d'employer la
première personne à propos de ce que nous étions
ou faisions autrefois.

— Oui, reprit Paul, quiconque voudra s'exprimer avec justesse ne devra jamais employer
cette première personne en parlant de son passé
ou de son avenir. Voilà bien des complications !

Miss Ludington et Ida rentrèrent enfin. Paul
les aida à descendre de voiture. La vieille dame
souhaita cordialement la bienvenue au docteur
Hull et s'arrêta sous la véranda pour causer avec
lui. Ida inclina simplement la tête avec raideur
et passa les yeux baissés.

Avant le dîner, Paul saisit une occasion qui se
présenta de dire à leur hôte combien Ida était im-

pressionnée par le mystère qui l'entourait et le
pria de ne faire aucune allusion trop directe à ce
sujet pendant qu'ils seraient à table.

Un vif désappointement se peignit sur les traits
du docteur. Evidemment il avait caressé le projet de l'accabler de questions dans l'intérêt de
la science. Il promit cependant d'accéder au désir de Paul et admit même qu'il était peut-être
naturel qu'Ida pensât ainsi.

A table, on épargna donc à la pauvre enfant
la gêne d'être examinée comme un phénomène,
et quoique le docteur ne parlât que de spiritisme,
ce fut d'une manière purement générale qu'il
traita le sujet qui la concernait.

— Votre neveu, dit-il à miss Ludington, a sérieusement approfondi ces matières. Si vieux que
je sois et occupé comme je l'ai été depuis trente
années du monde spirituel tout autrement que
de celui-ci, j'ai été très heureux de me mettre
aujourd'hui modestement à son école.

Il ajouta en se tournant vers Paul :

— Vous disiez tout à l'heure que chacun de
nos souffles exhalait vers l'éternité une impression spirituelle ; cela se rapporte d'une façon surprenante à la communication que j'ai reçue
hier de Mrs Legrand. Selon elle, ceux qui pen-
sent que le monde des esprits n'est composé que

d'une âme par individu n'ont aucune idée de son immensité, attendu que le courant des âmes qui monte continuellement, est semblable à une épaisse nuée s'élevant de tous les points de la terre. L'image m'avait frappé comme singulièrement forte; mais maintenant, je puis concevoir pourquoi elle a été amenée à l'employer.

Après un moment de réflexion, il ajouta, en s'adressant toujours à Paul :

— Quelle est votre idée quant aux rapports qui existeront dans le monde des esprits entre les âmes diverses d'un même individu?

— Il me semble, dit Paul, que, réunies pour la première fois dans l'éternité, elles sont susceptibles de se confondre et de ne former qu'une unité, un être qui, au lieu de briller de l'unique rayon que dégage une âme sur la terre, jetterait des éclairs par une centaine de facettes. Le mot *individuel*, dans le sens qu'on lui attribue vulgairement, est une erreur de langage. Il est absurde d'appeler individu celui que chaque heure divise. La scène terrestre est si restreinte qu'elle ne peut contenir à la fois qu'une des personnalités de l'individu .Les autres doivent rester dans la coulisse. Mais, au delà, il y aura place pour elles toutes ensemble. En attendant, elles peuvent regarder l'avenir sans frayeur et le passé sans regret, puisqu'au lieu de s'anéantir mutuellement elles ont l'espoir de se retrouver un jour réunies. Cette union sublime, cet accord parfait ne s'accomplira jamais en ce monde, mais la résultante, si je puis m'exprimer ainsi, en admettant qu'elle fût possible, serait un homme, dont la nature ressemblerait, selon nos appréciations terrestres, à celle d'un dieu. Dans d'autres cas, poursuivit Paul, après une pause, les personnalités successives d'un même individu ont entre elles des oppositions radicales et cruelles, des incompatibilités d'humeur : figurez-vous une aversion prononcée entre la jeunesse et l'âge mûr, par exemple. Le seul remède à ces unions mal assorties, c'est le divorce. Il est possible alors que les parties soient renvoyées ici-bas pour avoir la chance de trouver à se mieux compléter.

Ida n'avait pas prononcé un mot pendant ce long discours. A peine si elle avait levé les yeux de dessus son assiette.

En sortant de table, elle offrit à Paul de faire une partie de croquet que le crépuscule permettait encore.

Le docteur s'assit près de miss Ludington, sous la véranda, sans perdre de vue les joueurs.

— Comment l'appelez-vous? demanda-t-il brusquement après un silence.

— Mais nous l'appelons Ida naturellement, répondit miss Ludington un peu surprise. Comment pourrions-nous la nommer? N'est-elle pas Ida Ludington?

— Pour ma part, je n'aurais pas besoin de vous poser cette question, parce que je connais les circonstances qui ont accompagné sa résurrection; mais comment la présenteriez-vous à quelqu'un qui ne serait pas au courant... en somme, à qui que ce fût, à part votre neveu et moi?

— De la même manière, je pense.

— Soit! Mais si ces personnes connaissaient votre famille, si elles s'informaient du degré de parenté qui existe entre vous, quelle explication serait possible? Elle ne peut pas être votre fille. Leur exposer la vérité ne servirait à rien, car personne au monde ne croira ce que nous savons être vrai; et je ne m'en étonne guère. Je ne le croirais pas moi-même si je ne l'avais vu de mes yeux.

Miss Ludington resta silencieuse un peu de temps, puis elle dit :

— Nous n'avons presque pas de relations, nous vivons isolés. Nous savons qui elle est, cela suffit.

— Oui,... ce serait bien différent, si vous aviez un large cercle d'amis. Tant que vous vivrez,

cela n'a pas d'importance, en effet, et je suppose
que votre santé est bonne?

— Qu'est-ce qui n'a pas d'importance? demanda
miss Ludington.

— Eh bien, qu'elle ait un nom ou qu'elle n'en
ait pas, répondit le docteur en levant les sourcils
avec une légère expression d'étonnement. Par
malheur, la loi ne reconnaît pas la parenté qui
existe entre vous et cette jeune fille. Vous êtes à
ses yeux la seule miss Ludington. Ida n'a aucun
état civil; c'est une anonyme. Elle ne saurait si-
gner aucun nom, même sur un registre d'hôtel.
Tant que vous vivrez et que vous veillerez sur
elle, elle n'aura pas à en souffrir, mais...

— Mais je puis mourir! s'écria miss Ludington bouleversée.

— Dans ce cas, ce sera dur pour la pauvre
enfant, car elle mourra en même temps que vous
aux yeux de la loi.

Il se lança alors dans une longue digression
sur les bizarreries du Code, les chicanes des ma-
gistrats contre lesquels il semblait avoir force
griefs.

— Mais, docteur, que puis-je faire? dit miss
Ludington quand il fut un peu calmé. Comment
puis-je lui donner légalement un nom?

— Eh! c'est assez simple. Il y a deux moyens.

Vous pouvez l'adopter, ou quelque jeune homme peut l'épouser... et, si j'étais jeune (pardonnez à un vieillard cette réflexion), ce ne serait pas de ma faute si elle n'était pas pourvue bientôt d'un nom légal.

Le docteur prit congé en refusant de se laisser reconduire en voiture, malgré les instances de miss Ludington.

Il s'arrêta en passant devant le croquet pour considérer les joueurs. C'était au tour d'Ida; le coup était facile, elle le manqua. Il leur souhaita le bonsoir et s'en alla tranquillement.

XII.

Quelques jours après la visite du docteur Hull, miss Ludington fut prise d'une indisposition subite qui donna de graves inquiétudes à son entourage.

Ida s'établit à son chevet et ne souffrit pas qu'une autre la soignât. Patiente, affectueuse, infatigable, elle se montra sous un jour nouveau qui la fit apprécier encore davantage.

Elle semblait avoir saisi avec empressement cette occasion de se dévouer, regrettant presque, lorsque l'état de la malade s'améliora, que ses soins fussent devenus moins nécessaires.

Miss Ludington fut profondément touchée des témoignages d'attachement que lui prodiguait Ida. Elle trouvait naturel d'adorer cette dernière, mais ne s'attendait pas à une pareille réciprocité.

— Vous me feriez souhaiter d'être toujours malade, chère petite sœur, lui dit-elle.

Quand elle appelait Ida « ma sœur », sa voix s'arrêtait sur ce mot en s'efforçant d'exprimer toute la tendresse et toute la force de l'intimité incomparable qui existait entre elles.

Un soir, pendant sa convalescence, elle envoya chercher Paul. Elle était seule dans sa chambre quand il entra.

— Assieds-toi, mon enfant, lui dit-elle. Je sens que cette attaque m'a beaucoup affaiblie. Quoique les médecins assurent que je puis me rétablir tout à fait, je suis cependant avertie que je ne vivrai pas toujours et qu'il est possible que je meure subitement.

Paul voulut manifester son chagrin et son incrédulité. Elle l'interrompit :

— Ne te tourmente pas, mon pauvre ei. Ils ne disent pas que je ne puis vivre longtemps encore, mais seulement que, selon toute apparence, le jour où la mort viendra me visiter, elle entrera sans frapper. Certes plus d'un souhaiterait qu'elle vînt ainsi..... Mais ce n'est pas de moi qu'il s'agit. Je t'ai fait appeler pour te parler d'Ida. Depuis que j'ai été malade, et surtout depuis que j'ai causé avec le docteur Hull, je suis préoccupée de ce qu'elle deviendra quand je mourrai. As-tu jamais pensé, Paul, que la loi ne lui reconnaît pas le droit de porter le nom d'Ida Ludington ou

tout autre nom, d'ailleurs? Le monde n'accep-
terait pas la manière dont elle est ressuscitée.

— En effet, dit Paul.

— Cela ne signifie rien tant que je vivrai,
poursuivit miss Ludington; mais si je venais à
mourir!...

— Ne parlons pas de cela, n'y songeons même
pas, ma chère tante! Dans ce cas, ne serais-je
pas là pour la protéger?

Miss Ludington regarda un instant le jeune
homme sans parler, puis, en hésitant, lui demanda :

— L'aimes-tu, Paul?

— Comment pouvez-vous me poser une pareille question?

— C'est vrai!

Elle continua,. les yeux baissés, les couleurs de
ses joues s'accentuant :

— Tu sais, Paul, que la société est constituée
de telle sorte qu'un jeune homme ne peut protéger une jeune fille, qui n'est pas sa sœur, sauf
en l'épousant. Y as-tu songé?

Paul devint rouge lui-même jusqu'à la racine
des cheveux, puis, très pâle et encore une fois si
rouge qu'il ne distinguait plus, qu'à travers un
brouillard de feu, miss Ludington assise devant
lui, sérieuse et embarrassée.

Oui, il y avait songé! L'idée que, tout en étant un être surnaturel, Ida était cependant une femme et qu'il pourrait un jour obtenir sa main lui était bien venue, mais cette supposition lui avait paru si téméraire qu'il avait craint de s'y abandonner.

— Je l'aime! répondit-il enfin d'une voix altérée.

— Je le sais; personne ne sait mieux que moi combien tu l'aimes. Et tu es le seul homme digne d'elle.

— Elle ne voudra pas m'épouser, dit Paul en secouant la tête. Elle est très bonne pour moi, mais elle n'a sûrement jamais songé à cela. Je lui suis très reconnaissant de me permettre de l'aimer. Je n'espère pas davantage.

— Je crois qu'elle t'aime aussi, dit miss Ludington d'un ton de tranquille confiance. Je ne lui en ai jamais parlé, mais je l'ai observée. Une femme devine facilement, en pareille conjoncture, une autre femme, et il serait trop fort que je ne pusse pas la déchiffrer, elle! Ne sois pas inquiet de sa réponse. Je ne la presserai nullement, mais si elle veut t'épouser, c'est la meilleure manière d'assurer son avenir. Alors je pourrai mourir heureuse.

Paul n'avait distinctement entendu que les pre-

16.

miers mots. Bouleversé par l'assurance qu'Ida
l'aimait, il avait été incapable de comprendre le
reste. Les oreilles lui tintaient; il entendait sa
tante parler comme dans le lointain, sans saisir le
sens des mots.

En descendant, il trouva la porte du salon ouverte. Ida était là, en train de lire. Par ce temps
chaud, elle portait un déshabillé de mousseline
dont la couleur claire faisait valoir ses tresses
blondes dénouées, son cou et ses bras nus. Quelle
délicieuse harmonie de vert pâle, de blanc d'al-
bâtre et d'or formaient cette chevelure, ce teint et
cette robe!

Elle ne l'avait pas entendu venir et ne se dou-
tait pas qu'il la regardât. En pensant qu'il pouvait espérer faire d'elle un jour sa femme, il se
sentit si troublé, si intimidé, qu'il s'enfuit pour
reprendre possession de lui-même.

Aucune expérience mauvaise ou frivole n'avait
jamais émoussé chez lui la sensibilité; il était
corps et âme à la merci du charme féminin,
s'étant gardé entier pour le premier, pour l'unique amour.

Pendant une heure il erra dans la rue assom-
brie du village désert, attendant que le tumulte
de ses émotions fût apaisé. Quand il fut à peu
près redevenu maître de lui, il résolut de parler

à Ida. Elle était encore au salon. Il alla la trouver.

Miss Ludington n'était guère moins troublée
que son neveu. En suivant depuis quelques semaines le développement de la passion de Paul,
elle avait senti naître en elle une dualité singulière, comme si c'eût été à elle-même que s'a-
dressaient les tendres hommages dont elle était
témoin. Elle croyait fermement qu'il existait entre elle et « sa sœur » une sorte de seconde vue,
de clairvoyance mystérieuse, qui l'aidait à deviner ce qui se passait dans l'esprit de cette dernière. Rien de pareil ne s'était jamais produit
entre deux êtres humains; ce devait être comme
un avant-goût du bien suprême qui réunit les
âmes diverses d'un même individu dans le ciel.
N'ayant jamais aimé, elle était tout étonnée des
sentiments qui l'agitaient par identification sympathique avec Ida. Assise dans sa chambre, après
le départ de Paul, elle se supposait à la place
d'Ida, elle imaginait ce qu'elle entendrait, et ce
qu'elle répondrait. Le rêve lointain de sa jeunesse, en se réalisant, mouillait de larmes ses
yeux affaiblis.

Elle tremblait et rougissait encore, lorsqu'on
frappa à sa porte.

Ida s'avança, les yeux baissés, légèrement

penchée en avant, ses beaux bras abandonnés, comparable à une captive, tandis que Paul, un bras autour de sa taille, ressemblait au plus fier des vainqueurs.

— Je vous l'amène, dit-il. Elle veut bien être ma femme.

XIII

Paul commença réellement à faire sa cour le soir où Ida promit de l'épouser. Le baiser qu'elle lui donna, devait transformer un culte jusqu'alors plein de réserve et de respect, en passion purement terrestre. Il ne l'adorait plus comme un être surnaturel, mais comme une fiancée qu'on peut serrer sur son cœur sans sacrilège.

Cette transformation correspondit à un changement analogue chez Ida. En descendant du piédestal où il l'avait placée, elle sembla aussi soulagée qu'un modèle qui renonce à une pose fatigante; car si, au début, Paul avait été seul épris, il n'en était plus de même maintenant.

— Je suis si contente que vous ayez fini de me vénérer, lui dit-elle un jour. Je ne pouvais supporter de vous voir vous humilier devant moi, vous qui êtes cent fois le meilleur de nous deux! Oh! Paul, c'est moi qui ne suis pas digne de vous!

Et, avant qu'il eût pû l'en empêcher, elle porta

sa main à ses lèvres. En la retirant, il la sentit mouillée de larmes. C'était le soir, et il ne pouvait voir distinctement son visage.

— Chérie! Qu'y a-t-il?

— Oh! rien du tout! répondit-elle. C'est parce que je suis heureuse, je suppose!

Que ce fût ou non pour cette raison, il lui arriva de pleurer beaucoup les jours suivants. Parfois elle affectait une gaieté presque fiévreuse, et la minute d'après on la surprenait en larmes. Elle assurait toujours qu'elle n'avait pas de chagrin. Incapable de trouver même un prétexte pour qu'elle en eût, Paul s'imagina simplement qu'elle était un peu nerveuse.

Les deux amoureux, absorbés l'un par l'autre, laissaient miss Ludington plus souvent seule que de coutume; Ida cependant était loin de la négliger pour son fiancé. Les soins dont elle l'entourait depuis sa maladie ressemblaient à ceux d'une fille pour sa mère bien-aimée. La vieille dame n'avait jamais été tant choyée. Elle y eût été sensible de la part de la première venue, et combien plus encore de la part d'Ida!

Mais Paul avait son tour. La rue du village était fort pittoresque au clair de la lune; jusqu'à une heure avancée de la nuit, les fiancés s'y promenaient en causant; ils aimaient à s'asseoir côte à côte sur les marches de l'église, où la jeunesse du vieux Hilton s'était jadis donné rendez-vous.

Certain soir que les amoureux s'étaient attardés outre mesure, miss Ludington jeta un châle sur ses épaules et alla les avertir qu'il était l'heure de rentrer. En approchant, elle vit Ida assise sur une marche, la tête appuyée contre une colonne, son visage rêveur levé vers le ciel. Une de ses mains était posée sur ses genoux, l'autre jouait négligemment avec une boucle de ses cheveux. Elle se rappela cette pose et cette habitude de jouer avec ses cheveux qu'elle avait eue au temps de sa jeunesse. Paul était assis à ses pieds. Pendant quelques instants elle demeura dans l'ombre à les observer.

— Je vous regardais, ma sœur, dit-elle enfin en se montrant, et je pensais que cela devait vous paraître bien étrange d'être assise à cette place comme il y a quarante ans, aussi jeune, aussi belle. Paul, dans ce temps-là, n'était pas né et ses parents mêmes n'étaient que des enfants.

Ida parut embarrassée et répondit tout bas :

— Je n'aime pas à me rappeler ce temps-là.

— Moi non plus! reprit Paul avec un mouvement soudain de jalousie. (Ce n'était pas le premier qu'il ressentait en pensant à la vie antérieure de sa bien-aimée.) Je n'aime pas à me rappeler, poursuivit-il, que d'autres ont pu s'asseoir à ses pieds ici même. Moi aussi je voudrais oublier ce temps-là !

Ida courba la tête sans rien dire. Ce fut miss Ludington qui répondit :

— Tu n'as pas de motif pour parler ainsi. Je t'affirme — et quel meilleur témoignage pourrais-tu recueillir? — que jusqu'à présent elle ne sut jamais ce que c'est que l'amour. Il est vrai qu'elle s'asseyait ici alors, comme aujourd'hui, qu'il y en avait d'autres à ses pieds, attirés par cette beauté qui te séduit, mais leurs voix ne touchèrent jamais son cœur. Il fallait qu'elle revînt sur terre pour aimer.

Paul contrit, baisa la main d'Ida en murmurant :

— Pardonnez-moi.

Ils rentrèrent en silence. Miss Ludington se reprochait intérieurement l'ennui que ses paroles avaient paru causer à Ida. Elle cherchait à se souvenir... Ce temps-là était loin, elle était vieille, il était naturel que sa mémoire fût un peu affaiblie. Peut-être un de ses amoureux avait-il été plus cher à Ida qu'elle ne se le rappelait. Avait-elle eu tort de parler du passé?

Cependant, en dépit de circonstances au mi lieu desquelles le bonheur d'une jeune fille s'é-

panouit généralement, la mélancolie d'Ida crois-
sait au point de causer à miss Ludington et à
Paul de sérieuses inquiétudes. Elle avait toujours
été pensive, mais, au repos, l'expression de son
visage était devenue morne et abattue; cette tristesse s'accentuait tous les jours davantage. Souvent, quand son fiancé l'embrassait, elle éclatait
en sanglots. Le symptôme le plus alarmant était
la répugnance qu'elle témoignait à laisser prendre aucun arrangement définitif pour la conclu-
sion de son mariage.

Trois semaines s'étaient écoulées depuis qu'elle
avait promis à Paul d'être sa femme, et quoiqu'il
l'eût suppliée à plusieurs reprises de fixer une
date, il n'avait pas encore obtenu de réponse.
Elle ne trouvait aucun prétexte plausible pour ne
pas se décider; elle hasardait timidement que c'é-
tait trop tôt, qu'elle ne serait pas prête. Quand il
lui rappelait que le désir de leur chère bienfai-
trice était de les voir mariés le plus vite possible,
sa santé chancelante rendant tout délai dangereux,
quand il la pressait trop, elle n'essayait pas de
répondre, mais pleurait comme si son cœur allait se briser. Il ne restait alors d'autre ressource
à Paul que de n'en plus parler et de la consoler.

Il finit par se dire que les épreuves extraordinaires qu'elle avait traversées deux mois aupa-

17

ravant, jointes à l'émotion que lui causait son prochain mariage, avaient décidément provoqué chez elle une singulière surexcitation.

— Il ne faut pas la tourmenter, lui répétait miss Ludington. Elle a promis d'être ta femme et tu sais qu'elle t'aime. Cela devrait suffire à te donner la patience d'attendre. Comment! Paul, tu l'as aimée toute ta vie sans l'avoir vue et sans trouver le temps long, et maintenant...

— Vous ne comprenez donc pas?.. C'est parce que je la vois que je n'ai pas de patience!

A un jour ou deux de là, dans l'après-midi, miss Ludington était seule avec Ida.

— Votre mariage avec Paul est-il fixé? demanda-t-elle.

— Non, pas encore, répondit Ida d'une voix tremblante.

— Paul ne vous en a pas parlé?

— Oh! si.

— J'espérais que ce mariage aurait lieu plus tôt, dit miss Ludington. Vous connaissez les raisons qui me font souhaiter qu'il n'y ait point de retard. Si vous aimez Paul, je ne vois pas pourquoi vous hésiteriez. Mais peut-être n'êtes-vous pas tout à fait sûre de l'aimer? Une jeune fille doit être bien sûre de ses sentiments avant de s'engager.

— Oh! j'en suis tout à fait sûre! Je l'aime de

tout mon cœur, s'écria Ida en recommençant à pleurer.

Miss Ludington s'assit à ses côtés et attira sa tête sur son épaule. Elle essaya de la calmer, mais sa douceur provoqua une nouvelle explosion de larmes.

Au bout d'un instant, la vieille dame reprit :

— Ne pleurez pas, ma petite sœur. Nous n'en reparlerons jamais. Je n'ai pas l'intention de vous contraindre. Vous attendrez aussi longtemps que vous le voudrez, et Paul ne vous pressera plus. Je vais prendre mes dispositions pour que, si je venais à mourir, vous soyez à l'abri et bien pourvue, même si vous ne vous mariez pas.

— Que voulez-vous dire? demanda Ida en levant vivement la tête et en manifestant un intérêt soudain.

— Je vous adopterai, répondit miss Ludington en souriant. Cela ne sera-t-il pas absurde?.. Prétendre que vous êtes ma fille, comme si, au lieu de venir au monde avant moi, vous n'y étiez venue qu'après!... Mais je ne connais que ce moyen qui vous permette de porter légalement le nom d'Ida Ludington, quoiqu'il ait été le vôtre avant d'être le mien. J'aurais préféré vous voir la femme de Paul et vous laisser sous sa garde; si cette satisfaction m'est refusée, l'autre com-

binaison sera encore bonne. Vous savez que je
ne puis pas faire de vous mon héritière, ni même
vous laisser un dollar avant que vous ayez un nom
légal?

— Voulez-vous dire que vous ayez l'intention
de me léguer votre fortune?

— Naturellement! Comment ne l'aurais-je pas?
Même si vous aviez épousé Paul, pensez-vous
qu'il m'eût été agréable de vous voir dépendre
de lui? Je vous aurais laissé ma fortune sous le
nom de Mme de Riemer. Je la laisserai à ma
fille adoptive, Ida Ludington, voilà la seule différence.

— Mais Paul?

— Ne vous inquiétez pas de Paul. Je ne l'ou-
blierai pas. Je puis vous doter tous les deux largement.

— Oh! ne faites pas cela! je vous en prie, dit
Ida en pleurant et en saisissant les mains de miss
Ludington. Je ne veux pas de votre argent. Ne
me le donnez pas. Je ne puis supporter cela. Vous
m'avez déjà comblée et vous êtes si bonne pour
moi! Je volerais Paul aussi! Oh! non! Il ne faut
pas que vous fassiez cela, je ne le veux pas.

— Mais, ma chérie, dit miss Ludington, pensez
à ce que vous m'êtes et à ce que je vous suis.
Naturellement, vous ne pouvez pas avoir, comme

moi, conscience de nos rapports mutuels. Je me souviens de vous, tandis que vous ne pouvez pas me reconnaître. Je vous ai cependant donné des preuves irrécusables du lien qui existe entre nous ! Qu'est-ce que sont les droits des autres héritiers, comparés aux vôtres? Ne m'avez-vous pas légué tout ce que je suis? Comment donc admettre un seul instant que vous ne rentriez pas tout au moins en possession de notre fortune? J'ai d'ailleurs contracté vis-à-vis de vous une autre dette que celle-là. Je me rappelle, si vous l'avez oublié, que c'est à cause de moi que vous êtes revenue sur terre. Je n'avais pas poursuivi ni deviné ce résultat, mais je n'en suis pas moins responsable. Vous me seriez étrangère que je me sentirais solennellement obligée d'entretenir et de protéger la vie que je vous ai imposée.

Tandis que miss Ludington parlait, les larmes d'Ida avaient cessé de couler. Elle semblait s'être rendue aux raisons de la vieille dame; du moins elle ne s'opposa plus au plan projeté.

— Je désire ne pas perdre de temps, ajouta miss Ludington ; nous ferons bien d'aller demain matin à Brooklyn voir mon homme d'affaires pour prendre les mesures nécessaires.

— Comme vous voudrez, répondit simplement Ida.

Elle se plaignit d'un violent mal de tête et s'enferma tout le reste de l'après-midi.

Pendant ce temps, miss Ludington avait raconté à Paul le résultat de sa conversation avec Ida. Le pauvre garçon ressentit vivement ce chagrin et cette humiliation qui lui étaient infligés. Puisque Ida acceptait d'être adoptée, il était évident qu'elle avait renoncé à l'épouser...

Pourquoi s'était-elle conduite ainsi avec lui? Pourquoi avait-elle été capricieuse à ce point? Jamais homme n'avait été traité avec autant de perversité par une femme!

Sa tante écoutait ses plaintes, ses reproches en secouant la tête. La conduite d'Ida était une énigme pour elle tout autant que pour lui, mais elle exigeait qu'il ne la tourmentât plus et qu'il ne lui demandât pas d'explication.

Si Paul avait voulu prendre l'attitude d'une victime, il y renonça en rencontrant Ida à l'heure du dîner. La vue de ses yeux gonflés et de ses paupières rougies, le regard de tendresse suppliante qu'elle fixait sur lui le désarmèrent en ne laissant de place dans son cœur que pour un grand amour et une profonde pitié. Quel que pût être le motif secret de cette singulière conduite, ce n'était pas un pur caprice. Elle souffrait autant que lui.

Il était résolu à causer seul avec elle, mais après le dîner, miss Ludington s'étant sentie fatiguée, Ida l'accompagna immédiatement dans sa chambre et ne redescendit plus. Paul crut qu'elle ne voulait pas lui parler. Il sortit et marcha, espérant retrouver ainsi un peu de sang-froid.

Il était environ dix heures quand il revint. Il vit de la lumière au salon et, en avançant, il aperçut Ida sous la véranda. Elle ne l'entendit pas entrer. Étendue à demi sur une chaise longue, les bras rejetés derrière la tête, elle sanglotait avec une telle véhémence que tout ce qui pouvait se passer autour d'elle lui restait étranger. Paul n'avait de sa vie assisté à un désespoir pareil. De fait il connaissait bien peu les femmes, il ne savait pas à quels transports de désespoir elles peuvent s'abandonner sans mourir. Frappé de crainte, il la considéra silencieusement pendant quelques secondes. Il l'avait déjà vue pleurer, mais jamais si longtemps ni si amèrement.

Une pensée lui vint, la pensée qu'en dépit de sa résurrection, Ida était quelque chose de plus qu'une mortelle. Cela avait été son premier sentiment, il avait eu le tort de l'oublier au point de lui demander de se donner à lui. Peut-être ne comprenait-elle pas elle-même que ses chagrins venaient du conflit engagé chez elle entre l'amour

et sa nature céleste qui se refusait au mariage.
Plus il y songeait, plus il était persuadé que ce
devait être l'explication du mystère. Voilà pourquoi, bien qu'elle l'aimât tendrement, la pensée
de l'épouser lui était intolérable.

Soit! Si sa nature d'une essence supérieure ne
pouvait descendre jusqu'à lui, il s'élèverait jusqu'à elle! Son rêve d'amour terrestre était terminé. Plutôt mille fois être privé de tout ce qui
est doux et cher au cœur de l'homme, que de
lui faire autant de mal!

Il l'appela. Ida se leva brusquement, tourna
vers lui ses yeux baignés de larmes et jeta ses bras
autour de son cou. Alors il s'assit auprès d'elle.

— Vous ne le croyez pas, Paul, disait-elle, la
tête appuyée contre son épaule, et je ne puis vous
en vouloir... Mais je vous jure que je vous
aime, je vous jure...

— Je le crois, je le sais, dit-il. Ne pleurez
plus, car dorénavant l'assurance de votre amour
me suffira. Je ne vous importunerai plus pour
que vous soyez ma femme. J'ai été bien cruel
envers vous.

— C'est parce que je vous aime, Paul, que je ne
veux pas vous épouser; promettez-moi que vous
ne douterez jamais de cela. Ne me demandez pas
d'explication.

— Je crois que je comprends, répondit-il avec douceur. J'ai été stupide de ne pas comprendre plus tôt. Si j'avais su, je ne vous aurais pas fait tant de chagrin.

— Que savez-vous? demanda-t-elle vivement en relevant la tête.

Il lui expliqua alors avec tendresse et respect la cause mystique qui justifiait, peut-être sans qu'elle s'en doutât elle-même, la répugnance invincible qu'elle éprouvait à devenir sa femme. Il se blâma de n'avoir pas deviné l'instinct sacré qui la retenait, il se reprocha d'avoir insisté dans un aveuglement égoïste pour qu'elle fît violence à sa nature.

Quand il avait commencé à parler, elle l'avait regardé avec un profond étonnement. A mesure que le sens de ses paroles devenait plus clair, elle détourna la tête et se couvrit la figure de ses mains comme sous un sentiment de honte écrasant. A la fin, elle se leva, les joues en feu.

— Je crois que je ferai bien de partir, dit-elle d'un ton bref. Adieu!

L'instant d'après, Paul était seul, tout surpris de cette fuite soudaine.

XIV

Ida traversa le salon d'un pas rapide et monta dans sa chambre, où elle s'enferma à clef.

— Il me semble que je n'ai plus de larmes, murmura-t-elle.

Elle resta un moment perdue dans ses réflexions, puis se dirigea vers un élégant pupitre que miss Ludington lui avait donné et se prépara à écrire.

— Si je ne m'étais pas sauvée, je lui aurais tout avoué... mais cela vaut mieux ainsi! Je serais morte sous le mépris de son regard. O mon amour! mon amour! Que penserez-vous de moi...?

Elle traça précipitamment une lettre dont voici le contenu :

« A Paul qui ne m'aimera plus après qu'il aura lu ceci, mais que, moi, j'aimerai toujours.

« Cette lettre vous expliquera pourquoi vous

trouverez ma chambre vide demain matin. Je
ne puis plus supporter d'être aimée, presque
adorée par ceux que j'ai lâchement trompés.
Vous ne me verrez plus. Vous n'entendrez plus
jamais parler de moi... D'ailleurs, vous ne me
regretterez pas quand vous saurez...

« Je laisse tous les bijoux, toutes les robes,
enfin tout ce que je tiens de miss Ludington,
excepté les vêtements que je suis obligée d'emporter sur moi, mais que je renverrai aussitôt que
je serai arrivée là où je vais. O mon pauvre Paul!
Je ne suis pas Ida Ludington. Comment avez-
vous pu le croire? Laissez-moi vous conter avec
ordre ma triste histoire; peut-être n'est-il pas
très extraordinaire que vous vous y soyez mépris tous les deux, vu les croyances que vous pro-
fessez.

« Je suis Ida Slater, fille de Mrs Slater. Ma
mère me nomma ainsi en souvenir de miss
Ludington qui avait été son amie d'enfance.
Quelques années après son départ, il y a vingt-
trois ans, je suis née à Hilton. Vous connaissez
mon père sous le nom du docteur Hull. Mrs Legrand qui, par parenthèse, se porte à merveille,
est sa propre sœur. Elle est veuve et mon père
est son homme d'affaires; maman aide pour
les séances et n'a d'autre idée que de nous pro-

curer de l'argent. Nous sommes très pauvres,
nous avons toujours vécu avec la plus grande
peine. Mon père est fort instruit et il a essayé,
mais sans pouvoir jamais réussir, bien des
métiers avant de s'arrêter à celui que vous
savez. Ce n'est pas un métier honnête, du
moins comme nous l'exerçons, mais nous étions
dans la misère. Vous autres riches, vous ne comprenez pas que pour un homme très pauvre, le
devoir de faire subsister sa famille semble en
quelque sorte le seul qui s'impose dans la vie.

« Quand maman rendit visite à miss Ludington
et vit ce portrait qui me ressemble tant et qui
rappelle si peu, dit-elle, ce que son amie était à
cet âge, quand elle entendit vos théories nouvelles sur l'immortalité, l'idée lui vint de vous
prendre pour dupes.

« Le voyage à Cincinnati était un mensonge
pour vous empêcher de soupçonner qu'elle fût
mêlée à ce subterfuge. La prétendue M⟨r⟩⟨s⟩ Rhinehart
n'a jamais existé. Au premier abord, mes parents
n'eurent que l'idée de vous intéresser aux séances
afin d'avoir votre argent. Mais, quand ils virent à
quel point vous étiez faciles à tromper à cause de
ma ressemblance avec le portrait, ils songèrent à
me faire entrer dans votre maison. Ou plutôt,
cette idée leur fut suggérée par vous, Paul, quand

vous avez voulu établir après la première séance
que si le médium mourait subitement, dans le
sommeil, l'esprit ne pourrait plus se dématérialiser.

« C'était un projet audacieux, mais tout sembla
le favoriser. J'avais quitté Hilton peu d'années
auparavant, je connaissais chaque pierre de
l'ancien comme du nouveau village. J'étais entrée
souvent dans la vieille demeure des Ludington, maman était au courant de tous les petits
secrets de son amie d'enfance aussi bien qu'elle-
même. Et puis il y avait surtout ma ressemblance extraordinaire avec le portrait qui, à elle
seule, pouvait suffire. C'est uniquement dans mon
intérêt que mes parents ont agi. Le monde les blâ-
mera, mais, je vous en supplie, ne les condamnez
pas. Leur excuse est une tendresse excessive pour
moi... Ils n'ont eu qu'un but, m'arracher à cette
misérable vie. Ma mère pensait, d'ailleurs, que j'é-
tais une bonne fille et que je serais pleine de préve-
nances et d'affection pour miss Ludington. Elle me
le recommandait en souvenir de la vieille amitié
qui les avait unies. Aurais-je pu faire autrement
que d'aimer une personne si douce et si bonne?
Maman savait aussi qu'en la trompant nous la
rendrions heureuse, plus heureuse qu'elle ne l'é-
tait. Nous avons montré à tant de gens qui s'en al-

laient réconfortés ce qu'ils croyaient être la forme
.et la figure de leurs morts regrettés, que nous
en étions venus à croire notre fraude excusable à
cause de la consolation qu'elle procurait. Mes parents avaient vu à quel point vous étiez amoureux de la véritable Ida et ne mettaient pas en
doute que vous le devinssiez aussi de moi jusqu'à m'épouser. Envers vous, Paul, maman n'a-
vait pas de scrupules. Elle disait que n'importe
quel homme serait trop heureux de m'avoir
pour femme. Je n'en étais pas aussi sûre
qu'elle, mais je savais, à n'en pouvoir douter, que
celle que vous aimeriez serait heureuse.

« C'est cela plus que tout le reste qui m'a
décidée. Je m'étais éprise de vous la première
fois que je vous vis. L'adoration sans bornes
avec laquelle vous m'avez regardée en ce mo-
ment-là aurait tourné la tête à n'importe quelle
femme. Et puis vous êtes charmant...

« J'ai toujours aimé à jouer la comédie. L'idée
de soutenir un rôle aussi hardi, aussi difficile, me
tenta. J'ai été plus séduite par cela, Paul, et par
votre amour que par le luxe et les richesses qui
s'offraient à moi.

« La maladie de Mrs Legrand entre les deux
séances était simulée, afin que maman eût le
temps de rassembler ses souvenirs et de m'ap-

prendre tout ce qu'elle se rappelait sur Hilton et
ses habitants, sur son enfance, sa jeunesse et celle
de miss Ludington. Il fallait que je me misse au
courant de l'ancienne génération comme de la
mienne, il y avait tant de petits faits à retenir, in-
cidents de la vie d'école, pique-niques, confidences,
flirtations, etc..., mais c'était aussi intéressant
qu'un roman.

« Ma mère m'avait fabriqué une robe semblable
à celle du portrait. Mon père, qui s'entend à la
chimie et à tout, sauf à gagner sa vie, mon père
lui fit subir une préparation qui brûla l'étoffe,
de façon qu'elle tombât aisément en poussière.
J'ai eu bien de la peine à la garder entière le
soir où j'arrivai ici.

« Quand tous nos préparatifs furent terminés,
nous vous donnâmes rendez-vous pour la seconde
séance. Vous savez le reste. Il n'y avait pas de
trappe dans le plancher du cabinet que mon
père vous fit visiter, mais le plafond tout entier
était mobile et s'enlevait sur la pression du
doigt, au moyen d'une petite poulie. La personne qui devait apparaître, à moins que le
médium ne jouât lui-même ce rôle, descendait
par une échelle enveloppée de linge de manière
à ce qu'on ne pût entendre aucun bruit. Le souffle
d'air frais qui vous frappait le visage avant l'ap-

parition, vous était envoyé, je suppose, par le plafond lorsqu'il s'ouvrait.

« Vous nous rendiez la tâche facile! Nous n'aurions pas eu besoin de prendre le quart des précautions auxquelles nous avons eu recours. Vous étiez si convaincus dès le premier instant que j'étais l'Ida du portrait que, depuis le moment où je suis entrée dans cette maison jusqu'à présent, je n'ai pas été forcée de mentir. Miss Ludington ne me demandait pas de la convaincre que j'étais bien elle, mais au contraire elle s'évertuait à me persuader qu'elle était bien moi.

« Quant à vous, Paul, ce n'est pas votre faute si nous ne sommes pas mariés depuis plusieurs semaines. J'aurais été en outre l'héritière de miss Ludington si pour deux motifs notre plan n'eût été défectueux. Tout était prévu, excepté que je pouvais ressentir de la reconnaissance pour miss Ludington et de l'amour pour vous. Ces deux choses sont arrivées cependant. Il ne me reste plus qu'à disparaître.

« Naturellement, j'avais désiré que vous devinssiez épris de moi; vous me plaisiez tant et j'ambitionnais, je vous l'ai dit déjà, de vous avoir pour mari. Mais ce n'était pas encore de l'amour. Je crois que, si vous pouviez concevoir quelle consternation j'éprouvai lorsque je sen-

tis pour la première fois que mon cœur vous
appartenait, vous me plaindriez malgré tout.
Après cela, vous tromper était une torture, et
cependant, si je vous avais dit la vérité, vous
m'auriez haïe et méprisée. Oh! Paul, pensez à ce
que j'ai souffert pendant ces dernières semaines
et ayez un peu pitié de moi.

« Vous expliquez-vous maintenant pourquoi
je ne pouvais supporter qu'on fît allusion en ma
présence au stratagème qui vous abusait, et
pourquoi, après les premiers jours, je n'en ai
plus parlé?

« Quand mon père vint voir, comme cela avait
été convenu entre nous, si le complot avait réussi,
je compris si bien notre infamie!... Il essaya, mais
inutilement, de rencontrer mon regard, de causer
avec moi, et dut partir très étonné de ma conduite. Mais, Paul, soyez sûr qu'il pensait tout
ce qu'il vous a dit à table ce soir-là. Les idées
nouvelles l'enthousiasment facilement; il était
sincère. Je sais qu'avant mon départ, il admettait déjà plus qu'à demi vos idées sur l'immortalité. Pour ma part, j'y crois fermement; je n'ai
pas seulement trompé miss Ludington et vous,
mais encore l'esprit que j'ai personnifié.

« Si miss Ludington ne m'avait pas comblée de
bontés, j'aurais soutenu plus facilement mon

triste rôle, car son illusion la rendait bien heureuse, mais chaque jour, en augmentant mon
attachement pour elle, augmentait aussi mes
remords.

« Je ne serais pas restée une semaine entière,
Paul, si ce n'avait été à cause de vous. Je ne
pouvais pas me résoudre à vous quitter. Si j'étais
partie alors, cela eût mieux valu pour moi.
Qu'aurait été mon chagrin comparé à celui qui
me tue maintenant?

« J'ai eu tort de promettre de vous épouser,
car je savais que je ne m'y résoudrais jamais.
Hélas! je vous aimais tant que je n'avais pas de
force! Combien je regrette ces heureuses semaines
écoulées, quoique mon cœur fût si triste en pensant
que ce bonheur que je touchais ne serait jamais
le mien! Rappelez-vous, Paul, que, si je ne vous
avais pas tant aimé, je vous aurais laissé épouser
une aventurière ; car, c'est ainsi, je suppose, que
vous m'appellerez dorénavant, vous qui ne trou-
viez pas de nom assez doux à me donner. Songez
combien vos baisers m'étaient chers, puisque
je pouvais les supporter avec l'assurance que vous
auriez horreur de moi si vous saviez qui j'étais.

« Quand vous avez insisté pour fixer le jour
de notre mariage, j'ai compris que la fin de mon
rêve approchait. Voilà pourquoi je pleurais cha-

que fois que vous m'en parliez. Aujourd'hui miss
Ludington m'a annoncé son intention de m'a-
dopter et de me laisser sa fortune. Croyez-vous
qu'il puisse exister un être assez vil, assez bas
pour abuser d'un tel cœur? Pendant qu'elle me
parlait je prenais la résolution de partir cette
nuit. Quand vous lui lirez ceci, elle pensera
qu'elle a gaspillé son affection. Et cependant elle
ne sera pas dure pour moi, elle ne saurait l'être
pour personne. Je l'aime tendrement et l'aimerai
toujours ainsi.

« Paul, mon cher Paul, ne me méprisez pas tout
à fait. Je crois que mon cœur se brisait quand
vous m'avez trouvée ce soir sous la véranda. Ce
n'était pas seulement parce qu'il fallait vous
quitter pour toujours, mais encore parce que je
devais vous laisser un souvenir détesté. Lorsque
vous m'avez prise dans vos bras, ma résolution a
faibli; j'ai été sur le point de me jeter à genoux,
de vous tout avouer. Mais vous m'avez expliqué
que vous croyiez ma nature plus pure que celle
de toutes les autres femmes, supposant qu'elle
répugnait au mariage comme à un sacrilège; j'ai
vu alors que l'abîme au fond duquel j'étais tombée était si profond, que vous ne pourriez jamais
me pardonner de vous avoir menti odieusement.
Me placer à une telle hauteur, moi, moi! J'étais

écrasée de honte et je n'ai même pas osé vous
donner un dernier baiser avant de vous quitter
pour toujours.

« Je vous ai dit toute mon histoire, Paul, afin
que vous sachiez non seulement combien mes
torts sont graves, mais aussi comment je les ai
expiés. Ne me blâmez pas trop sévèrement. C'est
à moi que j'ai fait le plus de mal. Je vous laisse
comme je vous ai trouvé, avec votre amour pour
celle qui n'est plus. Si elle était vivante, je n'aurais jamais pu vous céder à elle, jamais!

« Je vous demande seulement de penser quelquefois avec un peu de pitié à la pauvre

                              « IDA SLATER. »

Elle écrivit ensuite une autre lettre débordante
de repentir à miss Ludington et la posa en vue,
à côté de la première.

Elle se dépouilla de ses bijoux et choisit sa
toilette la plus simple. Quand elle fut prête, elle
éteignit la lumière, ouvrit doucement la porte et
traversa le vestibule. Trois heures sonnaient à la
pendule du salon. Le jour allait poindre, il n'y
avait pas un instant à perdre. Il fallait qu'elle fût
loin lorsque les domestiques descendraient.

En passant devant la porte de Paul, elle s'arrêta et appuya un moment son front contre la

boiserie, puis, prosternée, posa ses lèvres sur le seuil. Elle traversa le salon, leva les yeux vers le portrait, faiblement éclairé par la lune, et murmura : « Pardonnez-moi ! » Puis elle ouvrit la porte avec précaution et sortit.

Au bruit de ses pas le chien de garde bondit vers elle, mais, en la reconnaissant, il vint lui lécher les mains. Elle s'agenouilla pour l'embrasser.

— Voilà, dit-elle, un ami qui ne fera aucune différence entre Ida Slater et Ida Ludington.

Arrivée au tournant de la route, elle s'arrêta encore et regarda en arrière. La maison se montrait une dernière fois parmi les arbres. Enfin, avec un geste d'adieu, elle reprit son chemin et disparut.

XV.

Ce fut miss Ludington elle-même qui découvrit la fuite d'Ida en entrant par hasard de bonne heure dans sa chambre.

Quelques minutes après, Paul la voyait apparaître à son chevet, consternée :

— Elle est partie!

— Qui est partie? demanda-t-il en se frottant les yeux.

— Ida! Elle s'est enfuie! Sa chambre est vide.

Il s'habilla à la hâte et rejoignit sa tante dans l'appartement de la jeune fille, où ils lurent ensemble les lettres laissées à leur adresse.

La révélation qu'elles contenaient eût produit un tout autre effet si elle avait été faite peu de temps après son arrivée dans la maison, mais elle venait trop tard pour rompre l'attachement qu'Ida, même coupable, avait su inspirer. Il est vrai que c'était sous un faux nom qu'elle avait gagné leur confiance, mais ils avaient appris à

l'aimer pour elle-même. Elle s'appelait Ida Slater? Eh bien, c'était Ida Slater qu'ils aimaient,
c'était la personne et non pas le nom.

— Oh! pourquoi nous a-t-elle quittés? s'écria
miss Ludington, les yeux pleins de larmes, en achevant la lecture de sa lettre. Pourquoi n'est-elle
pas venue nous tout avouer? Nous lui aurions
pardonné. Elle n'est pas aussi coupable que ses
parents, et elle nous a rendus si heureux! Paul,
il faut la retrouver, il faut la ramener ici.

Paul serra sans rien dire les mains de sa
tante. Il y avait moins de désespoir que d'ivresse
dans l'émotion qui lui enlevait en ce moment
l'usage de la parole. L'aveu passionné d'Ida l'a-
vait touché plus que tout le reste, et il dissimu-
lait à grand'peine sa joie en découvrant qu'elle
était en tout point aussi terrestre que lui-même.
Pour la première fois il sentait combien était vain
l'effort qu'il avait fait pour transformer en un
amour éthéré, sa passion purement humaine, et
combien il lui serait dorénavant impossible de
se contenter du bonheur nébuleux et confus qui
lui suffisait jadis. C'était une femme qu'il aimait, une femme avec toutes les faiblesses, mais
aussi avec toutes les générosités inhérentes à la
nature humaine, et non plus le séraphin sans tache
qu'il avait vénéré jusqu'alors. Capitulant en quel-

que sorte avec sa conscience il avouait que son
cœur n'appartenait plus à Ida Ludington, mais
à Ida Slater.

La pauvre fille eût été bien étonnée de la ré-
ception qu'on lui aurait faite, si elle était
rentrée en ce moment dans la chambre qu'elle
avait quittée quelques heures auparavant. Elle
n'avait pas prévu que ses juges seraient surtout
frappés du sentiment généreux qui lui faisait
abandonner son rôle, à l'heure même du succès.

Le repentir est quelquefois si pur, si désintéressé, qu'il l'emporte, dans la balance de nos actions, sur la faute commise.

Après avoir discuté tous les moyens de retrouver
Ida, Paul et sa tante se décidèrent à commencer
par une annonce. Ce jour là même, la note suivante parut dans tous les journaux de Brooklyn
et de New-York :

« Ida S—r. Tout est pardonné. Revenez, nous
ne pouvons vivre sans vous. Pour l'amour de
Dieu, écrivez-nous au moins.

« Miss L. — et Paul. »

Cet avis devait être publié tous les jours jusqu'à ce qu'on eût donné contre-ordre. En admettant qu'Ida fût dans une de ces deux villes, il y

avait quelque chance pour qu'il tombât sous ses yeux ou sous les yeux de sa famille.

Paul était retourné chez M⁺⁺ Legrand, dans la Dixième rue Est; mais il avait trouvé, sans en être très surpris d'ailleurs, la maison vide.

Le paquet contenant les habits qu'Ida avait emportés sur elle, arriva peu de jours après. Pas un mot ne l'accompagnait. En l'examinant, Paul constata qu'il portait le timbre de Brooklyn. Croyant qu'elle ne voulait pas répondre à la note insérée, il avait résolu, dans le cas où le silence se prolongerait, de réclamer les services d'un fameux détective de New-York. S'il pouvait seulement la revoir une fois, il était sûr de la ramener pour jamais.

Quelques jours s'écoulèrent ainsi. Paul parcourait au hasard les rues de New-York et de Brooklyn dans l'espoir toujours déçu de rencontrer Ida. Rien ne lui était plus insupportable que de rester assis à la maison. Ces longues marches, en le fatiguant, avaient, à défaut d'autre résultat, celui de le forcer à dormir, ce qu'il n'aurait pu faire sans cela.

Le huitième jour, au moment où il partait pour errer encore de côté et d'autre, le facteur lui remit une lettre dont il reconnut à l'instant l'écriture.

Il l'ouvrit et lut ce qui suit :

« J'ai vu votre annonce. Je ne puis croire que vous m'ayez pardonné. C'est impossible. D'ailleurs, si je le croyais, je ne pense pas que j'aurais jamais le courage de vous regarder en face après ce que vous savez de moi. Je mourrais de honte! Miss Ludington me pardonne-t-elle réellement? Ou consent-elle à ce que je revienne parce que vous m'aimez encore?... si vous m'aimez encore! Avez-vous oublié ce que j'ai fait? Relisez la lettre que je vous ai laissée en partant. Vous devez l'avoir oubliée. Relisez-la sérieusement. Pensez-y bien. Oh! non, vous ne pouvez plus m'aimer!

« IDA SLATER. »

Paul lui répondit une lettre si pleine de passion qu'une femme éprise ne pouvait que la trouver irrésistible. Il y joignait un mot de miss Ludington l'assurant de la douleur profonde que sa fuite leur avait causée, de la vive tendresse qu'ils conservaient pour elle et du chagrin qu'elle leur ferait si elle refusait de revenir.

Elle écrivit simplement ces deux mots :

« Je reviendrai. »

Le soir même, Paul et sa tante étaient au salon

et causaient, comme à l'ordinaire de la fugitive, se demandant quel jour ils la reverraient, quand ils entendirent un pas léger dans le jardin. Ida se glissa dans la chambre et tomba aux genoux de miss Ludington, en cachant sa figure dans la robe de la vieille dame. Elle ne répondait aux caresses, aux assurances de bienvenue et d'affection qu'on lui prodiguait que par des sanglots.

Prise de pitié, miss Ludington la releva et dit à Paul de l'emmener faire un tour dans le jardin.

Lorsqu'ils rentrèrent, les joues d'Ida étaient aussi rouges qu'auparavant, mais, en dépit de son embarras, elle semblait heureuse.

— Elle a promis d'être ma femme d'aujourd'hui en quinze! s'écria Paul avec ivresse.

Les jours suivants, Ida fut fort étonnée de constater que les événements qui venaient de se passer n'avaient pas diminué l'estime que ses amis faisaient d'elle. Au lieu de considérer comme une expiation de son offense le repentir qu'elle témoignait, ils lui attribuaient le même mérite que si elle eût fait amende honorable pour le péché d'une autre. Dans leur habitude d'établir une différence entre les phases successives de la vie d'un individu, comme entre des personnes distinctes,

ils ne pouvaient voir les choses sous un autre
point de vue. A leurs yeux, le présent ou le
passé était en soi bon ou mauvais. Un mauvais passé ne devait pas plus amoindrir un vertueux présent, qu'un vertueux présent ne pouvait racheter un passé coupable. Paul et miss
Ludington n'affectèrent pas d'ignorer ou d'oublier la faute qu'Ida avait commise. Ce n'était
point nécessaire à leurs yeux. Ils ne l'en ju-
geaient pas responsable.

Quand elle comprit qu'ils la considéraient
comme une nouvelle personne, distincte de celle
qui les avait trompés, elle ressentit une grande
joie.

— Ce qu'ils croient, je le croirai aussi, se dit-
elle. Je laisserai derrière moi le passé et je com-
mencerai une vie nouvelle.

Une reconnaissance passionnée vint augmenter
l'intensité de son amour pour Paul et de sa tendresse pour miss Ludington. La santé chancelante
de celle-ci était la seule ombre au bonheur parfait des deux fiancés.

Maintenant qu'Ida ne jouait plus de rôle et
qu'elle se montrait telle qu'elle était, Paul décou-
vrait chaque jour en elle quelque nouvelle grâce
d'esprit et de cœur. Il ne reconnaissait pas, à
la beauté près, dans cette jeune fille si ardente,

si enjouée, si expansive, la mélancolique, la fantasque Ida Ludington.

— Je suis contente, lui dit un jour miss Ludington, que vous soyez Ida Slater et non pas mon Ida.

— Pourquoi? demanda-t-elle. N'auriez-vous pas été plus heureuse de continuer à voir en moi votre passé de jeune fille?

— Je serais très triste maintenant s'il en était ainsi, répondit miss Ludington, car je ne vivrai pas longtemps, et il m'importe bien plus qu'elle soit là-haut pour me souhaiter la bienvenue quand je m'en irai, que de l'avoir ici avec moi pendant les quelques jours qui me restent.

Miss Ludington ne parlait jamais et ne permettait jamais qu'on parlât avec tristesse de sa fin probablement prochaine.

— La mort semble effrayante, dit-elle un jour, aux insensés qui croient qu'on ne meurt qu'une fois. Mais ce n'est pas ainsi qu'il faut envisager la question. La seule différence qu'il y ait entre cette mort qu'ils redoutent tant et les précédentes, c'est que rien ne doit plus lui succéder. Je compare notre corps à une maison délabrée qui a tour à tour abrité toutes nos individualités, et qui ne peut plus être réparée pour l'usage de nouveaux locataires. On la jette à bas et c'est tout!

Elle dit une autre fois : — Il est bien étrange de voir les gens qui ont peur de la mort vivre les yeux obstinément fixés sur elle au lieu de regarder en arrière. Dans leur crainte de mourir une fois, ils oublient qu'ils sont déjà morts à plusieurs reprises. La mort tient la vie constamment en échec sur cette terre, ce n'est que dans l'autre monde que la vie triomphera définitivement. N'est-il pas absurde, par exemple, d'imaginer qu'on a vaincu la mort, parce qu'on a prolongé la carrière d'une personne? L'individualité présente périra dans tous les cas inévitablement, que son corps soit ou non réparé pour servir de demeure à d'autres. La dissolution de ce corps n'est que la fin de la mort quotidienne dont se compose notre existence terrestre.

Ida ne regardait plus qu'en tremblant le portrait qui avait passé pour le sien. Elle craignait vaguement que l'esprit de la jeune fille dont elle avait volé le fervent adorateur ne lui en voulût.

— Bah! lui dit miss Ludington à qui elle confia ce scrupule, un esprit ne se soucie pas des passions humaines. Votre amour a sauvé Paul d'un rêve aussi vain qu'il était beau et qui aurait fini par ronger sa vie. J'aime à penser, au contraire, que l'influence de mon Ida vous a conduite ici afin qûe, grâce à la ressemblance, Paul pût s'éprendre de vous. Il n'aurait été guéri d'aucune autre manière.

Le mariage s'accomplit sans bruit; les nouveaux époux ne firent pas de voyage de noce pour ne point s'éloigner de leur tante, dont la santé, de plus en plus précaire, leur donnait des inquiétudes.

Une semaine après, Ida, entrant, comme d'habitude, la première chez miss Ludington, la trouva morte dans son lit, un sourire sur les lèvres.

. . . .

Aussitôt après l'enterrement, Paul emmena sa femme en Europe.

Une nuit, durant leur absence, le feu, allumé probablement par des vagabonds, prit dans une des maisons vides du village. Le vent soufflait violemment, les secours étaient éloignés, Hilton tout entier devint la proie des flammes. L'ancienne habitation de miss Ludington, déserte et fermée, fut complètement détruite avec tout ce qu'elle contenait, y compris le portrait d'Ida.

En apprenant cette nouvelle, les voyageurs se sentirent péniblement impressionnés; mais Paul exprima leur conviction intime à tous les deux en disant :

— Maintenant qu'elle est morte, cela vaut peut-être mieux ainsi! Cendres pour cendres! Le passé a repris ce qui était à lui.

Ils ne rebâtirent point le village, ni la maison et, à leur retour, s'établirent à New-York.

Inutile d'ajouter qu'Ida ne laissa pas sa famille dans le besoin.

Paul prépare un livre sur l'immortalité comprise à sa manière. Jamais il n'a voulu admettre que M⁰ˢ Legrand l'eût mystifié.

— Il faut être un grand médium, dit-il, pour transformer le plus vague des rêves d'amour en une adorable réalité.

FIN.

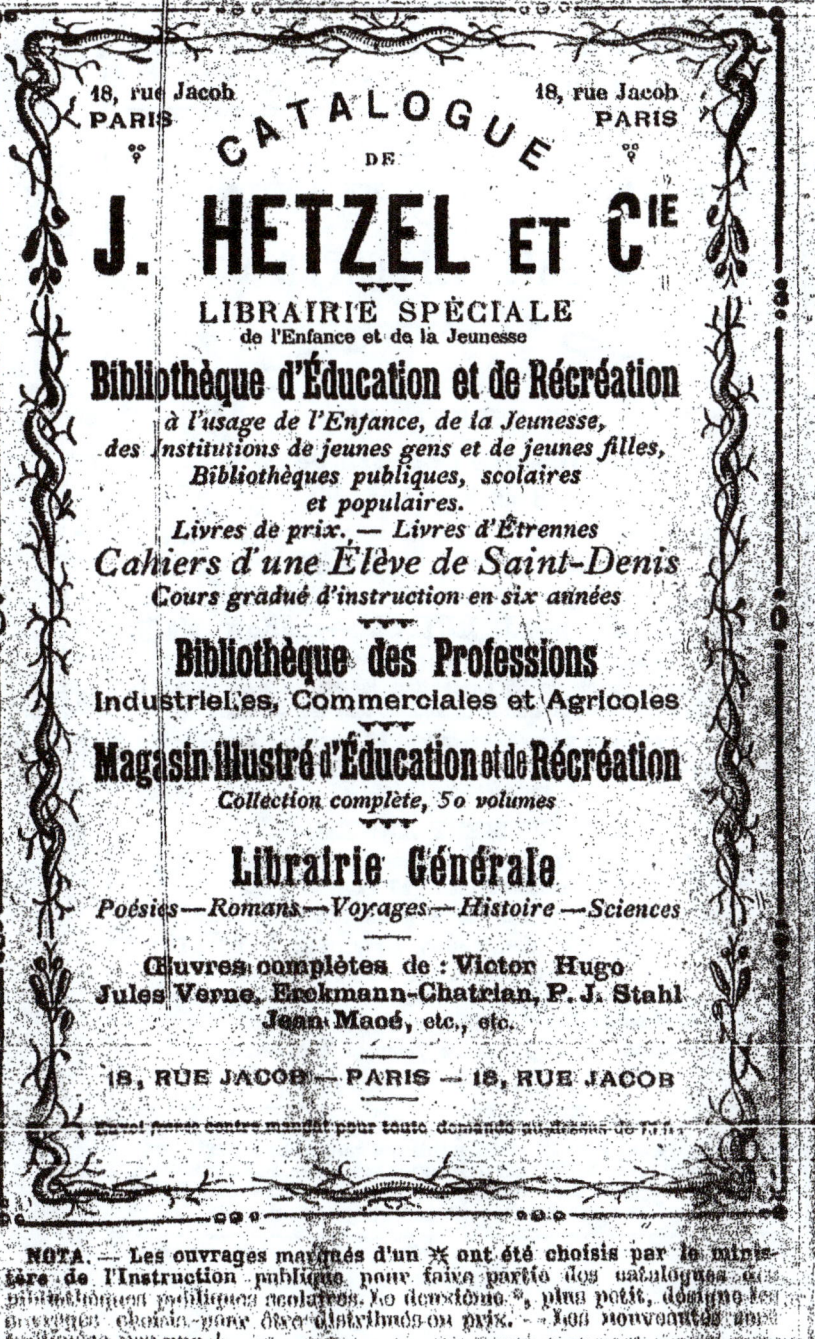

18, rue Jacob
PARIS

18, rue Jacob
PARIS

CATALOGUE
DE

J. HETZEL ET Cie

LIBRAIRIE SPÉCIALE
de l'Enfance et de la Jeunesse

Bibliothèque d'Éducation et de Récréation

*à l'usage de l'Enfance, de la Jeunesse,
des Institutions de jeunes gens et de jeunes filles,
Bibliothèques publiques, scolaires
et populaires.*

Livres de prix. — Livres d'Étrennes

Cahiers d'une Élève de Saint-Denis
Cours gradué d'instruction en six années

Bibliothèque des Professions
Industrielles, Commerciales et Agricoles

Magasin illustré d'Éducation et de Récréation
Collection complète, 5o volumes

Librairie Générale

Poésies — Romans — Voyages — Histoire — Sciences

Œuvres complètes de : Victor Hugo
Jules Verne, Erckmann-Chatrian, P. J. Stahl
Jean Macé, etc., etc.

18, RUE JACOB — PARIS — 18, RUE JACOB

Envoi franco contre mandat pour toute demande au-dessus de fr. 1.

NOTA. — Les ouvrages marqués d'un ✳ ont été choisis par le ministère de l'Instruction publique pour faire partie des catalogues des
bibliothèques publiques scolaires. Le deuxième ✳, plus petit, désigne les
ouvrages choisis pour être distribués en prix. — Les nouveautés ont
.... une ....

2   J. HETZEL ET Cⁱᵉ, 18, RUE JACOB

SEUL JOURNAL COURONNÉ
PAR L'ACADÉMIE FRANÇAISE

50 vol. °MAGASIN ILLUSTRÉ 50 vol.

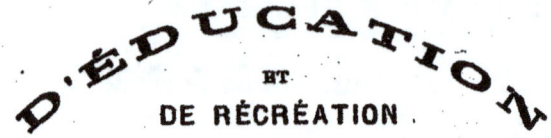

ET

DE RÉCRÉATION

et Semaine des Enfants, réunis

Journal de toute la famille

Encyclopédie morale de l'Enfance et de la Jeunesse

FONDÉ PAR **P. J. STAHL**

DIRIGÉ PAR

JULES VERNE — J. HETZEL — JEAN MACÉ

AVEC LE CONCOURS DES ÉCRIVAINS, SAVANTS ET ARTISTES LES PLUS RÉPUTÉS

Il paraît une livraison de 32 pages tous les quinze jours, depuis le
20 mars 1864; soit un beau volume tous les six mois.

Les 50 volumes parus contiennent 95 grands ouvrages,
1,100 contes et articles divers, et environ 5,750 gravures de nos
premiers artistes.

ABONNEMENT ANNUEL
Paris : 14 fr. — Départements : 16 fr.

UNION POSTALE : 17 FR.

Les abonnements partent du 1ᵉʳ janvier ou du 1ᵉʳ juillet.

Volume br., 7 fr.; cart. toile, tr. dor, 10 fr.; rel., tr. dor., 12 fr.

COLLECTION COMPLÈTE : 50 VOLUMES

Brochés : **350** fr.; cart. toile, tr. dor. : **500** fr.; reliés, tr. dor. : **600** fr.

Les tomes I à X forment une série complète.
Les tomes XI à XLVI en forment une seconde.

Sous presse : Tomes LI et LII

COLLECTION COMPLÈTE
DES CINQUANTE VOLUMES DU
MAGASIN D'ÉDUCATION
ET DE RÉCRÉATION
FONDÉ PAR P. J. STAHL
DIRIGÉ PAR JEAN MACÉ — J. HETZEL — JULES VERNE

Les cinquante volumes illustrés parus du *Magasin d'E-ducation et de Récréation* constituent à eux seuls toute une bibliothèque de l'enfance et de la jeunesse. L'examen du catalogue général du *Magasin*, que nous tenons toujours à la disposition des parents, leur montrera que les œuvres principales, et pour ainsi dire complètes, de JULES VERNE, de P. J. STAHL, de JULES SANDEAU, de E. LEGOUVÉ, d'EGGER, de J. MACÉ, de L. BIART, d'ANDRÉ LAURIE et de bien d'autres ; que les plus heureuses séries de dessins de FRŒLICH, FROMENT, GEOFFROY, et d'un grand nombre d'artistes éminents, écrites ou dessinées avec un soin scrupuleux, à l'usage spécial de la jeunesse et de la famille, sont contenues dans ces volumes.

Cette collection grand in-8° représente par le fait la matière de plus de cent cinquante volumes in-18 ordinaires. Elle est en outre illustrée de plus de cinq mille sept cents dessins, créés expressément pour le *Magasin d'Éducation*.

Le *Magasin d'Éducation* s'est tenu avec soin en dehors de ce qu'on appelle l'actualité, dont l'intérêt passe et vieillit, pour ne laisser entre les mains de ses lecteurs que des œuvres d'un intérêt durable et permanent. Les premiers volumes, à ce titre, présentent donc un intérêt égal aux derniers, et offrir aux enfants les premières années, s'ils ne les connaissent pas, leur assure des lectures aussi agréables que si on leur donnait les dernières.

*LES TOMES I à XXX
RENFERMENT COMME ŒUVRES PRINCIPALES

Les Aventures du Capitaine Hatteras, Les Enfants du Capitaine Grant, Vingt mille lieues sous les mers, Aventures de trois Russes et de trois Anglais, Le Pays des Fourrures, L'île mystérieuse, Michel Strogoff, Hector Servadac, Les Cinq cents millions de la Bégum, de Jules VERNE. — La Morale familière, Les Contes anglais, La Famille Chester, L'Histoire d'un Ane et de deux jeunes Filles, Une Affaire difficile à arranger, Maroussia, Un Pot de crème pour deux, de P. J. STAHL. — La Roche aux Mouettes, de Jules SANDEAU. — Le Nouveau Robinson Suisse, de STAHL et MULLER. — Romain Kalbris, d'Hector MALOT. — Histoire d'une Maison, de VIOLLET-LE-DUC. — Les Serviteurs de l'Es-

tomac, Le Géant d'Alsace, Le Gulf-Stream, etc., de Jean MACÉ. — Le
Denier de la France, La Chasse, Le Travail et la Douleur, A Madame la
Reine, La Fée Béquillette, Un premier Symptôme, Sur la Politesse, Lettre
à Mˡˡᵉ Lili, etc., de E. LEGOUVÉ. — Le Livre d'un Père, de Victor DE LA-
PRADE. — La Jeunesse des Hommes célèbres, de MÜLLER. — Aventures
d'un jeune Naturaliste, Entre Frères et Sœurs, Voyages et Aventures de
deux enfants dans un parc, Les Voyages involontaires, de Lucien BIART. —
Causeries d'Économie pratique, de Maurice BLOCK. — La Justice des choses,
de Lucie B***. — Les Aventures d'un Grillon, La Gileppe, par le docteur
CANDÈZE. — Vieux Souvenirs, Départ pour la Campagne, Bébé aime le rouge,
etc., de Gustave DROZ. — Le Pacha berger, par E. LABOULAYE. — La Musique
au foyer, par LACOME. — Histoire d'un Aquarium, Les Clients d'un vieux
Poirier, de E. VAN BRUYSSEL. — Le Chalet des Sapins, de Prosper CHAZEL. —
L'Odyssée de Pataud et de son chien Fricot, de P. J. STAHL et CHAM. —
Le petit Roi, de S. BLANDY. — L'Ami Kips, de G. ASTON. — La Gram-
maire de Mˡˡᵉ Lili, de Jean MACÉ. — Histoire de mon Oncle et de ma
Tante, par A. DEQUET. — L'Embranchement de Mugby, Histoire de
Bebelle, Une lettre inédite, Septante fois sept, de Ch. DICKENS, etc., etc.
— Les petites Sœurs et petites Mamans, Les Tragédies enfantines, Les
Scènes familières et autres séries de dessins, par FRŒHLICH, FROMENT,
DETAILLE; textes de STAHL, etc., etc.

♦ TOMES XXXI à L

La Maison à vapeur, La Jangada, L'École des Robinsons, Kéraban-
le-Têtu, L'Étoile du Sud, Un Billet de Loterie, Nord contre Sud, Deux
ans de Vacances, Famille sans Nom, par JULES VERNE. — L'Épave du
Cynthia, par Jules VERNE et André LAURIE. — Leçons de Lecture, Une
Élève de seize ans, par E. LEGOUVÉ. — Les Quatre filles du docteur
Marsch, La Première Cause de l'avocat Juliette, Jack et Jane, La Petite
Rose, par P. J. STAHL. — La Vie de collège en Angleterre, Mémoires d'un
Collégien, Une année de collège à Paris, L'Héritier de Robinson, Le Ba-
chelier de Séville, De New-York à Brest, Mémoires d'un Collégien russe,
par André LAURIE. — Jean Casteyras, par BADIN. — Périnette, par le
Dʳ CANDÈZE. — Les Pupilles de l'Oncle Philibert, par BLANDY. — Le Théâtre
de famille, La petite Louisette, Marchand d'Allumettes, par GENNEVRAYE.
— Les jeunes Filles de Quinnebasset, L'Aînée, par J. LERMONT. — Blan-
chette, par B. VADIER. — Les Mines de Salomon, par RIDDER-Haggard.
— Marco et Tonino, Les Pigeons de St-Marc, Un Petit Héros, Les
Grottes de Plémont, par M. GÉNIN. — Boulotte, par S. AUSTIN. — Le
livre de Trotty, par CRÉTIN-LEMAIRE. — Les Lunettes de grand'maman,
Pas pressé, par PERRAULT. — La Patrie avant tout, par E. DRÉNY.
Les deux côtés du mur, Les Douze, par BERTIN. — Travailleurs et
Malfaiteurs microscopiques, par I. A. REY. — Voyage d'une fillette au
pays des étoiles, par GOUZY. — Voyage au pays des défauts, par M. BER-
TIN. — La Poupée de Mˡˡᵉ Lili, Pierre et Paul, Les petits Bergers,
Une Grande journée, Plaisirs d'hiver, Albums, texte par STAHL. Un
Papa, etc. — Contes et Nouvelles, par STAHL, LEGOUVÉ, C. LEMONNIER,
LERMONT, BERTZON, DUPIN DE SAINT-ANDRÉ, NICOLE, KARMCFEN, BLANDY,
BÉNÉDICT, BERTHE VADIER, SPARK, TOLSTOÏ, etc.

BIBLIOTHÈQUE D'ÉDUCATION

ET

DE RÉCRÉATION

VOLUMES ILLUSTRÉS

ŒUVRES COMPLÈTES
parues :
31 VOLUMES
Brochés. 273 »
Toile... 366 »
Reliés.. 426 »

JULES VERNE

(ŒUVRES COMPLÈTES)

ŒUVRES COMPLÈTES
parues :
31 VOLUMES
Brochés. 273 »
Toile... 366 »
Reliés.. 426 »

Voyages Extraordinaires

— COURONNÉS PAR L'ACADÉMIE —

TRÈS BELLE ÉDITION GRAND IN-8° ILLUSTRÉE

Cinq Semaines en Ballon, 80 dessins par RIOU. 1 volume, cartonné toile, 6 fr.; broché.................. 4 50

Voyage au Centre de la Terre, 56 dessins par RIOU. 1 volume, cartonné toile, 6 fr.; broché.... 4 50

Ces deux ouvrages réunis en un seul volume. Relié, tr. dor., 14 fr.; toile, tr. dor., 12 fr.; broché .... 9 »

Les Aventures du capitaine Hatteras, 261 dessins par RIOU. 1 vol. Relié, 14 fr.; cartonné toile, 12 fr.; broché .... 9 »

Vingt mille lieues sous les Mers, 111 dessins par DE NEUVILLE. 1 vol. Relié, 14 fr.; cartonné toile, 12 fr.; broché .... 9 »

Les Enfants du capitaine Grant (VOYAGE AUTOUR DU MONDE), 177 dessins par RIOU. 1 vol. Relié, 15 fr.; cartonné toile, 13 fr.; broché........ 10 »

L'Ile mystérieuse, 154 dessins par FÉRAT. 1 vol. Relié, 15 fr.; cartonné toile, 13 fr.; broché..... 10 »

De la Terre à la Lune, 43 dessins par DE MONTAUT. 1 vol. Cartonné toile, 6 fr.; broché.......... 4 50

Autour de la Lune (suite de la TERRE A LA LUNE), 45 dessins par Émile BAYARD et DE NEUVILLE. 1 vol. Toile, tranches dorées, 6 fr.; broché.... 4 50

Ces deux ouvrages réunis on un seul volume. Relié, tranches dorées, 14 fr.; toile, tranches dorées, 12 fr.; broché .... 9 »

❋***Aventures de trois Russes et de trois Anglais**, 52 dessins par FÉRAT. 1 vol. Toile, 6 fr.; broché. . .   4 50

❋***Une Ville flottante**, suivie des FORCEURS DE BLOCUS. 44 dessins par FÉRAT. 1 vol. Toile, tranches dorées, 6 fr.; broché 4 50
> Ces deux ouvrages réunis en un seul volume: Relié, tranches dorées, 14 fr.; toile, tranches dorées, 12 fr.; broché. . . . . . .   9 »

❋***Le Pays des Fourrures**, 105 dessins par FÉRAT et DE BEAUREPAIRE. 1 vol. Relié, 14 fr.; toile, 12 fr.; broché. . . . .   9 »

❋***Les Indes-Noires**, 45 dessins par FÉRAT. 1 vol. Cartonné toile, tr. dorées, 6 fr.; broché 4 50

❋***Le Chancellor**, 58 dessins par RIOU et FÉRAT. 1 vol. Cartonné toile, tr. dorées, 6 fr.; broché. . . .   4 50
> Ces deux ouvrages réunis en un seul volume. Relié, 14 fr.; toile, 12 fr.; broché . . . .   9 »

❋***Le Tour du Monde en 80 jours**, 80 dessins par DE NEUVILLE et L. BENETT. 1 vol. Toile, tranches dorées, 6 fr.; broché 4 50

❋***Le Docteur Ox**, 58 dessins par SCHULER, BAYARD, FRŒLICH, MARIE. 1 vol. Cart. toile, 6 fr.; broché.. .   4 50
> Ces deux ouvrages réunis en un seul volume. Relié, tr. dorées, 14 fr.; toile, tr. dor., 12 fr.; broché . . . .   9 »

❋***Michel Strogoff**, 95 dessins par FÉRAT. 1 vol. Relié, tranches dorées, 14 fr.; toile, 12 fr.; broché . . . .   9 »

❋***Hector Servadac** (voyages et aventures à travers le monde solaire). 100 dessins par PHILIPPOTEAUX. 1 vol. Relié, 14 fr.; toile, 12 fr.; broché. . . . . .   9 »

❋***Un Capitaine de 15 ans**, 93 dessins par MEYER. 1 v. Relié, tr. dorées, 14 fr.; toile, tr. dorées, 12 fr.; broché   9 »

***Les Cinq cents millions de la Bégum**, 48 dessins par BENETT. 1 vol. Cartonné toile, 6 fr.; broché   4 50

❋***Les Tribulations d'un Chinois en Chine**, 52 dessins par BENETT. 1 vol. Carton., toile, 6 fr.; broché.   4 50
> Ces deux ouvrages réunis en un seul volume. Relié, tr. dorées, 14 fr.; toile, tr. dorées, 12 fr.; broché. . . . .   9 »

❋***La Maison à vapeur**, 101 dessins par BENETT. 1 vol. Relié, tr. dorées, 14 fr.; toile, tr. dorées, 12 fr.; broché   9 »

***La Jangada** (HUIT CENTS LIEUES SUR L'AMAZONE), 95 dessins par BENETT. 1 vol. Relié, 14 fr.; toile, 12 fr.; broché.. . . . .   9 »

L'École des Robinsons, 51 dessins par BENETT. 1 vol. Cart. toile, tr. dorées, 6 fr.; broché. 4 50

Le Rayon vert, 44 dessins par BENETT. 1 vol. Cartonné toile, 6 fr.; broché. 4 50
> Ces deux ouvrages réunis en un seul volume. Relié, tr. dorées, 14 fr.; toile, tr. dorées, 12 fr.; broché . . . .   9 »

***Kéraban-le-Têtu**, 101 dessins par BENETT. 1 vol. Relié, 14 fr.; cartonné toile, 12 fr.; broché. . . . .   9 »

*L'Étoile du Sud (Voyage au pays des Diamants), 63 dessins par BENETT. 1 vol. Toile, tr. dorées, 6 fr.; broché.   4 50

*L'Archipel en feu, 51 dessins par BENETT. 1 vol. Toile, tr. dorées, 6 fr.; broché. 4 50

    Ces deux ouvrages réunis en un seul volume. Prix : Relié, tranches dorées, 14 fr.; toile, tranches dorées, 12 fr.; broché. . .   9 »

*Mathias Sandorf, 113 dessins par BENETT. 1 vol. Relié, tr. dorées, 15 fr.; toile, tr. dorées, 13 fr.; broché   10 »

Le Billet de Loterie, 42 dessins par ROUX. 1 vol. Toile, 6 fr.; broché. 4 50

Robur-le-Conquérant, 45 dessins par BENETT. 1 vol. Toile, 6 fr.; broché 4 50

    Ces deux ouvrages réunis en un seul volume. Prix : Relié, 14 fr.; toile, 12 fr.; broché . . . .   9 »

*Nord contre Sud, 86 dessins par BENETT. 1 vol. Relié, 14 fr.; cartonné toile, 12 fr.; broché. . . .   9 »

Deux ans de Vacances, 90 dessins de BENETT. 1 vol. Relié, 14 fr.; cartonné toile, 12 fr.; broché.   9 »

*Le Chemin de France, 42 dessins par ROUX. 1 vol. Cartonné toile, 6 fr.; broché. 4 50

†Sans dessus dessous, 36 dessins par ROUX, 1 v. Cartonné toile, 6 fr.; broché. 4 50

    Ces deux ouvrages réunis en un seul volume. Prix : relié, 14 fr.; cartonné toile, 12 fr.; broché. . . . .   9 »

†Famille sans Nom, 82 dessins par TIRET-BOGNET. 1 vol. Relié, 14 fr.; cartonné toile, 12 fr.; broché. .   9 »

La Découverte de la Terre :

※*Les premiers Explorateurs, 117 dessins et cartes par PHILIPPOTEAUX, BENETT, 1 vol. Relié, tranches dorées, 12 fr.; toile, tr. dorées, 10 fr.; broché. . . .   7 »

※*Les grands Navigateurs du XVIIIᵉ siècle, 116 dessins et cartes par P. PHILIPPOTEAUX et MATTHIS. 1 vol. Relié, tr. dorées, 12 fr.; toile, tr. dorées, 10 fr.; broché. . . . .   7 »

※*Les Voyageurs du XIXᵉ siècle, 108 dessins et cartes par BENETT. 1 vol. Relié, tr. dorées, 12 fr.; toile, tr. dorées, 10 fr.; broché . . . .   7 »

JULES VERNE & D'ENNERY. Les Voyages au Théâtre, 65 dessins par BENETT et MEYER. 1 vol. Relié, tr. dorées, 11 fr.; toile, tr. dorées, 10 fr.; broché   7 »

JULES VERNE & ANDRÉ LAURIE. L'Épave du Cynthia, 26 dessins par ROUX. 1 vol. Relié, tr. dorées, 11 fr.; toile, tr. dorées, 10 fr.; broché. . . . .   7 »

J. VERNE & TH. LAVALLÉE. ※*Géographie illustrée de la France et de ses Colonies. Édition revue et complétée par DUBAIL. 108 grav. par CLERGET et RIOU, et 100 cartes . 1 vol. grand in-8°. Relié, 15 fr.; cart. toile, 13 fr.; broché. . . . .   10 »

VOLUMES ILLUSTRÉS, GRAND IN-8° RAISIN

Chaque volume relié, tranches dorées, 11 fr. Toile, tranches dorées, 10 fr. Broché, 7 fr.

BADIN (AD.). *Jean Casteyras, illustré par BENETT. 1 vol.
BÉNÉDICT. La Madone de Guido Reni, illustré
   par ADRIEN MARIE. . . . . 1 »
BENTZON (TH.). Contes de tous les Pays, illus-
   tré par GEOFFROY, DELORT, etc. . . . . 1 »
BIART (LUCIEN). *Les Voyages involontaires :*
   ✳*Monsieur Pinson, illustré par H. MEYER . . . . . 1 »
   *La Frontière indienne, illustré par H. MEYER. 1 »
   ✳*Le Secret de José, illustré par H. MEYER. . . 1 »
   *Lucia, illustré par H. MEYER. . . . . 1 »
BLANDY (S.). ✳*Le petit Roi, illustré par BAYARD. 1 »
  —— L'Oncle Philibert, illustré par ADRIEN MARIE 1 »
  —— Fils de Veuve, illustré par GEOFFROY. . . . . 1 »
Mᵐᵉ B. BOISSONNAS. ✳*Une Famille pendant
   la guerre 1870-71*(ouvr. couronné par l'Académie
   française)*, illustré par P. PHILIPPOTEAUX. . . . . . 1 »
BRÉHAT (ALFRED DE). ✳Les Aventures d'un
   petit Parisien, illustré par MORIN. . . 1 »
CANDÈZE (Dʳ). ✳*La Gileppe, ill. par C. RENARD. . 1 »
   ✳*Aventures d'un Grillon, ill. par C. RENARD. 1 »
  —— *Périnette. *Aventures surprenantes de cinq
   moineaux*, illustré par B. JECKER. . . . . 1 »
CAUVAIN (HENRI). *Le Grand Vainou, illustré par
   MAILLART. 1 »
DAUDET (ALPHONSE). Histoire d'un Enfant
   (le *Petit Chose*), édition spéciale à la jeunesse,
   illustré par P. PHILIPPOTEAUX. . . . . 1 »
  —— Contes choisis. *(Édition spéciale à l'usage de
   la jeunesse)*, illustrés par BAYARD et A. MARIE . . . 1 »
DESNOYERS (LOUIS). *Aventures de Jean-Paul
   Choppart, illustré par GIACOMELLI et CHAM. . . . . 1 »
DUPIN DE SAINT-ANDRÉ. † Ce qu'on dit à la
   Maison, illustré par GEOFFROY. . . . . 1 »
GENNEVRAYE. Théâtre de famille, illustré par
   GEOFFROY. 1 »
  —— La petite Louisette, illustré par AD. MARIE. 1 »
  —— † Marchand d'Allumettes, illustré par GEOF-
   FROY . . . . 1 »

GRIMARD (ED.). *La Plante, illustré de nombreuses vignettes. . . . . 1 vol.

HUGO (VICTOR). ✳*Le Livre des Mères (les Enfants), la fleur des poésies de Victor Hugo ayant trait à l'enfance, illustré par FROMENT. . . . . 1 »

LAPRADE (VICTOR DE). ✳Le Livre d'un Père, illustré par FROMENT. . . . . 1 »

LAURIE (ANDRÉ). *La Vie de Collège dans tous les Pays :*
—— ✳Mémoires d'un Collégien, illustré par GEOFFROY. . . . . 1 »
—— ✳✳La Vie de collège en Angleterre, illustré par PHILIPPOTEAUX. . . . . 1 »
—— ✳Une Année de collège à Paris, illustré par GEOFFROY. . . . . 1 »
—— Histoire d'un Écolier hanovrien, illustré par MAILLARD. . . . . 1 »
—— Tito le Florentin, illustré par ROUX. . . . . . 1 »
—— ✳Autour d'un Lycée japonais, illustré par FÉLIX REGAMEY. . . . . 1 »
—— Le Bachelier de Séville, illustré par ATALAYA 1 »
—— † Mémoires d'un Collégien russe, illustré par ROUX. . . . . 1 »

LAURIE (ANDRÉ). — *Les Romans d'Aventures :*
—— ✳L'Héritier de Robinson, illustré par BENETT. 1 »
—— ✳Le Capitaine Trafalgar, illustré par ROUX. . 1 »
—— † De New-York à Brest en 7 heures, illustré par RIOU. . . . . 1 »

LÉGOUVÉ (E.). La Lecture en famille, illustré par BENETT, GEOFFROY, TONY JOHANNOT, etc. . . . 1 »
—— ✳✳Nos Filles et nos Fils, illustré par PHILIPPOTEAUX. 1 »

LERMONT (J.). Les jeunes Filles de Quinnebasset, d'après Sophie May, illustré par DESTEZ. . . . . . 1 »

MACÉ (JEAN). ✳* Histoire d'une Bouchée de pain, illustrée par FRŒLICH. . . . . 1 »
—— ✳*Les Serviteurs de l'Estomac, illustré par FRŒLICH. . . . . 1 »
—— ✳*Les Contes du Petit-Château, illustré par BERTALL. . . . . 1 »
—— ✳Le Théâtre du Petit-Château, illustré par FROMENT. . . . . 1 »
—— *Histoire de deux petits Marchands de pommes (Arithmétique du Grand-Papa), illustrations de YAN'DARGENT. . . . . 1 »

MALOT (HECTOR). *Romain Kalbris, dessins de E. BAYARD. . . . . 1 »

MAYNE-REID. *Aventures de Terre et de Mer.*
Œuvre choisie. — Éditions adaptées pour la jeunesse.
—— ✳*Les Robinsons de terre ferme, illustré par
H. MEYER . . . . 1 vol.
—— ✳* William le Mousse, illustré par RIOU . . . 1 »
—— *Les jeunes Esclaves, illustré par RIOU . . . 1 »
—— ✳* Le Désert d'eau, illustré par BENETT . . . 1 »
—— *Les Naufragés de l'île de Bornéo, illustré
par FÉRAT . . . . 1 »
—— *La Sœur perdue, illustré par RIOU . . . . . 1 »
—— ✳*Les Planteurs de la Jamaïque, illustré
par FÉRAT . . . . 1 »
—— ✳* Les deux Filles du Squatter, illustré
par JOHN DAVIS . . . . 1 »
—— *Les jeunes Voyageurs, illustré par JOHN
DAVIS . . . . 1 »
—— *Les Chasseurs de Chevelures, illustré par
PHILIPPOTEAUX . . . . 1 »
—— ✳*Le petit Loup de Mer, illustré par BENETT. 1 »
—— Le Chef au bracelet d'or, illustré par BENETT. 1 »
—— Les Exploits des jeunes Boërs, illustré
par RIOU . . . . 1 »
—— *La Montagne perdue, illustré par RIOU . . . 1 »
—— Les Émigrants du Transwaal, illustré par
RIOU . . . . 1 »
—— *La Terre de Feu, illustré par RIOU . . . . . 1 »
MULLER (EUGÈNE). ✳*La Jeunesse des Hommes
célèbres, illustrations par BAYARD . . . . 1 »
—— *Les Animaux célèbres, illustré par GEOF-
FROY . . . . 1 »
RATISBONNE (LOUIS). ✳* La Comédie enfantine
(couronné par l'Académie française), illustré par
FROMENT et DE GOBERT . . . . 1 »
RIDER-HAGGARD. Découverte des Mines du Roi
Salomon (adaptation par C. LEMAIRE), illustré par
RIOU . . . . 1 »
SAINTINE (X. B.). ✳* Picciola, 47e édition, illustré
par FLAMENG. . . . . 1 »
SANDEAU (J.). ✳* La Roche aux Mouettes,
illustré par BAYARD et FÉRAT . . . . 1 »
—— Madeleine, illustré par BAYARD. . . . . . . 1 »
—— Mlle de la Seiglière, illustré par BAYARD . . . 1 »
SAUVAGE (ÉLIE). La petite Bohémienne, illus-
tré par FRŒLICH . . . . 1 »
SÉGUR (LE COMTE ANATOLE DE). Fables,
illustrées par FRŒLICH . . . . 1 »

P. J. STAHL. ✳*Contes et Récits de Morale familière *(couronné par l'Acad. française)*, illustré . . . . 1 vol.

—— ✳*Histoire d'un Ane et de deux jeunes Filles *(couronné par l'Académie française)*. Vignettes par TH. SCHULER. . . . . 1 »

—— ✳*Les Patins d'argent (Histoire d'une famille hollandaise) *(couronné par l'Acad. française)*, d'après MAPES DODGE, ill. par Th. SCHULER... 1 »

—— ✳*Maroussia *(ouvrage couronné par l'Académie française)*, d'après MARKOVOHZOG, illustré par Th. SCHULER. . . . . 1 »

—— ✳Les Histoires de mon Parrain, illustré par FROELICH . . . . 1 »

—— ✳Les quatre Filles du docteur Marsch, illustré par A. MARIE. . . . . 1 »

—— *Les quatre Peurs de notre général *(couronné par l'Académie française)*, illustré par BAYARD et A. MARIE . . . . 1 »

P. J. STAHL ET J. LERMONT. *Jack et Jane, illustré par GEOFFROY. . . . . 1 »

—— La petite Rose, ses six tantes et ses sept cousins, illustré par DESTEZ. . . . . 1 »

STEVENSON. ✳*L'Ile au Trésor, trad. par A. LAURIE, illustré par ROUX. . . . . 1 »

LOUIS DU TEMPLE, CAPITAINE DE FRÉGATE. *Les Sciences usuelles et leurs applications mises à la portée de tous. 1 vol. gr. in-8 orné de 300 fig. 1 »

—— ✳*Communications et transmissions de la pensée, orné de 180 fig. . . . . 1 »

TOLSTOÏ (COMTE L.). L'Enfance et l'Adolescence, illustré par BENETT. . . . . 1 »

ULBACH (LOUIS). Le Parrain de Cendrillon, illustré par Emile BAYARD. . . . . 1 »

VERNE (JULES) & D'ENNERY. Les Voyages au Théâtre, 65 dessins par BENETT et MYER. . . . . 1 »

VERNE (JULES) & ANDRÉ LAURIE. L'Épave du Cynthia, 26 dessins par ROUX. . . . . 1 »

VIOLLET-LE-DUC. ✳*Histoire d'un Dessinateur, texte et dessins par VIOLLET-LE-DUC. . . . . . 1 »

—— ✳*Histoire d'une Maison. Texte et dessins par VIOLLET-LE-DUC. . . . . 1 »

VOLUMES ILLUSTRÉS GRAND IN-8° RAISIN et JÉSUS

Chaque volume relié, tranches dorées, 14 fr. Toile, tranches dorées, 12 fr. Broché, 9 fr.

BIART (LUCIEN). **Aventures d'un jeune Naturaliste**, illustré de 156 dessins par BENETT . . . . . 1 vol.

BLANDY (S.). **Les Épreuves de Norbert**, illustré par A. BORGET et BENETT. . . . . 1 »

FLAMMARION (CAMILLE). **Histoire du Ciel.** Nombreuses gravures et une carte sidérale par BENETT. . 1 »

GRIMARD (ED.). ***Le Jardin d'Acclimatation** (*Le Tour du Monde d'un naturaliste*), illustré de nombreux dessins par BENETT, LALLEMAND, etc. . . . . 1 »

DE MEISSAS (L'ABBÉ). **Histoire Sainte**, Ancien et Nouveau Testament, vignettes par G. SÉGUIN . . 1 »

P. J. STAHL ET MULLER. **Le nouveau Robinson Suisse**, revu et traduit par P. J. STAHL et MULLER, mis au courant de la science moderne par JEAN MACÉ, environ 150 dessins de YAN'DARGENT. 1 »

VIOLLET-LE-DUC. ***Histoire d'une Forteresse.** Texte et dessins par VIOLLET-LE-DUC. . . . . . . 1 »

—— ***Histoire de l'Habitation humaine.** Texte et dessins par VIOLLET-LE-DUC. . . . . 1 »

—— ***Histoire d'un Hôtel de ville et d'une Cathédrale.** Texte et dessins par VIOLLET-LE-DUC. 1 »

VOLUMES ILLUSTRÉS GRAND IN-8° JÉSUS

Chaque volume relié, tranches dorées, 15 fr. Toile, tranches dorées, 13 fr. Broché, 10 fr.

BIART (L.). **Don Quichotte**, édition spéciale à la jeunesse, illust. de 316 dessins par TONY JOHANNOT. 1 vol.

CLÉMENT (CHARLES). ***Michel-Ange.—Raphaël. — Léonard de Vinci**, illustré de 167 dessins d'après les grands maîtres. . . . . 1 »

LA FONTAINE. **Fables**, illustrées de 115 grandes compositions d'EUGÈNE LAMBERT. . . . . 1 »

LAURIE (ANDRÉ). **Les Exilés de la Terre** (*Selene Company Limited*), illustré par ROUX. . . . . . . 1 »

MALOT. **Sans Famille**, *couronné par l'Académie Française*, illustré de 109 dessins par E. BAYARD . 1 »

MOLIÈRE. **Œuvres complètes**, Préface de SAINTE-BEUVE, illustrées de 630 dessins par TONY JOHANNOT.

J. VERNE & TH. LAVALLÉE. ***Géographie illustrée de la France et de ses Colonies.** Nouvelle édition revue et complétée par DUBAIL. 108 gravures par CLERGET et RIOU, et 100 cartes . . . . 1 »

PETITE BIBLIOTHÈQUE BLANCHE
VOLUMES ILLUSTRÉS GRAND IN-16

1 FR. 50 BROCHÉS. — **2 FR.** CARTONNÉS TOILE, TRANCHES DORÉES

AUSTIN (S.). **Boulotte** . . . . **1** vol.
BAUDE (L.). **Mythologie de la Jeunesse** . . . . . **1** »
BERTIN (M.). **Les deux côtés du mur** . . . . . **1** »
———— ***Voyage au pays des défauts** . . . . **1** »
———— **Les Douze** . . . . **1** »
BIGNON. **Un singulier petit homme** . . . . **1** »
DE LA BÉDOLLIÈRE. ***Histoire de la Mère**
  Michel et de son Chat . . . . **1** »
CHAZEL (PROSPER). **Riquette** . . . . **1** »
CHERVILLE. **Histoire d'un trop bon Chien** . . . . **1** »
CRETIN (E. M.). **Le Livre de Trotty** . . . . . . **1** »
DEVILLERS. **Les Souliers de mon Voisin** . . . . **1** »
CH. DICKENS. **L'Embranchement de Mugby** . **1** »
DIENY. ***La Patrie avant tout** . . . . **1** »
A. DUMAS. **La Bouillie de la Comtesse Berthe** . **1** »
DURAND (H.) **Histoire d'une bonne aiguille** . . . **1** »
OCTAVE FEUILLET. **La Vie de Polichinelle** . **1** »
GÉNIN (M.). **Le petit Tailleur Bouton** . . . . . **1** »
———— **Maroo et Tonino** . . . . **1** »
———— ***Les Pigeons de Saint-Marc** . . . . **1** »
———— ***Un petit Héros** . . . . **1** »
———— **†Les Grottes de Plémont. Pain d'Épice** **1** »
GENNEVRAYE. **Petit Théâtre de famille** . . . . **1** »
GOZLAN (L.). **Aventures du prince Chènevis** . **1** »
KARR (ALPHONSE). **Les Fées de la Mer** . . . . **1** »
LACOME (P.). **La Musique en famille** . . . . . **1** »
LOCKROY (S.). **Les Fées de la Famille** . . . . . **1** »
LEMOINE. **La Guerre pendant les vacances** . **1** »
LEMONNIER (C.). **Bébés et Joujoux** . . . . . . **1** »
———— ***Histoire de huit Bêtes et d'une Poupée** **1** »
MULLER. **Récits enfantins** . . . . **1** »
P. DE MUSSET. **M. le Vent et Mᵐᵉ la Pluie** . . . . **1** »
NODIER (CH.). **Trésor des fèves et fleur des pois** . **1** »
NOEL (EUGÈNE). **La Vie des Fleurs** . . . . . . **1** »
E. OURLIAC. **Le Prince Coqueluche** . . . . . . **1** »
PERRAULT. ***Les Lunettes de grand'maman** . . **1** »
SAND (G.). **Histoire du véritable Gribouille** . . . **1** »
SPARCK (L.) † **Fabliaux, Paraboles** . . . . . . **1** »
P. J. STAHL. **Les Aventures de Tom Pouce** . . **1** »
VAN BRUYSSEL. ❋ **Les Clients d'un vieux**
  Poirier . . . . **1** »
JULES VERNE. ❋ ***Un Hivernage dans les glaces** . **1** »
———— **Christophe Colomb** . . . . . **1** »
VIOLLET-LE-DUC. ***Le Siège de la Rochepont** . **1** »

BIBLIOTHÈQUE DES JEUNES FRANÇAIS
VOLUMES GRAND IN-16
1 FR. 50 BROCHÉS. — 2 FR. CARTONNÉS TOILE, TRANCHES JASPÉES

BLOCK (Maurice)... ☀'Petit Manuel d'Économie pratique (ouv. cour.).
Entretiens familiers sur l'administration de notre pays :
—   La France .... 1 v.
—   Le Département. .... 1 v.
—   La Commune .... 1 v.
  (Ouvrages adoptés par les conférences cantonales d'instituteurs
et les commissions départementales, et compris dans la circulaire minis-
térielle du 17 novembre 1883.)

BLOCK. Paris. Organisation municipale, 1 vol. — Paris. Institutions
administratives, 1 vol. — Le Budget, 1 vol. — L'Impôt, 1 vol. —
L'Industrie, 1 vol. — L'Agriculture, 1 vol. — Le Commerce, 1 vol.
ERCKMANN-CHATRIAN.   Avant 89 (illustré).
GUICHARD (V.)....   'Conférences sur le Code civil.
LECOMTE (Maxime)..   La Vocation d'Albert.
J. MACÉ ....   La France avant les Francs (illustré).
PONTIS ....   Petite Grammaire de la prononciation.

Prix — Étrennes — Bibliothèques populaires — etc.

4 Fr.   **3 Fr.**
Cartonné   Broché

BIBLIOTHÈQUE D'ÉDUCATION et de RÉCRÉATION

VOLUMES IN-18 ILLUSTRÉS
Brochés, 3 fr. — Cartonnés toile, tranches dorées, 4 fr.

ALDRICH .... ☀Un Écolier américain. .... 1 v.
ALONE ....   Autour d'un Lapin blanc. .... 1 v.
ANQUEZ. .... ☀'Histoire de France. .... 1 v.
ASTON (G.) .....   'L'Ami Kips. .... 1 v.
AUDEVAL.. ......   Michel Kagenet .... 1 v.
AUDOYNAUD.. .... ☀'Entretiens sur la Cosmographie ... 1 v.
BADIN. ....   'Jean Casteyras. .... 1 v.
BENEDICT. ......   †La Madone de Guido-Reni ..... 1 v.
                  Pierre Casse-Cou. .... 1 v.
BENTZON. ......   Yette. .... 1 v.
BERTRAND (Alex.) . ☀'Lettres sur les révolutions du globe. ... 1 v.
BIART (Lucien). .. ☀'Aventures d'un jeune Naturaliste. ..... 1 v.
—   ☀'Entre Frères et Sœurs .... 1 v.
—   ☀'Monsieur Pinson. .... 1 v.
—   Voyages   'La Frontière indienne. .... 1 v.
—   involontaires   ☀'Le Secret de José. .... 1 v.
—   'Lucia Avila. .... 1 v.
                  'Voyage et Aventures de deux enfants dans
                     un parc. .... 1 v.

BLANDY (S.)	❋'Le petit Roi..	1 v.
—	❋'Les Épreuves de Norbert	1 v.
—	† L'Oncle Philibert	1 v.
BOISSONNAS (B.). .	❋'Une Famille pendant la guerre 1870-71	
	(*ouv. cour.*)	1 v.
—	❋Un Vaincu.	1 v.
BRÉHAT (de).	❋'Aventures d'un petit Parisien	1 v.
—	❋'Aventures de Charlot.	1 v.
CANDÈZE (D^r). . .	❋'Aventures d'un Grillon.	1 v.
—	❋'La Gileppe.	1 v.
—	'Perinette.	1 v.
CAUVAIN	'Le grand Vaincu.	1 v.
CHAZEL (Prosper). . .	'Le Chalet des Sapins.	1 v.
CLÉMENT (Ch.). . . .	❋'Michel-Ange, Raphaël, L. de Vinci.	1 v.
DEQUET.	'Histoire de mon Oncle.	1 v.
DESNOYERS (Louis).	'Jean-Paul Choppart.	1 v.
ERCKMANN-CHATRIAN. ❋	'Le fou Yégof ou l'Invasion	1 v.
	Madame Thérèse.	1 v.
	Les États généraux (1789).	1 v.
— ❋'Histoire	La Patrie en danger (1792).	1 v.
— d'un Paysan	L'An I de la République (1793).	1 v.
—	Le Citoyen Bonaparte (1794-1815).	1 v.
FARADAY (M.) . . . . ❋	'Histoire d'une Chandelle.	1 v.
FATH (G.)	Un drôle de Voyage	1 v.
FONT-RÉAULX (de) .	†Les Canaux.	1 v.
FOUCOU	'Histoire du Travail.	1 v.
GÉNIN.	La Famille Martin.	1 v.
GENNEVRAYE.	Théâtre de Famille.	1 v.
	La Petite Louisette.	1 v.
GOUZY	Voyage d'une Fillette au pays des Étoiles.	1 v.
	'Promenade d'une Fillette autour d'un Laboratoire.	1 v.
GRATIOLET (P.) . . . ❋	De la Physionomie.	1 v.
GRIMARD.	'Histoire d'une Goutte de sève.	1 v.
	'Le Jardin d'Acclimatation.	1 v.
HIRTZ (Mlle). . . . . ❋	'Méth. de Coupe et de Confection, 154 gr.	1 v.
IMMERMANN.	La Blonde Lisbeth.	1 v.
LAPRADE (V. de) . . .	'Le Livre d'un Père.	1 v.
LAURIE (André) . . ❋	'La Vie de collège en Angleterre	1 v.
La Vie de	Mémoires d'un Collégien.	1 v.
Collège	Une année de collège à Paris.	1 v.
dans tous	Un Écolier hanovrien.	1 v.
les Pays	Tito le Florentin.	1 v.
—	'Autour d'un Lycée japonais.	1 v.
—	†Le Bachelier de Séville.	1 v.
—	'L'Héritier de Robinson.	1 v.
—	'Le Capitaine Trafalgar.	1 v.
— Selene Company	'Le Nain de Rhadameh.	1 v.
limited	Les Naufragés de l'espace.	1 v.
LAVALLÉE (Th.). . .	Frontières de la France (*cour.*).	1 v.
LEGOUVÉ (E.) ❋'Les Pères et les En-	Enfance et Adolescence	1 v.
fants au xviiie siècle	La Jeunesse.	1 v.
—	❋Nos Filles et nos Fils.	1 v.
—	❋'L'Art de la lecture.	1 v.
LEMAIRE	Expériences de la petite Madeleine	1 v.
KERMONT.	†Les jeunes Filles de Quinnebasset.	1 v.
LOCKROY (Mme). . . .	Contes à mes Nièces.	1 v.
MACÉ (Jean).	'Arithmétique du Grand-Papa.	1 v.
— ❋	'Contes du Petit-Château.	1 v.
— ❋	'Histoire d'une Bouchée de Pain.	1 v.

Macé (Jean)	✳*Les Serviteurs de l'estomac	1 v.
Maury (commandant)	✳*Géographie physique	1 v.
—	✳*Le Monde où nous vivons	1 v.
Mayne-Reid	✳*William le Mousse	1 v.
—	*Les Jeunes Esclaves	1 v.
—	✳*Le Désert d'eau	1 v.
—	*Les Exploits des jeunes Boërs	1 v.
—	*Les Chasseurs de Girafes	1 v.
—	*Les Naufragés de l'île de Bornéo	1 v.
— Aventures	*La Sœur perdue	1 v.
— de Terre	✳*Les Planteurs de la Jamaïque	1 v.
— et	✳*Les deux Filles du Squatter	1 v.
— de Mer	*Les jeunes Voyageurs	1 v.
—	✳*Les Robinsons de Terre ferme	1 v.
—	*Les Chasseurs de Chevelures	1 v.
—	Le Chef au bracelet d'or	1 v.
—	✳Le petit Loup de mer	1 v.
—	*La Montagne perdue	1 v.
—	*La Terre de Feu	1 v.
—	Les Emigrants du Transwaal	1 v.
Muller (Eugène)	✳*Jeunesse des Hommes célèbres	1 v.
—	✳*Morale en action par l'histoire	1 v.
—	*Les Animaux célèbres	1 v.
Nodier (Ch.)	Contes choisis	2 v.
Noel (Eugène)	La Vie des Fleurs	1 v.
Parville (de)	Un Habitant de la planète Mars	1 v.
Ratisbonne (Louis)	✳*Comédie enfantine (ouv. cour.)	1 v.
Reclus (Élisée)	✳*Histoire d'un Ruisseau	1 v.
—	✳*Histoire d'une Montagne	1 v.
Renard	✳*Le Fond de la Mer	1 v.
Sandeau (Jules)	✳*La Roche aux Mouettes	1 v.
Siebecker (Édouard)	*Histoire de l'Alsace	1 v.
Silva (de)	Le Livre de Maurice	1 v.
Simonin	✳Histoire de la Terre	1 v.
Stahl (P. J.)	✳*Contes et Récits de Morale familière	1 v.

(*Ouvrage couronné* adopté par les conférences cantonales d'instituteurs et les commissions départementales, et compris dans la circulaire ministérielle du 17 novembre 1883.)

Stahl (P. J.)	✳Les Patins d'argent (ouvr. cour.)	1 v.
—	La Famille Chester, adaptation	1 v.
—	✳Histoire d'un Ane et de deux jeunes Filles (ouv. cour.)	1 v.
—	✳ Les Histoires de mon Parrain	1 v.
—	✳*Maroussia (ouv. cour.)	1 v.
—	*Les quatre Peurs de notre général	1 v.
—	✳ Les quatre Filles du Dr Marsch	1 v.
—	✳*Mon premier Voyage en Mer	1 v.
Stahl et Lermont	La petite Rose, ses six Tantes et ses sept Cousins	1 v.
—	Jack et Jane	1 v.
Stahl et Muller	✳Le nouveau Robinson suisse	1 v.
Stahl et de Wailly	✳Les Vacances de Riquet	1 v.
—	*Mary Bell, William et Lafaine	1 v.
Tolstoï (le comte L.)	Enfance et Adolescence	1 v.
Tyndall	✳*Dans les Montagnes	1 v.

✳✳✳

VOLUMES IN-18

Brochés, 3 fr. — Cartonnés toile, tranches dorées, 4 fr.

VERNE (Jules) . . . . ❋Le docteur Ox.	1 v.
— Les Enfants ❋'L'Amérique du Sud.	1 v.
— du capitaine Grant ❋'L'Australie	1 v.
❋'L'Océan Pacifique.	1 v.
— 'Les Naufragés de l'air	1 v.
— L'île Mystérieuse. ❋'L'Abandonné.	1 v.
— ❋'Le Secret de l'île	1 v.
— 'Le Pays des Fourrures.	2 v.
— ❋'Vingt mille lieues sous les Mers (cour.). .	2 v.
— ❋'Le Tour du Monde en 80 jours.	1 v.
— ❋'Une Ville flottante.	1 v.
— ❋'Voyage au centre de la Terre (ouvr. cour.)	1 v.
— ❋'Michel Strogoff	2 v.
— ❋'Les Indes-Noires.	1 v.
— 'Hector Servadac.	2 v.
— ❋'Un Capitaine de quinze ans.	2 v.
— 'Les cinq cents Millions de la Bégum.. . .	1 v.
— ❋Les Tribulations d'un Chinois en Chine. .	1 v.
— ❋'La Maison à vapeur.	2 v.
— 'La Jangada.	2 v.
— L'École des Robinsons	1 v.
— Le Rayon-Vert.	1 v.
— 'Kéraban-le-Têtu	2 v.
— 'L'Archipel en feu.	1 v.
— 'L'Étoile du Sud.	1 v.
— 'Mathias Sandorf.	3 v.
— Robur-le-Conquérant.	1 v.
— Un Billet de Loterie	1 v.
— 'Nord contre Sud	1 v.
— 'Le Chemin de France	1 v.
— Deux Ans de Vacances.	2 v.
— †Famille sans Nom	2 v.
— †Sans dessus dessous	1 v.
WENTWORTH-HIGGINSON. ❋' Histoire des États-Unis	1 v.

VOLUMES IN-18. — PRIX DIVERS

(Bibliothèque d'Éducation et de Récréation.)

A. BRACHET. ❋ Dictionnaire étymologique de la langue française (ouv. cour.), 8 fr. — CHENNEVIÈRES (de). Aventures du petit roi saint Louis devant Bellesme, 5 fr. — CLAVÉ (J.). 'Principes d'économie politique, 2 fr. — DUBAIL. ❋ Géographie de l'Alsace-Lorraine, 1 fr. — GRIMARD (Ed.). ❋La Botanique à la campagne, 4 fr. — LEGOUVÉ (E.). Petit Traité de la lecture, 1 fr. — MACÉ (J.). ❋ Théâtre du Petit-Château, 2 fr. — ❋Arithmétique du Grand-Papa, 1 fr. — PETIT (A.). Grammaire de la Ponctuation, 3 fr. 50 c. — Extr. de la Grammaire de la Ponctuation, 50 c. — REY (I. A.). Les Travailleurs et Malfaiteurs microscopiques. 1 vol., 4 fr. — SOUVIRON. ❋Dictionnaire des termes techniques, 6 fr.

PREMIER AGE. — Bibliothèque de Mˡˡᵉ Lili et de son cousin Lucien

65 ALBUMS-STAHL IN-8°

Prix : relié toile, à biseaux, 4 fr.; cart. bradel, 2 fr.

L. BECKER........ L'Alphabet des Oiseaux.
—   Alphabet des Insectes.
COINCHON (A.)..... Histoire d'une Mère.
DÉTAILLE......... Les bonnes Idées de Mˡˡᵉ Rose.
FATH........... La Famille Gringalet. — Gribouille. — Pierrot
                 à l'école. — Les Méfaits de Polichinelle. —
                 Jocrisse et sa sœur. — Une folle Soirée
                 chez Paillasse. — Le docteur Bilboquet.
FRŒLICH......... Alphabet de Mademoiselle Lili.
—   Arithmétique de Mademoiselle Lili.
— (texte de Stahl)... Grammaire de Mademoiselle Lili.
—   L'A perdu de Mademoiselle Babet.
—   Bonsoir, petit père.
—   Les Caprices de Manette.
—   Commandements du Grand-Papa.
—   La Crème au Chocolat.
—   Un drôle de chien. — La Fête de Papa.
—   Journée de Mademoiselle Lili.
—   Jujules à l'École. — Le petit Diable.
—   Le Jardin de M. Jujules.
—   Mademoiselle Lili aux eaux.
—   Mademoiselle Lili à la campagne.
—   La Fête de Mademoiselle Lili. — M. Toc-Toc.
—   Premier Cheval et première Voiture.
—   Premières armes de Mademoiselle Lili.
—   L'Ours de Sibérie. — Cerf agile.
—   La Salade de la grande Jeanne.
—   Premier Chien et premier Pantalon.
—   Les deux Jumeaux. — Pierre et Paul.
—   La Journée de Monsieur Jujules.
—   Mademoiselle Lili en Suisse.
—   La Poupée de Mademoiselle Lili.
—   Les Petits Bergers.
—   † La première Chasse de Jujules.
FROMENT......... Histoire d'un pain rond. — La Boîte au lait.
—   La petite Devineresse.
—   Le petit Escamoteur.
—   Le petit Acrobate.
—   Petites Tragédies enfantines.
—   †Scènes familières.
GEOFFROY........ Le Paradis de M. Toto.
—   La première Cause de l'avocat Juliette.
—   L'Age de l'École.
GRISET.......... La Découverte de Londres.
JUNDT........... L'École buissonnière.
LALAUZE......... Le Rosier du petit frère.
LAMBERT......... Chiens et Chats.
LANÇON.......... Caporal, le Chien du régiment.
MARIE........... Le petit Tyran.
MATTHIS......... Les deux Sœurs.
MÉAULLE......... Petits Robinsons de Fontainebleau
PIRODON......... Histoire de Bob aîné.
—   Histoire d'un Perroquet.
—   La Pie de Marguerite.
SHULER (TH.)..... Les Travaux d'Alsa.
VALTON.......... Mon petit Frère.

13 ALBUMS-STAHL IN-8°

Prix : relié toile, à biseaux, 6 fr.; cartonné bradel, 4 fr. 50

CHAM	Odyssée de Pataud.
FRŒLICH	Mademoiselle Mouvette. — La Révolte punie.
—	Petites Sœurs et petites Mamans.
—	Monsieur Jujules.
—	Voyage de Mademoiselle Lili autour du monde.
—	Voyage de découvertes de Mademoiselle Lili.
FROMENT et STAHL . . .	La belle petite princesse Ilsée.
—	La Chasse au volant.
GRISET	Aventures de trois vieux Marins.
—	Pierre le Cruel.
SCHULER (TH.) . . .	Le premier Livre des petits enfants.
VAN BRUYSSEL	Histoire d'un Aquarium.

47 ALBUMS-LIVRES IN-4° EN COULEURS

EN CHROMOTYPOGRAPHIE ET CHROMOLITHOGRAPHIE

Prix : relié toile, tranches dorées, 2 fr. 50; cartonné bradel, 1 fr.

FRŒLICH		Au Clair de la Lune.
—		La Boulangère a des écus.
—	*Chansons*	Le bon Roi Dagobert.
—	*et*	Cadet-Roussel. — Il était une Bergère.
—	*Rondes*	Giroflé-Girofla.
—	*de*	Malbrough s'en va-t-en guerre.
—	*l'Enfance*	La Marmotte en vie. — La Mère Michel.
—		Monsieur de La Palisse.
—	. . . .	Nous n'irons plus au bois.
—	. . . .	La Tour, prends garde.
—	. . . .	Compère Guilleri. — Le Pont d'Avignon.
—	. . . .	La Revanche de François.
—	. . . .	Moulin à paroles. — La Bride sur le cou.
—	. . . .	Le Cirque à la maison.—Hector le Fanfaron.
—	. . . .	Jean le Hargneux.
—	. . . .	Mademoiselle Furet.
—	. . . .	Monsieur César.
—	. . . .	Le Pommier de Robert.
BECKER..		Une drôle d'École.
BOS.		Leçon d'équitation.
CASELLA..		† Les Chagrins de Dick.
COURBE..		L'Anniversaire de Lucy.
GEOFFROY.		Monsieur de Crac.
—	. . . .	Don Quichotte.
—	. . . .	Gulliver.
—	. . . .	Le pauvre Ane.
—	. . . .	L'Ane gris.
JAZET..		L'Apprentissage du soldat.
KURNER..		Une Maison inhabitable.
DE LUCHT.		La Pêche au Tigre.
—	. . . .	Les trois Montures de John Cabriole.
—	. . . .	L'Homme à la Flûte.
—	. . . .	† Les Animaux domestiques.
MARIE.		Mademoiselle Suzon.
MATTHIS.		Métamorphoses d'un Papillon.
TINANT.		Les Pêcheurs ennemis.
—	. . . .	Une Chasse extraordinaire.
—	. . . .	La Guerre sur les toits.
—	. . . .	La Revanche de Cassandre.
—	. . . .	Un Voyage dans la neige.
—	. . . .	De haut en bas.
TROJELLI		Alphabet musical de Mademoiselle Lili.

CAHIERS D'UNE ÉLÈVE DE SAINT-DENIS

COURS D'ÉTUDES COMPLET ET GRADUÉ D'ÉDUCATION
POUR JEUNES FILLES ET JEUNES GARÇONS, A SUIVRE EN SIX ANNÉES
SOIT DANS LA PENSION, SOIT DANS LA FAMILLE

Par deux anciennes Élèves de la Légion d'Honneur

et LOUIS BAUDE
Ancien professeur au Collège Stanislas

La Collection complète : Brochée, 64 fr. — Cartonnée, 68 fr. 50

CHAQUE VOLUME SE VEND SÉPARÉMENT AUX PRIX INDIQUÉS CI-DESSOUS

Tomes				Broché	Cart.
	1er Cours de lecture.			2 »	3 25
CAHIERS préliminaires	2e Instruction élémentaire	1re partie.		3 »	3 25
	3e Instruction élémentaire	2e partie.		3 »	3 25
	4e Cours d'écriture.			4 »	4 50
1.	1re année	1er semestre		1 50	1 75
2.	—	2e		2 50	2 75
3.	2e —	1er		2 50	2 75
4.	—	2e		2 50	2 75
5.	3e —	1er		3 »	3 25
6.	—	2e		3 50	3 75
7.	4e —	1er		3 50	3 75
8.	—	2e		3 50	3 75
9.	5e —	1er —		3 50	3 75
10.	—	2e —		4 »	4 25
11.	6e —	1er —		4 50	4 75
12.	—	2e —		4 50	4 75
Cahier complémentaire				5 »	5 25

Atlas classique de Géographie universelle,
par M. DUBAIL, auteur de la revision de la *Géographie de la France*, de J. Verne et Th. Lavallée. . . . . 8 »

COLLECTION DES CLASSIQUES FRANÇAIS
DÉDIÉE A LA JEUNESSE

Chaque volume broché : 3 fr. ; cartonné bradel : 3 fr. 25

Boileau.....	Œuvres poétiques. 2 v.	Fénelon.....	Les Aventures de Télémaque...... 2 v.
Bossuet	Oraisons funèbres. 1 v.	La Bruyère..	Les Caractères.... 2 v.
—	Discours sur l'Histoire universelle. 2 v.	La Fontaine.	Fables.......... 2 v.
P. Corneille.	Œuvres dramatiq.. 3 v.	Racine......	Œuvres dramatiq. 3 v.

Études d'après les Grands Maîtres
Dessins et Lithographies

Par A. COLIN, professeur de dessin à l'École polytechnique

Ouvrage adopté par le Ministère de l'Instruction publique à l'usage des Lycées et des Écoles

Album in-folio : 20 planches

Prix : cartonné bradel, 20 fr. — Cartonné toile, 22 fr.

Chaque planche se vend séparément, collée sur carton, avec texte au dos

PRIX DE CHAQUE PLANCHE : 1 fr. 25

LIBRAIRIE GÉNÉRALE
VICTOR HUGO

ŒUVRES COMPLÈTES (Ne varietur) in-8
Édition définitive
SUR LES MANUSCRITS ORIGINAUX

POÉSIE

I.	Odes et Ballades (Préface inédite). 1 vol.
II	Les Orientales. — Les Feuilles d'automne. 1 vol.
III.	Chants du Crépuscule. — Voix intérieures. — Rayons et Ombres. 1 vol.
IV.	Les Châtiments. 1 vol.
V.-VI.	Les Contemplations. 2 vol.
VII.-X.	La Légende des Siècles. 4 v.
XI.	Chansons des Rues et des Bois. 1 vol.
XII.	L'Année Terrible. 1 vol.
XIII.	L'Art d'être grand-père. 1 vol.
XIV.	Le Pape. — La Pitié suprême. — Religions et Religion. — L'Âne. 1 vol.
XV.-XVI.	Les Quatre vents de l'Esprit. 2 vol.

PHILOSOPHIE

I	Littérature et Philosophie mêlées. 1 vol.
II.	William Shakespeare. 1 v

VOYAGES

	Le Rhin. 2 vol.

DRAME

I.	Cromwell. 1 vol.
II.	Hernani. — Marion de Lorme. — Le Roi s'amuse. 1 vol.
III.	Lucrèce Borgia. — Marie Tudor.—Angelo.(1 acte inédit.) 1 vol.
IV.	Ruy-Blas. — La Esmeralda. — Les Burgraves. 1 vol.
V.	Torquemada. Les Jumeaux. Amy Robsart. 1 vol.

ROMAN

I.	Han d'Islande. 1 vol.
II.	Bug-Jargal. — Dernier jour d'un condamné. — Claude Gueux. 1 vol.
III.-IV.	Notre-Dame de Paris. 2 vol.
V.-IX.	Les Misérables. 5 vol.
X.-XI.	Les Travailleurs de la Mer (précédé de l'Archipel de la Manche). 2 vol.
XII.-XIII.	L'Homme qui rit. 2 vol.
XIV.	Quatre-vingt-treize. 1 vol.

HISTOIRE

I.	Napoléon le Petit. 1 vol.
II.-III.	Histoire d'un crime. 2 vol.

ACTES ET PAROLES

I.	Avant l'exil. 1 vol.
II.	Pendant l'exil. 1 vol.
III.-IV.	Depuis l'exil. 2 vol.
I.-II.	VICTOR HUGO raconté. 2 vol.

48 VOL. IN-8º IMPRIMÉS AVEC LE PLUS GRAND LUXE SUR PAPIER SPÉCIAL
Prix de chaque volume : 7 fr. 50 broché : 10 fr. relié.

ŒUVRES INÉDITES POSTHUMES

Le Théâtre en liberté. 1 vol. in-8, broché	7 fr. 50
La Fin de Satan. 1 vol. in-8, broché	7 fr. 50
Choses vues. 1 vol. in-8, broché.	7 fr. 50
Toute la Lyre. 2 vol. in-8, brochés.	7 fr. 50
Les Jumeaux. — Amy Robsart. 1 vol. in-8, broché . . .	6 fr. »

L'ŒUVRE DE VICTOR HUGO
EXTRAITS

Édition du monument. Un volume in-18 de 252 pages. . . .	1 franc.
Édition des écoles. Un volume in-18 de 320 pages	2 francs.
(Cartonné toile. . 3 francs)	

VICTOR HUGO

ŒUVRES COMPLÈTES (*Ne varietur*) in-18

ÉDITION DÉFINITIVE SUR LES MANUSCRITS ORIGINAUX

Prix de chaque volume, **2** fr. broché

Les volumes parus au 1ᵉʳ octobre 1889 sont précédés d'un *

POÉSIE	Volumes		Volumes
*Odes et Ballades	1	Les Burgraves	1
*Les Orientales	1	Torquemada	1
*Les Feuilles d'automne . . .	1	**ROMAN**	
*Les Chants du crépuscule . .	1	Han d'Islande	1
Les Voix intérieures	1	Bug-Jargal	1
Les Rayons et les Ombres . .	1	*Le dernier Jour d'un Con-	
Les Châtiments	1	damné. — Claude Gueux .	1
Les Contemplations	2	*Notre-Dame de Paris	2
*La Légende des siècles . . .	4	*Les Misérables	8
Les Chansons des Rues et		Les Travailleurs de la Mer .	2
des Bois	1	L'Homme qui rit	3
L'Année terrible	1	*Quatre-vingt-treize	2
*L'Art d'être grand-père . . .	1	**PHILOSOPHIE**	
Le Pape. — La Pitié su-		Littérature et Philosophie .	1
prême	1	William Shakespeare	1
Religions et Religion.—L'Ane	1	**HISTOIRE**	
Les quatre Vents de l'Esprit .	2	*Napoléon le Petit	1
DRAME		Histoire d'un crime	2
*Cromwell	1	Paris	1
*Hernani	1	**VOYAGE**	
Marion de Lorme	1	Le Rhin	3
Le Roi s'amuse	1	**ACTES ET PAROLES**	
Lucrèce Borgia	1	Avant l'Exil	2
Marie Tudor. Esmeralda . .	1	Pendant l'Exil	2
Angelo	1	Depuis l'Exil	4
Ruy Blas	1		

VICTOR HUGO raconté . . . . . . 3 volumes.

ŒUVRE POÉTIQUE ELZÉVIRIENNE

FORMANT 10 VOL. in-18 RAISIN

brochés **57 fr. 50**　　Édition elzévirienne sur papier vergé de Hollande　　rel. amateur **97 fr. 50**

Dessins et Ornements par E. FROMENT.

Odes et Ballades. 1 vol.	7 50
Orientales. 1 vol.	4 »
Feuilles d'automne. 1 vol.	4 »
Chants du crépuscule. 1 vol.	4 »
Voix intérieures. 1 vol.	4 »
Rayons et Ombres. 1 vol.	4 »
Contemplations. 2 vol. à 7 fr. 50	15 »
La Légende des siècles. 1 vol.	7 50
Les Chansons des Rues et des Bois. 1 vol.	7 50

ÉDITIONS POPULAIRES ILLUSTRÉES

VICTOR HUGO

LES TRAVAILLEURS DE LA MER
70 DESSINS PAR CHIFFLART.
L'ouvrage complet : *Broché*, **4** *fr.*; *cartonné toile*, **6** *fr.* **50** *c.*

ROMANS ILLUSTRÉS
158 DESSINS DE BRION, GAVARNI, BEAUCÉ ET RIOU.
Un volume grand in-8°, contenant : **Notre-Dame de Paris. — Han d'Islande. — Bug-Jargal. — Dernier Jour d'un Condamné et Claude Gueux.**
Broché, **9** *fr.*; *toile, tr. dorées*, **12** *fr.*

LE RHIN
120 Dessins par BEAUCÉ et LANCELOT. — Un vol. gr. in-8° illustré
Br., **4** *fr.* **50**; *toile, tr. dor.*, **7** *fr.*

ERCKMANN-CHATRIAN

ŒUVRES COMPLÈTES parues : 43 fr. 20 BROCHÉES	ŒUVRES COMPLÈTES ROMANS NATIONAUX ILLUSTRÉS PAR TH. SCHULER, RIOU ET FUCHS.	ŒUVRES COMPLÈTES parues : 49 fr. CARTONNÉES
*Le Consorit de 1813............ 1 volume à	—	1 40
*Madame Thérèse..............	—	1 40
✳*L'Invasion	—	1 60
*Waterloo..................	—	1 80
*L'Homme du peuple...........	—	1 70
La Guerre.................	—	1 40
✳*Le Blocus.................	—	1 60

Réunis en un très beau volume grand in-8° illustré de 182 dessins.
Broché, **10** *fr.*; *toile, tr. dor.*, **13** *fr.*; *relié, tr. dor.*, **15** *fr.*

CONTES ET ROMANS POPULAIRES
Illustrés par BAYARD, BENETT, GLUCK et TH. SCHULER.

*Maître Daniel Rock.......... 1 volume à	—	1 20
L'illustre docteur Matheus	—	1 40
Hugues le Loup.............	—	1 40
Contes des bords du Rhin........	—	1 30
Joueur de clarinette...........	—	1 60
Maison forestière	—	1 20
L'Ami Fritz...............	—	1 50
Le Juif polonais.............	—	1 30

Réunis en un très beau volume grand in-8° illustré de 1"1 dessins.
Broché, **10** *fr.*; *toile, tr. dor.*, **13** *fr.*; *relié, tr. dor.*, **15** *fr.*

*HISTOIRE D'UN PAYSAN
La Révolution française racontée par un paysan
Illustrations de Théophile SCHULER. L'ouvrage complet, en 1 volume, broché, **7** fr.; toile, tr. dor., **10** fr.; relié, **12** fr.

CONTES ET ROMANS ALSACIENS
Illustrés par Schuler.

*Histoire du Plébiscite.. . . . . 1 volume à		2 »
*Les deux Frères . . . . —		1 50
*Histoire d'un Sous-Maître . . . . . . —		1 30
⚹*Le Brigadier Frédéric. . . . . —		1 20
*Une Campagne en Kabylie . . . . . —		1 40
*Maître Gaspard Fix . . . . —		2 »
*Souvenirs d'un ancien Chef de chantier —		1 10

Réunis en un très beau volume grand-in-8° illustré de 130 dessins
Broché, 10 francs ; toile, tr. dor., 13 francs ; relié, 15 francs.

Contes Vosgiens, illustrés par Philippoteaux. . . . . 1 fr. 30

Le Grand-Père Lebigre, illustré par Lallemand et Benett. 1 fr. 30

***Les Vieux de la Vieille**, illustré par Lix. . . . . . 1 fr. 40

Le Banni, illustré par Lix. . . . . 1 fr. 20

Quelques mots sur l'esprit humain. 1 vol. in-8°, non illustré. 1 fr.
*Les œuvres d'Erckmann-Chatrian sont publiées aussi en 33 volumes in-18
à 3 fr. chacun et 2 volumes in-18 à 1 fr. 50. — Voir p. 28.*

PUBLICATION
FAITE PAR ORDRE DU MINISTRE DE LA MARINE

LA MARINE
A L'EXPOSITION FRANÇAISE DE 1878
Deux grands volumes in-8° accompagnés de leur Atlas
Prix : 80 francs

OUVRAGES DIVERS :
GAVARNI-GRANDVILLE

Le Diable à Paris, *Paris à la plume et au crayon,*
1,508 dessins, dont 600 grandes scènes et types avec
légendes de Gavarni et 908 dessins par Grandville, Bertall, Cham, Dantan, etc.; texte par
Balzac, Alfred de Musset, Victor Hugo,
George Sand, Stahl, Barbier, Sue, de Laprade,
Soulié, Nodier, Gozlan, Gustave Droz,
Rochefort, Villemot, Mᵐᵉ de Girardin, etc.
L'ouvrage complet forme 4 beaux volumes grand
in-8°. Relié, tranches dorées, 44 fr.; toile, tranches
dorées, 40 fr.; broché. . . . . 28 »
    Prix de chaque vol. : relié, tranches dorées,
11 fr.; toile, tranches dorées, 10 fr.; broché. . . . 7 »

GAVARNI

L'Œuvre célèbre de Gavarni, 479 dessins tirés du
Diable à Paris, 1 album gr. in-8°, cartonné toile,
tranches dorées. . . . . 10 »

GRANDVILLE

Les Animaux peints par eux-mêmes, scènes de la vie privée et publique des animaux, sous la direction de P. J. STAHL, avec la collaboration de BALZAC, GUSTAVE DROZ, BENJAMIN FRANKLIN, JULES JANIN, ALFRED DE MUSSET, EUGÈNE SUE, CHARLES NODIER, GEORGE SAND, P. J. STAHL. 1 vol. grand in-8°, contenant 320 dessins. Chef-d'œuvre de Grandville. Relié, tr. dor., 14 fr. ; cartonné toile, tr. dor., 12 fr. ; broché. . . . . 9 »

GŒTHE (KAULBACH)

Le Renard, traduit par E. GRENIER, illustré de 60 compositions par KAULBACH. 1 vol. gr. in-8°. Relié, tr. dor., 11 fr.; toile, tr. dor., 10 fr.; broché. 7 »
    Le même ouvrage, en édition populaire grand in-8°. Toile, tranches dorées, 5 fr.; broché. 2 50

GEORGE SAND

Romans champêtres. — 2 beaux vol. in-8°, illustrés par T. JOHANNOT. *La petite Fadette, la Fauvette du Docteur, André, la Mare au Diable, François le Champi, Promenades autour d'un Village.* Chaque vol., rel., tranches dorées, 15 fr.; toile, tranches dorées, 13 fr.; broché . . . . 10 »

TOUSSENEL

L'Esprit des bêtes. 1 vol. toile, tr. dor., 6 fr.; broché. 4 50

HISTOIRE, POÉSIE, VOYAGES, ROMANS, LITTÉRATURE
FRANÇAISE ET ÉTRANGÈRE

VOLUMES IN-18 A 3 FR.

AUDEVAL.	Les Demi-Dots	1 v.
—	La Dernière	1 v.
BADIN (Adolphe)	Marie Chassaing	1 v.
BARBERET.	†La Bohème du travail.	1 v.
BENTZON (Th.).	Un Divorce.	1 v.
LUCIE B.	*Une Maman qui ne punit pas.	1 v.
—	Aventures d'Édouard et justice des choses.	1 v.
BIXIO (BEPPA).	*Vie du Général Nino Bixio. Traduction de l'italien.	1 v.
CERVANTES	Don Quichotte (trad. nouvelle par Lucien Biart)	4 v.
CHAMFORT.. :	(Édition Stahl) . . :	1 v.
CRÉMIEUX.	Autographes. — Collection Adolphe Crémieux.	1 v.

DARYL (Ph.)		✳La Vie publique en Angleterre	1 v.
—		Signe Meltroë	1 v.
—		En Yacht.	1 v.
—	La Vie partout.	✳✳Le Monde chinois	1 v.
—		✳Lettres de Gordon à sa sœur.	1 v.
—		Wassili Samarin.	1 v.
—		La petite Lambton.	1 v.
—		A Londres.	1 v.
—		Les Anglais en Irlande	1 v.
DOMENECH (l'abbé) . . .		La Chaussée des Géants . . .	1 v.
		Voyages et Avent. en Irlande.	1 v.
DURANDE (Amédée) . . .		Carl, Joseph et Horace Vernet.	1 v.
ERCKMANN-CHATRIAN.		✳✳Le Blocus.	1 v.
—		✳✳Le Brigadier Frédéric . . .	1 v.
—		Une Campagne en Kabylie. .	1 v.
—		Joueur de clarinette.	1 v.
—		Contes de la Montagne. . . .	1 v.
—		Contes des bords du Rhin. . .	1 v.
—		Contes populaires.	1 v.
—		Contes Vosgiens	1 v.
—		✳✳Le Fou Yégof	1 v.
—		La Guerre.	1 v.
—		✳✳Histoire d'un Conscrit de 1813.	1 v.
—		✳Hist. d'un Homme du peuple.	1 v.
—		✳✳Hist. d'un Paysan, compl. en	4 v.
—		✳✳Histoire d'un Sous-Maître. .	1 v.
—		L'illustre docteur Mathéus . .	1 v.
—		✳✳Madame Thérèse.	1 v.
—		*— Edition allemande avec les dessins hors texte*, 1 v., 3 fr.	
—		✳✳Maître Gaspard Fix.	1 v.
—		Le Grand-Père Lebigre	1 v.
—		La Maison forestière	1 v.
—		✳Maître Daniel Rock	1 v.
—		✳Waterloo	1 v.
—		✳✳Histoire du Plébiscite	1 v.
—		✳Les deux Frères	1 v.
—		✳Souven. d'un Chef de chantier.	1 v.
—		L'Ami Fritz, pièce	1 v.
—		✳Alsace	1 v.
—		✳Les Vieux de la Vieille	1 v.
—		✳Le Banni	1 v.
—		L'Art et les grands Idéalistes.	1 v.
—		Quelques mots sur l'esprit humain (nouvelle édition). . .	1 v.
ESQUIROS (Alph.) . . .		L'Angleterre et la vie anglaise.	5 v.
FAVRE (Jules)		Discours du Bâtonnat	1 v.
FLAVIO		Où mènent les chemins de traverse.	1 v.
GENEVRAY		Une Cause secrète.	1 v.
GORDON (Lady)		Lettres d'Egypte	1 v.
GOURNOT.		Essai sur la Jeunesse contemporaine	1 v.

GOZLAN (Léon)	Émotions de Polyd. Marasquin	1 v.
GRAMONT (comte de). .	Les Gentilshommes pauvres .	1 v.
—	Les Gentilshommes riches . .	1 v.
GRIMARD.	†L'Enfant	1 v.
JANIN (Jules). . . : . . .	La Fin d'un monde. Le Neveu	
	de Rameau.	1 v.
—	Variétés littéraires.	1 v.
KŒCHLIN-SCHWARTZ. .	Un Touriste au Caucase . . .	1 v.
LADREYT (M.-Casimir).	L'instruct. publique en France	1 v.
LAVALLÉE (Théophile).	Jean sans Peur.	1 v.
LEGOUVÉ (E.).	Soixante ans de souvenirs. .	4 v.
MORALE UNIVERSELLE.	Esprit des Allemands	1 v.
—	Esprit des Italiens.	1 v.
OFFICIER EN RETRAITE (un).	L'Armée française en 1879.	1 v.
OLIVIER (Juste)	Le Batelier de Clarens.	2 v.
PICHAT (Laurent)	Gaston	1 v.
—	Les Poètes de combat	1 v.
—	Le Secret de Polichinelle . . .	1 v.
POUJARD'HIEU	Les Chemins de fer . . . . . :	1 v.
—	Liberté et intérêts matériels .	1 v.
QUATRELLES.	Les 1001 Nuits matrimoniales.	1 v.
—	Voyage autour du grand monde	1 v.
—	La Vie à grand orchestre. . .	1 v.
—	Sans Queue ni Tête	1 v.
—	L'Arc-en-ciel	1 v.
—	Petit Manuel du parfait Cau-	
	seur parisien	1 v.
—	Casse-Cou.	1 v.
—	Tout feu tout flamme	1 v.
—	Les Amours extravagantes de	
	la princesse Djalavann. . .	1 v.
—	Mon petit dernier	1 v.
RIVE (DE LA).	Souvenirs sur M. de Cavour..	1 v.
ROBERT (Adrien). . . .	Le Nouveau Roman comique.	1 v.
ROLLAND (A.)	Mendelssohn (Lettres).	1 v.
SAND (George)	Promenades autour d'un vill.	1 v.
SOURDEVAL (DE)	Le Cheval à côté de l'Homme	
	et dans l'histoire.	1 v.
STAHL (P. J.).	LES BONNES FORTUNES PARI-	
	SIENNES :	
—	Les Amours d'un Pierrot. . .	1 v.
—	Les Amours d'un Notaire. . .	1 v.
—	Histoire d'un homme enrhumé.	1 v.
	Voyage d'un Étudiant. . .	
—	Histoire d'un Prince et Voyage	1 v.
	où il vous plaira.	
—	L'Esprit des Femmes et les	1 v.
	Femmes d'esprit.	
—	De l'Amour et de la Jalousie.	
TEXIER et KÆMPFEN.	Paris capitale du monde . . .	1 v.
TOURGUÉNEFF (J.) . . .	Dimitri Roudine.	1 v.
—	Fumée (préface de MÉRIMÉE).	1 v.

Tourguéneff (J.)....	Une Nichée de gentilshommes.	1 v.
—	Nouvelles moscovites	1 v.
—	Histoires étranges.	1 v.
—	Les Eaux printanières	1 v.
—	Les Reliques vivantes.....	1 v.
—	Terres vierges.	1 v.
—	Souvenirs d'Enfance......	1 v.
—	Œuvres dernières	1 v.
—	Un Bulgare	1 v.
Trochu (Général). ...	Pour la vérité et pour la justice	1 v.
—	La politique et le siège de Paris	1 v.
Vallery-Radot(René).	L'Étudiant d'aujourd'hui. ...	1 v.
Vilars (François) ...	Un Homme heureux.......	1 v.
Wilkie Collins.....	La Femme en blanc	2 v.
—	Sans Nom	2 v.
H. Wood (Mme).	Lady Isabel	2 v.

LIVRES IN-18 EN COMMISSION (3 FR.)

Anonyme.	Mary Briant.	1 v.
Arago (Étienne)....	Les Bleus et les Blancs.....	2 v.
Baignières.......	Histoires modernes.......	1 v.
—	Histoires anciennes.	1 v.
Bastide (A.).	Le Christianisme et l'esprit moderne.	1 v.
Berchère	✻L'Isthme de Suez.	1 v.
Boullon (E.).	Chez nous	1 v.
Chauffour.	Les Réformateurs du XVIe siècle	2 v.
Dollfus (Charles) ...	La Confession de Madeleine.	1 v.
Duvernet	La Canne de Me Desrieux.	1 v.
Favier (F.)	L'Héritage d'un Misanthrope.	1 v.
Grenier	Poèmes dramatiques.	1 v.
Habeneck (Ch.)....	Chefs-d'œuvre du théâtre espagnol.	1 v.
Huet (F.)........	Histoire de Bordas Dumoulin.	1 v.
Lancret (A.)......	Les Fausses Passions	1 v.
Lavalley (Gaston)..	Aurélien...........	1 v.
Laverdant (Désiré)..	Don Juan converti	1 v.
—	La Renaissance de don Juan.	2 v.
Lefèvre (André). ...	La Flûte de Pan	1 v.
—	La Lyre intime.	1 v.
—	Les Bucoliques de Virgile. ..	1 v.
Lesaack (D^r)......	Les Eaux de Spa........	1 v.
Nagrien (X.)	Prodigieuse Découverte	1 v.
Réal (Antony).....	Les Atomes	1 v.
Simonin (Louis).	Les Pays lointains	1 v.
Steel.	Haôma	1 v.
Vallory (Mme).	A l'aventure en Algérie.....	1 v.
Worms de Romilly ..	Horace (traduction).......	1 v.

ENSEIGNEMENT PROFESSIONNEL

BIBLIOTHÈQUE DES PROFESSIONS
Industrielles, Commerciales et Agricoles

Le cartonnage de chaque volume se paye 0, 50 c. en sus des prix marqués

SÉRIE A. — SCIENCES EXACTES

P. Leprince. Principes d'algèbre. 1 vol. . . . . 4 »
Lenoir (A.). ✳Calculs et comptes faits. 1 vol. . . . . 4 »
Ch. Rozan. Leçons de géométrie. 1 vol. et 1 atlas . . . . 6 »
Ortolan et Mesta. Dessin linéaire. 1 vol. avec atlas. . . . 6 »

SÉRIE B. — SCIENCES D'OBSERVATION
CHIMIE — PHYSIQUE — ÉLECTRICITÉ

Dr Sacc. Chimie pure. 1 vol. . . . . 4 »
Hetet. Chimie générale élémentaire. 2 vol. à 4 fr. . . . . 8 »
Chevalier. L'étudiant photographe. 1 vol. . . . . . . 2 »
Gaudry. Essai des matières industrielles. 1 vol. . . . . . . 4 »
B. Miege. Télégraphie électrique. 1 vol. . . . . 2 »
Du Temple. ✳*Introduction à l'étude de la Physique. 1 vol. 4 »
Fresenius. Potasses, soudes. 1 vol. . . . . 2 »
Liebig. Introduction à l'étude de la Chimie. 1 vol. . . . 2 »
J. Brun. Fraudes et maladies du vin. 1 vol. . . . . . . 2 »
Dr Lunel. Les falsifications. 1 vol. . . . . 4 »
Noguès. Minéralogie appliquée. 2 vol. . . . . 8 »
Du Temple. *Transmissions de la pensée et de la voix. 1 vol. 4 »
Laffineur. Hydraulique et hydrologie. 1 vol . . . . . . 2 »
R. Clausius. Théorie mécanique de la chaleur. 2 vol. . . . 8 »

SÉRIE C. — ART DE L'INGÉNIEUR
PONTS ET CHAUSSÉES — CONSTRUCTIONS CIVILES

Guy. Guide du géomètre-arpenteur. 1 vol. . . . . 4 »
Birot. Guide du conducteur des Ponts et Chaussées et de
   l'agent voyer, 1re partie, *Routes*. 1 vol. avec planches. . 4 »
—   2e partie, *Ponts*. 1 vol. avec planches. . . 4 »
Viollet-le-Duc.✳*Comment on construit une maison. 1 vol. 4 »
Frochot. Cubage et estimation des bois. 1 vol. . . . . . 4 »
Pernot. ✳Guide du constructeur. 1 vol. . . . . 4 »
Demanet. Maçonnerie. 1 vol. . . . . 4 »
Laffineur. Roues hydrauliques. 1 vol. . . . . 2 »
Dinée. Engrenages. 1 vol. . . . . 2 »
Bouniceau. Constructions à la mer. 1 vol. et 1 atlas. . . 18 »
Emion. Exploitation des chemins de fer. Voyageurs, 1 vol. . 4 »
—   —   Marchandises, 1 vol. 4 »

SÉRIE D. — MINES & MÉTALLURGIE
GÉOLOGIE — HISTOIRE NATURELLE

Dana. Manuel du géologue. 1 vol. . . . . 4 »
D. L. Métallurgie pratique. 1 vol. . . . . 4 »
Fairbairn. Le fer. 1 vol. . . . . 4 »

J. B. J. Dessoye. Emploi de l'acier. 1 vol. . . . . 4 »
Landrin. �֍Traité de l'acier. 1 vol. . . . . 4 »
C. et A. Tissier. Aluminium et métaux alcalins. 1 vol. . . 3 »
Guettier. Alliages métalliques. 1 vol. . . . . 2 »

SÉRIE E. — PROFESSIONS COMMERCIALES

Bourdain (Ed.). Manuel du commerce des tissus. 1 vol. . 3 »
Emion (V. et G.). † Traité du Commerce des Vins. 1 vol. 4 »

SÉRIE F.—PROFESSIONS MILITAIRES & MARITIMES

Doneaud. Droit maritime. 1 vol. . . . . 2 »
Bousquet. Architecture navale. 1 vol. . . . . 2 »
Tartara. Code des bris et naufrages. 1 vol. . . . . 4 »
Steerk. Poudres et salpêtres. 1 vol. . . . . 4 »
Juven. Comment on devient Officier. 1 vol. . . . . 4 »

SÉRIE G. — ARTS & MÉTIERS
PROFESSIONS INDUSTRIELLES

Basset. Culture et alcoolisation de la betterave. 1 vol. . . 2 »
Rouland. Nouveaux barêmes de serrurerie. 1 vol. . . . . 4 »
Dubief. Guide du féculier et de l'amidonnier. 1 vol. . . . 4 »
Dromart. Carbonisation des bois. 1 vol. . . . . 4 »
Gaisberg. Montage des appareils d'éclairage électrique. 1 v. 2 »
A. Ortolan. ✖ Guide de l'ouvrier mécanicien. 3 vol . . . . 12 »
Jaunez. Manuel du chauffeur. 1 vol. . . . . 2 »
Violette. Fabrication des vernis. 1 vol. . . . . 6 »
Th. Chateau. Corps gras industriels. 1 vol. . . . . 4 »
Mulder. Guide du brasseur. 1 vol. . . . . 4 »
Houzé (J. P.). Le livre des Métiers manuels. 1 vol. . . 4 »
J. F. Merly. Livre du charpentier. 1 vol. . . . . 4 »
Fol. Guide du teinturier. 1 vol. . . . . 4 »
Leroux. Filature de la laine. 1 vol. . . . . 15 »
De Courten. Collodion sec au tanin. 1 vol. . . . . 4 »
Prouteaux. *Fabrication du papier et du carton. 1 vol. . 4 »
Berthoud. La Charcuterie pratique. 1 vol. . . . . 4 »
Graffigny (H. de). L'Ingénieur électricien. 1 vol. . . . . 4 »
Moreau (L.). Guide du bijoutier. 1 vol. . . . . 2 »
Dr Lunnel. Guide du parfumeur. 1 vol. . . . . 4 »
—   Guide de l'épicerie. 1 vol. . . . . 2 »
Monier. Essai et analyse des sucres. 1 vol. . . . . 3 »
Dubief. Fabrication des liqueurs. 1 vol. . . . . 4 »
—   Vinification. 1 vol. . . . . 4 »
—   Fabrication des vins factices et immense trésor
       des Vignerons et des Marchands de vins. 1 vol. 4 »
Michotte (F.). † Fabrication des Eaux gazeuses. 1 vol. . . 4 »
Barbot. Guide du joaillier. 1 vol. . . . . 4 »

SÉRIE H. — AGRICULTURE
JARDINAGE, HORTICULTURE, EAUX ET FORÊTS, CULTURES INDUSTRIELLES, ANIMAUX DOMESTIQUES, APICULTURE, PISCICULTURE, ETC.

Grimard. Manuel de l'herboriseur. 1 vol. . . . . 4 »
Gayot. ✖ Habitations des animaux. Écuries et étables. 1 vol. 3 »
—   ✖ Bergeries, porcheries. 1 v. 3 »
Pouriau. Sciences physiques appliquées à l'agriculture. 2 vol. 8 »

Gobin. Entomologie agricole. 1 vol. . . . . 4 »
Fleury-Lacoste. Guide du Vigneron, suivi des maladies de
la vigne, par SERIGNE, 1 vol. . . . . 4 »
Gossin. Conférences agricoles. 1 vol. . . . . 1 »
Bourgoin-d'Orli. Cultures exotiques. 1 vol. . . . . 4 »
Dubos. Choix de la vache laitière. 1 vol. . . . . 2 »
Canu et Larbalétrier. *Manuel de météorologie agricole. 1 v. 2 »
Mariot-Didieux. ✳L'Éducateur de lapins, des oies et des
canards. 1 vol. . . . . 4 »
— Éducation des poules. 1 vol. . . . . . 4 »
— Le chasseur médecin. 1 vol. . . . . . . 2 »
Larbalétrier. Manuel de Pisciculture. 1 vol. . . . . 4 »
Courtois-Gérard. ✳Culture maraîchère. 1 vol. . . . . . . 4 »
Gobin. Culture des plantes fourragères. 1 vol. . . . . . . 4 »
Courtois-Gérard. ✳Jardinage. 1 vol. . . . . 4 »
Koltz. Culture du saule et du roseau. 1 vol. . . . . 2 »
Sicard. Culture du cotonnier. 1 vol. . . . . 2 »
Lunel. Acclimatation des animaux domestiques. 1 vol. . . . 3 »
Touchet. Vidange agricole. 1 vol. . . . . 1 »
Pouriau. Chimiste agriculteur. 1 vol. . . . . 4 »
Lerolle. *Botanique appliquée. 1 vol. . . . . 4 »

SÉRIE I. — ÉCONOMIE DOMESTIQUE
COMPTABILITÉ, LÉGISLATION, MÉLANGES

Monin (Dr). † Hygiène du travail. 1 vol. . . . . 4 »
Lunel. Économie domestique. 1 vol. . . . . 2 »
Dubief. Le liquoriste des dames. 1 vol. . . . . 2 »
Hirtz. Coupe et confection des vêtements de femmes et
d'enfants. 1 vol. 3 »
Baude. Calligraphie. 1 vol. . . . . 4 »
Lescure. Traité de géographie. 1 vol. . . . . 2 »
Block (M.). ✳Principes de législation pratique. 1 vol. . . 4 »
Emion. Manuel des expropriés. 1 vol. . . . . 1 »
Lunel. Hygiène et médecine usuelle. 1 vol. . . . . 2 »

SÉRIE J. — FONCTIONS
EMPLOIS DE L'ÉTAT, DÉPARTEMENTAUX ET COMMUNAUX, SERVICES PUBLICS

Mortimer d'Ocagne. ✳*Les Grandes Écoles de France*:
Carrières civiles. 1 vol. . . . . 4 »
Services de l'État. 1 vol. . . . . 4 »
J. Albiot. Manuel des conseillers généraux. 1 vol. . . . . 4 »
Lelay. Lois et règlements sur la douane. 1 vol. . . . . . 4 »
Lafolay. Nouveau manuel des octrois. 1 vol. . . . . 4 »

SÉRIE K. — BEAUX-ARTS, DÉCORATION
ARTS GRAPHIQUES, ETC.

Viollet-le-Duc. ✳* Comment on devient un dessinateur. 1 v. 4 »
Pellegrin. Perspective. 1 vol. . . . . 2 »

LIVRES EN COMMISSION
Prix divers

ANONYME.	Le Prisme de l'âme.	6	»
—	Mademoiselle Segeste.	2	»
—	Rome.	6	»
ANTULLY (Albéric d').	Fantaisie.	2	»
BRUIÈRE (S.).	Une Saison en Allemagne.	1	»
GUIMET (Émile).	L'Orient d'Europe au fusain. In-18.	2	»
—	Esquisses scandinaves. 1 vol. in-18	3	»
—	Aquarelles africaines.	2	50
LAVERDANT (Désiré).	Appel aux artistes.	4	»
PAULTRE (E.).	Capharnaüm.	6	»
PIRMEZ.	Jours de solitude. 1 vol. in-8.	6	»
RIVE (DE LA).	Souvenir de M. de Cavour.	6	»
SCHNÉEGANS (A.)	Contes. 1 vol. in-18	2	»

VOLUMES IN-18 A PRIX DIVERS

ARAGO (E.).	L'Hôtel de Ville et le Gouvernement du 4 septᵇʳᵉ 1870-71.	3	50
L. AUBERT.	Lettres sur l'instruct. oblig.	»	50
BERTHET (André).	Mes Lunes.	2	»
CHEVREUX (Mᵐᵉ).	André Marie et J. J. Ampère. 2 vol. à 3 fr. 50.	7	»
CHARRAS (colonel).	Hist. de la Guerre de 1815. 2 vol. avec atlas	7	»
A. DECOURCELLE	Les Formules du docteur Grégoire (Diction. du Figaro).	2	»
ERCKMANN-CHATRIAN.	Juif polonais, pièce en 3 actes.	1	50
—	Lettre d'un élect. à son député.	»	50
—	Les Rantzau, comédie.	1	50
FAVRE (Jules).	*Conférences et Mélanges.	3	50
FERRY (Jules).	Les Affaires de Tunisie	2	»
J. HETZEL	Aux Députés, sur la reprise des échéances.	»	50
HUGO (Victor).	Les Châtiments. 1 vol. in-18.	2	»
—	Napoléon le Petit. 1 vol. in-18.	2	»
—	L'Œuvre complète. Extraits. Édition du monument.	4	»
	des écoles.	2	»
JAUBERT.	Souvenirs de Mᵉ Jaubert.	3	50
LEGOUVÉ (E.).	Samson et ses élèves	2	»
—	Lamartine.	4	50
—	Maria Malibran.	»	75
—	La Question des femmes	1	»
—	Une Éducation de jeune fille.	1	»
MACÉ (Jean).	Morale en action.	1	»
—	Anniv. de Waterloo. 1 v. in-32.	»	15

Macé (Jean)	Une Carte de France ; le Gulf-Stream. 1 vol. in-32. . . .	» 25
Merson (Olivier). . .	Ingres, sa Vie et ses Œuvres, 1 vol. in-32.	1 50
Nadar	Le Droit au vol.	1 »
Proudhon.	La Guerre et la Paix. 2 vol.	2 »
Quatrelles.	Une date fatale	1 »
Sée (C.)	La loi Camille Sée.	3 50
Stahl (P. J.)	Entre bourgeois.	» 50
Susane (général)	L'Artillerie av.et dep.laguerre.	» 50
Un Ignorant	✳*Histoire d'un Savant par un ignorant.	3 50
Verne (Jules)	Neveu d'Amérique , comédie en 3 actes	1 50
Viollet-le-Duc. . . .	Exposé des faits relatifs au Musée de Pierrefonds. . . .	» 50

VOLUMES IN-8, A PRIX DIVERS

About (Edmond). . . .	Rome contemporaine	5 »
Anonyme.	Vingt mois de présidence. . .	5 »
Bertrand (J.)	Arago et sa vie scientifique. .	1 »
—	Fondateurs de l'astronomie..	6 »
—	*L'Académie et les Académiciens	7 50
Blanc et Artom	Œuvre parlementaire du comte de Cavour.	7 50
Charras (colonel) . . .	Histoire de la Guerre de 1813 .	7 50
Delahante (A.)	Une Famille de finance au xviiie siècle. 2 vol.	20 »
Diplomate (Un). . . .	L'Affaire du Tonkin. 1 vol. . .	7 50
Erckmann-Chatrian . .	Le Fou Chopine (pièce) . . .	» 50
Lafond (Ernest)	Contemporains de Shakespeare : Ben Johnson (2 vol.)	6 »
—	Massinger —	6 »
—	Beaumont et Fletcher.. . . .	6 »
—	Webster et Ford	6 »
Legouvé (Ernest) . . .	Soixante ans de souvenirs. — 1re partie : Ma jeunesse, in-8	7 50
	Deuxième et dernière partie	7 50
Mortimer d'Ocagne..	Les grandes écoles de France (nouvelle édition).	7 50
Pallain	Traité de la Législation du Trésor (épuisé).	8 »
Richelot	Gœthe, ses Mém., sa Vie. 4 v. à	6 »
Strauss (D..F.)	Nouv. Vie de Jésus (traduite par Ch. Dollfus et A. Nefftzer). 2 vol. à	6 »
Trochu.	L'Empire et la Défense de Paris	8 »
Verne (Jules)	Le Tour du Monde en 80 jours (pièce).	» 50
—	*Les Enfants du capitaine Grant (pièce)	» 50
—	*Michel Strogoff (pièce)	» 50

LIVRES D'AMATEURS

GRAND LUXE

ÉDITIONS ILLUSTRÉES

Contes de Perrault, illustrés de 40 compositions par GUSTAVE DORÉ, grande édition in-folio. Cartonnage riche . . . . 10 »
— édition in-4°, cartonnage riche . . . . 25 »
— — reliure amateur . . . . 30 »

Daphnis et Chloé. Traduction d'AMYOT, complétée par P. L. COURIER. 42 compositions au trait, en couleur dans le texte, par BURTHE. Préface par AMAURY DUVAL. Magnifique édition in-folio en deux couleurs, imprimée par CLAYE. Cartonnage riche . . . . 50 »

Lemercier (ALFRED) et **Bocquin**. — GAVARNI, aquarelles fac-similés (chromolithographies), album en feuilles composé de 6 planches. Prix . . . . 30 »

Gavarni. — ŒUVRES CHOISIES, album gr. in-8°. Cartonné toile, tranches dorées . . . . 40 »

Grandville et Kaulbach. — ŒUVRES CHOISIES, album in-folio. Broché . . . . 30 »
— Cartonné . . . . 32 »

L'Oraison dominicale, dessins de FRŒLICH. Album in-4°, contenant 10 planches à l'eau-forte, relié, toile . 12 »

Sept Fables de La Fontaine, dessins de FRŒLICH. Album in-4°, illustré de 10 planches, broché . . . . 5 »

Les Richesses gastronomiques de la France. — LORBAC (CH. DE), texte. — LALLEMAND (CH.), illustrations : LES VINS DE BORDEAUX, 1ʳᵉ partie. *Généralités, cultures, vendanges, classification, châteaux vinicoles*, CRUS CLASSÉS. Broché . . . . 25 »
— SAINT-ÉMILION, *son histoire, ses monuments et ses vins*. Broché . . . . 8 »

NOTA. — Les ouvrages marqués d'un ❈ ont été choisis par le ministère de l'Instruction publique pour faire partie des catalogues des bibliothèques publiques scolaires. Le deuxième ❈, plus petit, désigne les ouvrages choisis pour être distribués en prix. — Les nouveautés sont indiquées par une ✝.